TANJA WEKWERTH

Ein Hummer macht noch keinen Sommer

GOLDMANN
Lesen erleben

Buch

Natalie Schilling hat die gefürchtete Vierzig überschritten, ist frustrierte TV-Buchmoderatorin, Kochkolumnistin und Single und muss sich nun auch noch der großen Sinnfrage des Lebens stellen. Und weil die Antwort darauf so leicht nicht zu finden ist, sucht sie sich Hilfe bei dem Psychotherapeuten Theodor Silberstadt. Leider verliebt sie sich dabei in ihn, nicht wissend, dass er schwul ist und seinerseits gerade mit einer Krise zu kämpfen hat: Seine Patienten strengen ihn nur noch an, und er ist nicht mehr in der Lage, Beruf und Privatleben zu trennen, worunter sein langjähriger Partner David zunehmend leidet. David, Kunstmaler und derzeit in der »Hummerphase«, trennt sich kurzerhand von Theodor – und es gibt nur eine einzige Person, die den traurigen Therapeuten wieder aufbauen kann: Hertha Silberstadt, seine achtzigjährige Mutter, ein Berliner Original mit großem Herzen und schräger Lebensweisheit. Dann kommen noch ein kunstliebender Apotheker, seine kleine Tochter Rosie und der Mops Feivel ins Spiel. In dem Moment, da sich diese Alltagshelden kennenlernen, platzen die Knoten. Ein zwischenmenschliches Netzwerk entwickelt sich, Lösungen drängen sich geradezu auf, und einem Happy End steht nichts mehr im Weg. All das in nur einem einzigen Berliner Sommer!

Autorin

Tanja Wekwerth wollte eigentlich schon immer schreiben. Ihr Lebensweg führte sie aber zunächst nach Paris, wo sie mehrere Jahre lebte und als Model und Übersetzerin arbeitete. Zurück in Berlin flog sie als Stewardess für Lufthansa – ein Beruf, der sie zu ihrem ersten Roman inspirierte. 12 Jahre lang schrieb Tanja Wekwerth ihre wöchentliche Kolumne »Tanjas Welt« für die Zeitschrift Laura.

Mehr zum Buch und zur Autorin unter www.tanjawekwerth.de

Tanja Wekwerth

Ein Hummer macht noch keinen Sommer

Roman

GOLDMANN

Dieses Buch ist auch als E-Book erhältlich.

MIX
Papier aus verantwortungsvollen Quellen
FSC® C014496

Verlagsgruppe Random House FSC® N001967
Das FSC®-zertifizierte Papier *Holmen Book Cream* für dieses Buch
liefert Holmen Paper, Hallstavik, Schweden.

1. Auflage
Originalausgabe Juli 2013

Umschlaggestaltung: UNO Werbeagentur, München
Umschlagbild: FinePic®, München,
und mauritius images/Hagen Willsch
LT · Herstellung: Str.
Satz: omnisatz GmbH, Berlin
Druck und Bindung: GGP Media GmbH, Pößneck
Printed in Germany
ISBN: 978-3-442-47812-5
www.goldmann-verlag.de

Besuchen Sie den Goldmann Verlag im Netz:

Für Ian, Bennet, Victor, Zoé

Mich erstaunen Leute,
die das Universum begreifen wollen,
wo es schwierig genug ist,
in Chinatown zurechtzukommen.

Woody Allen

Ich bin ein Sechsundsechziger-Jahrgang. Nach der chinesischen Astrologie ein Feuerpferd. Das ist etwas ganz Besonderes. Ich bitte Sie, wer will schon ein Affe sein oder ein Hahn? Oder eine Ziege? Allerdings sollen Frauen, die in einem Feuerpferd-Jahr geboren werden, Unheil über die eigene Familie und die ihres Ehemannes bringen. Angeblich wurde deswegen 1966 in Japan vermehrt abgetrieben. Auch die Sterblichkeitsrate weiblicher Babys stieg in dieser Zeit stark an. Nun, meine Eltern sind keine Japaner. Und auch keine Chinesen. Und einen Ehemann habe ich auch nicht. Wie komme ich darauf? Manchmal rede ich einfach zu viel. Sie fragten nach meiner ersten Kindheitserinnerung. Ich erinnere mich an die Mondlandung.«

»An was genau erinnern Sie sich?«

»Daran, dass mein Vater ganz aufgeregt war und mir etwas im Fernsehen zeigte. Ich sah eine groteske, weiße Schaummaus, die herumhüpfte und komische Geräusche machte, und blieb unbeeindruckt. Dass es die Bilder der Mondlandung waren, habe ich erst viele Jahre später begriffen. 1969 war ich noch nicht mal drei Jahre alt, und das Verhalten meines Vaters gefiel mir gar nicht: Er riss die Gardinen aus den Schienen und deutete mit fuchtelnden Armen hinaus. Dort sah ich … den erleuchteten Funkturm. Wir wohnten gleich gegenüber vom Zentralen Busbahnhof, in der Nähe des Messegeländes. Das ICC war damals noch nicht gebaut. Das kam erst später dazu und vervollständigte die glitzernde Berliner Skyline, die ich jahrelang vor Augen haben würde.«

»Sie drücken sich ja geradezu poetisch aus.«

»Ich mag wohlformulierte Worte. So bekommt das Gesagte mehr Tiefgang.«

»Erzählen Sie weiter.«

»Was soll die Aufregung, fragte ich mich, der Funkturm war doch schon immer da. Er gehörte zum ersten Wortschatz, den ich überhaupt besaß: Papa, Mama, Funkturm.

›Auf dem Mond!‹, schrie mich mein Vater an. Na und, dachte ich. Den Mond sah ich sowieso jeden Abend, egal, ob er am Himmel stand oder nicht. Es gab nämlich im Fernsehen diesen Bären, kennen Sie den noch? Diese Zeichentrickfigur, die kurz vor zwanzig Uhr auftrat? Oh! Mein! Gott! Was für einen Blödsinn Sie sich anhören müssen.«

»Reden Sie weiter.«

»Der Bär schaukelte um die Spitze des Funkturms herum, die sich dabei hin und her bog wie eine Gummischlange, und plötzlich ließ der Bär los, segelte durch die Luft und landete butterweich in der Mondsichel, die wie eine Wiege hin- und herschaukelte. Das Bärchen deckte sich mit einer Wolke zu und schloss die Augen, und eine abschließende Melodie ertönte. Abend für Abend. Und ich fühlte so etwas wie Verachtung für meinen Vater, dass er sich dermaßen aufregen musste, bloß weil er vielleicht gerade das Bärchen gesehen hatte. War doch klar, dass es immer wieder dort oben herumturnte.«

»Was fällt Ihnen dazu noch ein?«

»Wissen Sie, es hallt mir immer noch in den Ohren, dieses ›Auf dem Mond‹. Als hätte ich Wesentliches in meinem Leben bis heute nicht begriffen.«

»Die Zeit ist um.«

Natalie Schilling stand auf, strich sich eine Haarsträhne hinters Ohr. Sie fühlte sich ein wenig benommen. Es ermüdete sie, sich selbst reden zu hören. Sie hatte den Eindruck, im Laufe ihres Lebens Erfahrungen angesammelt zu haben wie alte Handtaschen in der Tiefe ihres Kleiderschranks, aber ohne einen Hauch von Bewusstwerdung einfach immer weiterzuleben.

Ihre gelegentlichen, völlig unvorhersehbaren Weinkrämpfe (letzte Woche zum Beispiel, beim Kauf einer Schachtel belgischer Meeresfrüchte-Pralinen) führte sie auf diese Tatsache zurück, und ihre Angstanfälle auch. Neulich, als sie eine nie benutzte Nudelmaschine in den Keller bringen wollte, hatte sich die Überzeugung, dass hinter dem Heizrohr ein mordlustiger, Gollum-artiger Zwerg hockte, der vor lauter Vorfreude, ihr gleich einige Gliedmaßen abzusägen, bereits leise knurrte, wie ein klebriger Pelzkragen um ihren Hals gelegt. Ja, genau so war die Empfindung gewesen: *ein klebriger Pelzkragen um ihren Hals*, das musste man sich mal vorstellen. Laut schreiend und um sich schlagend war sie die Treppe wieder nach oben gerannt. Die Nudelmaschine war ihr dabei aus den Händen geglitten und mit einem hohlen Geräusch kaputtgegangen. Wieder in ihrer Wohnung angelangt, hatte sich Natalie geschämt. Wie eine Fünfjährige, die zu viele Herr-der-Ringe-DVDs hintereinander gesehen hatte, führte sie sich auf. Aber zurück in den Keller würden sie trotzdem keine zehn Pferde bekommen. Irgendetwas *hatte* hinter dem Heizrohr geknurrt. Vielleicht eine Ratte?

Natalie fragte sich, was schlimmer gewesen wäre: ein knurrender Zwerg, ausgestattet mit einer Kettensäge, oder eine mutierte Riesenratte mit leuchtenden Augen und vermutlich spitzen Zähnen. Dann fiel ihr ein, dass die Kettensäge des Zwergs ja eine Zwergenkettensäge hätte sein müssen oder zumindest eine Spezialanfertigung aus dem Nebelgebirge im Norden Mittelerdes, und sie lachte kurz auf. Aber dann machte sie sich ernsthafte Sorgen um ihren Geisteszustand. Sie war ja total verrückt.

Natalie beschloss, etwas zu unternehmen. Nach einigen teuer bezahlten Sitzungen »Seelenvolle Rückführung in verdrängte Vorleben« bei einem immerzu tumb lächelnden Heilpraktiker, der beim Ausstreichen ihrer löchrigen Aura ab und zu ihre Brüste berührte, hatte sie die Entscheidung getroffen, einen Psychotherapeuten aufzusuchen. Das kam ihr irgendwie weltlicher vor. Und so war sie hier gelandet.

Ein attraktiver, hochgewachsener Mann war er, dieser Theodor Silberstadt. Mitte fünfzig, schätzte Natalie, aber sie war sich nicht sicher. Gepflegt, sympathisch, elegant, mit dunkelbraunen Augen und fein geschwungenen Lippen. Er hatte sein erstaunlich dichtes, dunkles Haar mit glänzendem Gel nach hinten gekämmt, was an die Frisuren der Dreißigerjahre-Filmstars erinnerte. Seine Hände gefielen Natalie besonders gut: schmal und blass und blau geädert, irgendwie aristokratisch. Am linken Mittelfinger trug er einen Silberring mit einer antiken Münze. Manchmal setzte er sich eine Hornbrille auf seine lange, leicht gekrümmte Nase, was ihm das Aussehen eines konzentrierten Vogels gab, vor allem wenn er seinen Kopf beim Zuhören nach links neigte.

Natalie war erst dreimal hier gewesen. Bis jetzt schien Theodor Silberstadt seinen hohen Stundensatz ausschließlich dafür zu nehmen, dass er ihr aus dem Mantel half, mit seiner langen Hand auf ein rotes Sofa deutete und eine Schachtel Kleenex zurechtrückte. Ab und zu machte er »Hm« oder stellte eine kurze Zwischenfrage. Mehr nicht.

Dass das Sofa ausgerechnet rot sein musste, war ein so himmelschreiendes Klischee, dass es Natalie körperlich wehtat. Sie verspürte jedes Mal ein dumpfes Ziehen im Unterleib, wenn sie sich dem burgunderfarbenen Samt näherte. *Die rote Couch*. Du liebe Güte. Das konnte nicht wahr sein. Aber vielleicht war es ein Zeichen? Natalie suchte immer nach Zeichen, die ihren Lebenskurs korrigieren und in die richtige Richtung weisen sollten. *Die rote Couch* von Irvin Yalom! Ein toller Roman war das gewesen, den sie in ihrer Büchershow zu gern vorgestellt hätte. Ja – Natalie straffte die Schultern –, sie hatte eine eigene TV-Show, die sie einmal in der Woche moderierte. Kein bedeutender Sender und auch nicht um 20 Uhr 15, aber immerhin.

Genau genommen war es eigentlich nicht ihre Show. Sie hatte lediglich den Bücherblock von zehn Minuten Länge zu bestreiten. In dieser Zeit musste sie fünf Neuerscheinungen vorstellen und positiv bewerten. »Darf ich auch mal etwas Negatives sagen?«, hatte sie neulich gefragt, denn sie war es leid, Vampirromane und kiloschwere Historienschmöker anzupreisen, in denen es immer wieder um verworrene Huren- oder Hebammenschicksale im Mittelalter ging. Nein, nein, war ihr von der Programmleitung geantwortet worden, die Büchershow verstünde sich als eine Sendung, die den Zuschauern Lektüre ans Herz legen wollte. Man hielte sich da ganz an Heidenreichs Standpunkt und werde den Zuschauern nicht die Zeit mit Verrissen stehlen.

So hätte sie es ja gar nicht gemeint, hatte Natalie widersprochen, sie würde Bücher grundsätzlich lieben, fände aber, dass es glaubwürdiger wäre …

Mittelfristig sei geplant, die ganz großen Verlagshäuser als Sponsoren zu gewinnen, war sie unterbrochen worden, und das könne nur gelingen, wenn Bücher beworben und nicht negativ beurteilt würden. *Basta*. Natalie hatte genickt und sich gedacht, dass Frau Heidenreich bei dieser Bücherauswahl sowieso die dünnen Haare zu Berge stehen würden.

Aber was konnte sie schon ausrichten? Sie durfte sich die Bücher, die sie vorzustellen hatte, ja nicht mal aussuchen. Meistens hatte sie sie gar nicht gelesen. Wer konnte schon fünf Bücher in einer Woche bewältigen und nebenher noch Kolumnen für Zeitschriften schreiben? Oft googelte sie einfach die Titel und druckte sich ein paar Rezensionen aus, die sie kurz vor ihrem Auftritt noch mal durchlas. »Ein gaaanz außergewöhnlicher Roman …«, rief sie dann mit breitem Lächeln in die Kamera und hasste sich selbst. Doch sie wurde ganz gut bezahlt, und manchmal sprach sie jemand auf der Straße an, was sie enorm genoss, was sie aber auch dazu zwang, immer gut aussehen zu müssen. Eine weitere Macke: Sie legte sogar Lippenstift auf, wenn sie um Mitternacht den Mülleimer runterbrachte. Es könnte ja sein, dass sie auf der Treppe ins Stolpern geraten, sich mehrmals überschlagen und tödliche Verletzungen zuziehen würde. Dann wollte sie wenigstens eine halbwegs attraktive Leiche abgeben, wenn sie schon neben einer zerrissenen Mülltüte ihr Ende finden sollte.

Natalie ließ die Haustür hinter sich zufallen. Sie stand nun auf der sonnigen Leonhardtstraße und schüttelte den Kopf über ihren letzten Gedankengang. Das war auch lästig: dass sie immer so viele Bilder vor Augen hatte. Andauernd kamen ihr merkwürdige Assoziationen und Ideen. In aller Deutlichkeit sah sie sich mit gebrochenen Gliedmaßen am Fuße einer Treppe liegen (genau so wie Meryl Streep in *Der Tod steht ihr gut*), ihr schimmerndes Haar wie einen Fächer um ihren um 180 Grad verdrehten Kopf gebreitet, neben sich bedauerlicherweise diese geplatzte Mülltüte, aus der feuchter Kaffeesatz quoll, ein ungelesener heiterer Frauenroman, gefolgt von bräunlich angelaufenen Bananenschalen. Moment mal – Natalie blinzelte angestrengt in die Sonne –, sie mochte überhaupt keine Bananen. Aber heitere Frauenromane, wenn sie wirklich witzig geschrieben waren, wie die von Sophie Kinsella und Kerstin Gier, eigentlich ganz gerne. Natalie durchforstete ihre Handtasche nach einer Sonnenbrille. Ein Pochen über der rechten Augenbraue kündigte Migräne an. Seufzend gab sie die Suche auf und lief langsam in Richtung Stuttgarter Platz davon. Sie musste bis morgen noch zwei Kolumnen schreiben (eine übers Kochen für *La Cuisine*, eine übers Leben für *Divina*), aber sie würde sich jetzt trotzdem die Zeit für einen Milchkaffee auf der Straßenterrasse vom Café Dollinger nehmen, Leute beobachten, ein paar Notizen machen und eine Formigran schlucken.

▸◂

Theodor gähnte. Ein Blick auf den Terminplaner sagte ihm, dass ihm jetzt gleich Heinz Schleyberger bevorstand, ein übergewichtiger Mittsechziger, der sich Frauen überlegen fühlte, aber unbedingt eine Beziehung eingehen wollte. Bedauerlicherweise wollte niemand eine Beziehung mit *ihm* eingehen, was er überhaupt nicht verstehen konnte. Zahlreiche Kontaktanzeigen hatten ihm kein Glück gebracht. Dass dies eigentlich kein Grund war, einen Therapeuten aufzusuchen, schien ihm nicht einzuleuchten.

Theodor fühlte sich seit längerer Zeit unterfordert. Hinz und Kunz gingen heutzutage zum Therapeuten. Und Schleyberger eben auch. Theodor gähnte noch einmal. Dabei knackte sein Kiefer.

Die Frau eben, die schien wirklich ein Problemchen zu haben. Sie sprach nun schon zum dritten Mal ziemlich genau fünfundfünfzig Minuten lang sprunghaft und hektisch über Banalitäten, als umkreise sie verbal einen wunden Punkt. Neulich hatte sie sogar Bemerkungen über das Wetter gemacht. Erst in den letzten fünf Minuten ließ sie sich etwas

Tiefgründigeres aus der Nase ziehen. Bisher war es immer um ihren Vater gegangen. Sie war ein Einzelkind, so viel hatte Theodor herausbekommen.

Er stand auf, um die Fenster zu öffnen. Durch die Äste der Linden hindurch hätte er Natalie an einem kleinen runden Tisch auf dem Trottoir in der Sonne sitzen sehen können. Sie träufelte gerade Bachblüten-Notfalltropfen in ihren Milchkaffee. Aber in diesem Augenblick ertönte die Klingel, und Theodor ging zur Tür. Es war Heinz Schleyberger, atemlos vom Treppensteigen.

»Tach, Herr Doktor.«

»Guten Morgen.« Theodor ließ ihn eintreten und an der Garderobe ablegen. Nur Frauen nahm er die Mäntel ab, Männer konnten das allein erledigen. Dann deutete er auf die rote Couch und setzte sich wieder an seinen gläsernen Schreibtisch.

»Habe mich mit einer Dame namens Matilde getroffen«, erstattete Heinz Schleyberger Bericht. »Sie kam mit fünfzehnminütiger Verspätung, entschuldigte sich aber dafür, was ich als ein gutes Zeichen wertete, denn es war doch immerhin höflich. Verspäten kann sich ja jeder mal, sagte ich zu ihr, aber eigentlich glaube ich, dass man nur früh genug losgehen muss, und dann kommt man auch nicht zu spät. Und wer zu spät kommt, der hat seinen Termin von vorneherein nicht so ernst genommen. Und das sagte ich auch der Matilde, aber als sie sich so nett entschuldigte, da dachte ich …«

Theodor hatte Mühe, sich zu konzentrieren. Warum sagt der immer *Matülde*?, fragte er sich. Dann riss er sich zusammen und gab seinem Gesicht einen konzentrierten Ausdruck.

»Ist ja auch glaubwürdig«, sagte Schleyberger gerade, »ich meine, jedem kann mal ein Aquarium explodieren, dafür kann man ja nichts. Und dass man dann nicht alles am Boden rumzappeln lässt, sondern erst mal aufräumt, ist ja vollkommen in Ordnung. Aber, ich sag mal so, ich denke, dass …«

Cogito, ergo sum, dachte Theodor, und so etwas wie Verzweiflung überkam ihn. »Herr Schleyberger« unterbrach er seinen Klienten, »Herr Schleyberger« eine kurze Zwischenfrage: Wenn Ihr Leben eine Brücke darstellte, wo auf ihr würden Sie gerade stehen?« Mit beiden Händen knetete Theodor seine Ohrmuscheln.

»Auf der Brücke?«

»Ja. Auf der Brücke.«

»Na ja. Ich weiß nicht. Führt sie über Wasser, diese Brücke? Oder ist es eine Autobahnbrücke?«

»Das ist gleichgültig.« Theodors Ohren glühten.

»Mir ist es nicht gleichgültig.«

»Herr Schleyberger, es geht doch um das *Bild*, verstehen Sie? Es geht um den symbolischen Wert der Brücke.«

»Die Brücke soll also mein Leben darstellen?«

»Ja. Genau.«

»Ist es eine Hängebrücke oder eine Bogenbrücke?«

»Wo stehen Sie auf der Brücke?«

»Um darauf zu antworten, muss ich wissen, um was für eine Brückenart es sich handelt«, erwiderte Heinz Schleyberger, und ein belustigtes Lächeln umspielte seine Lippen. Er fand sich originell, das konnte man ihm ansehen. Die feisten Hände auf dem Bauch gefaltet, die Daumen in rasantem Tempo umeinander kreisend, wartete er gespannt darauf, was Theodor erwidern würde.

»Es geht Ihnen gar nicht darum, meine Frage zu beantworten, nicht wahr, Herr Schlauberger?« Theodor hatte seinen Platz am Schreibtisch verlassen, stand nun am Fenster und zerrte am Griff. Luft, er brauchte Luft. Gleich würde er ersticken. »Es geht Ihnen ausschließlich darum, Ihre Mitmenschen davon zu überzeugen, dass sie Sie genauso großartig finden wie Sie sich selbst. Und da wundern Sie sich, dass es niemand mit Ihnen aushält? Ich sag Ihnen was: Aquarien explodieren nicht einfach so, und auch mit *Matülde* wird es nichts werden, weil Sie ein selbstsüchtiger, adipöser Langweiler sind. Wollen Sie einen Rat? Nein, den wollen Sie gewiss nicht, aber ich gebe Ihnen trotzdem einen: Gehen Sie zu den Weight Watchers, melden Sie sich in einem Fitnessclub an, und halten Sie einfach öfter mal den Mund. Sie sind lange nicht so toll, wie Sie glauben. Sie sind …«

Mit einem knirschenden Ruck sprang das Fenster auf, Vögel sangen, als stünden sie unter Drogen. Theodor verstummte und lehnte sich weit hinaus. Das konnte nicht wahr sein, dass er all das eben tatsächlich gesagt hatte.

Hinter sich, auf dem roten Sofa, hörte er Schleyberger keuchen. »Na, hören Sie mal …«

»Ich … äh …«, stammelte Theodor. Er war ja vollkommen wortinkontinent, er brauchte dringend Urlaub. Zu seinem Entsetzen fühlte er ein hysterisches Kichern, das sich durch seine Luftröhre nach oben zu schieben schien und gleich seinen Mund ausfüllen würde. »Hiimpf«, machte Theodor erstickt und krümmte sich.

»Ich weiß nicht, was ich davon halten soll, Herr Silberstadt«, sagte Schleyberger irritiert. »Sie benehmen sich heute so sonderbar. Ist das vielleicht Teil einer Therapie oder so was?«

Theodor prustete laut heraus, dann riss er sich zusammen. »Ja«, antwortete er mit bebender Stimme und ballte die Hände zu Fäusten. »So ist es. Ein ganz neuer Therapieansatz aus den Vereinigten Staaten. Einem spontanen Negativ-Wortschwall folgt eine positive Reaktion, oft in Form eines kleinen Heiterkeitsausbruchs.« Theodor brachte ein schiefes Grinsen zustande, nicht mehr als ein wackliger Damm, gegen den sich eine mächtige Lachanfall-Flut drückte. »So wird die Si-hi-hituation überwunden und relativi-hi-hiert. Eine neue Ebene entsteht, über die dann eine Hängebrücke führen kann, verstehen Sie?«

»Klar.« Heinz Schleyberger begann dröhnend zu lachen. »Und ich dachte zuerst, Sie meinen es ernst!«

»Lassen Sie uns …«, Theodor rieb sich über sein linkes, zuckendes Auge, »für heute aufhören. Man muss mit neuen Therapien vorsichtig sein. Das war ein bisschen viel auf einmal.«

»In Ordnung. Dann zahl ich aber auch nur die Hälfte.«

»Sie brauchen heute überhaupt nicht zu bezahlen.«

»Ist ja toll.«

»Auf Wiedersehen.«

An der Tür drehte sich Schleyberger noch einmal um. »Und meinten Sie wirklich, dass Aquarien nicht einfach so explodieren, oder gehörte das schon zur neuen Therapie?«

»Jeden Tag explodieren in Deutschland Tausende von Aquarien, Herr Schleyberger. Und Tausende von Frauen kommen deswegen zu spät zu ihren Verabredungen.«

Mit weit aufgerissenen Augen nickte Schleyberger, dann verschwand er ohne ein weiteres Wort.

Theodor war das Lachen vergangen. Wenn er etwas hasste, dann war es Unbeherrschtheit, Unkontrolliertheit, Unprofessionalität. Merkwürdigerweise waren das genau die Eigenschaften, die er sich in letzter Zeit immer häufiger selbst zuschreiben musste. Wie neulich im Kino, als er plötzlich nicht mehr in der Lage gewesen war, sich auf den Film zu konzentrieren. Auf einmal nahm er nur noch schmatzende Kussgeräusche, Husten, Flüstern, Schniefen und das knurpsende Kauen unzähliger Popcornfresser wahr. Er hatte versucht, ruhig zu atmen, tief ins Tandien hinein, wie es ihm seine Qigong-Lehrerin beigebracht hatte, doch davon wurde ihm plötzlich übel, und völlig entnervt war er aufgestanden und hatte »Ruhe, verdammt noch mal!« in den dunklen Kinosaal gebrüllt. David hatte ihn hinausführen müssen. Was war nur los mit ihm?

Theodor griff zum Telefonhörer.

▶◀

Der Pinsel jagte wie ein gehetztes Tierchen über die Leinwand, übersprang in weitem Bogen ein Gebilde, das aussah wie eine burgunderrote Bodden-Seenlandschaft, und landete inmitten von schwarzen Sprenkeln, einen grünen Fleck hinterlassend, der weniger Effekt hatte, als beabsichtigt gewesen war.

David kniff die Augen zusammen und trat einen Schritt zurück.

Das Telefon klingelte.

Erschrocken zuckte er zusammen.

Er könnte das schrille Klingeln einfach ignorieren, weitermalen und diesen lächerlichen laubfroschgrünen Fleck in etwas Smaragdhaftes verwandeln. Doch er war zu neugierig und nahm ab.

»Hallo?«

»Ich bin's.«

»Was gibt's?«

»Ich habe eben einem Klienten gesagt, dass er ein selbstsüchtiger Langweiler ist, und dann habe ich es nicht geschafft, einen Lachkrampf zu unterdrücken.«

David gab einen gackernden Laut von sich.

»Das ist nicht lustig«, sagte Theodor.

»Doch, ist es. Es klingt nach einer Szene aus einem Woody-Allen-Film.«

»Na ja.«

»Was möchtest du von mir hören?«

»Ich weiß nicht.«

David fixierte den grünen Fleck. Er hat das ganze Bild versaut, dachte er. Ich werde ihn übermalen.

»Bist du noch dran?«

»Ja«, antwortete David. »Lass uns heute Abend in Ruhe darüber reden. Vielleicht hast du eine Midlife-Crisis oder so was.«

»Ich bin viel zu alt für eine Midlife-Crisis!«, begehrte Theodor auf.

»Dann ist es eben eine Altersdepression.«

»Du bist gemein.«

»Heute Abend, Theodor, ja? Ich komme zu dir. Um halb acht bin ich da.«

»So spät erst?«

»Ich muss hier fertig werden.«

»David?«

»Hm?«

»Ach, nichts.«

»Was?«

»Nichts.«

»Na dann.«

»Bis heute Abend.«

David legte den Hörer zurück auf die Ladestation und starrte einen Augenblick auf seine farbverschmierten Handrücken. Was war nur los mit Theodor? Er klang überarbeitet und müde. Er sollte ein bisschen kürzertreten, schließlich war er nicht mehr der Jüngste, immerhin fünfzehn Jahre älter als er. David seufzte. Dann richtete er seine Konzentration wieder auf den grünen Fleck. Vielleicht war er doch nicht so übel? Er würde ihn erst einmal trocknen lassen und dann entscheiden.

▶◀

Um einundzwanzig Uhr traf David in Theodors Wohnhaus am Lietzenseepark ein, das nur einen kleinen Spaziergang von seiner Praxis entfernt lag. Er klingelte. Dreimal kurz, dreimal lang, ihr Erkennungszeichen. Der Türöffner ertönte sofort, der Fahrstuhl im Jugendstil stand auch schon bereit. Rumpelnd beförderte er David in den vierten Stock. Es roch nach Berliner Hausflur, ein wenig staubig und *alt*. David wäre lieber im Freien geblieben. Der Sommerabend war so herrlich. Vielleicht könnte man noch einmal ausgehen?

Als der Fahrstuhl mit einem Ächzen hielt, öffnete Theodor gerade die Wohnungstür. Er trug eine Küchenschürze mit provenzalischem Muster und hatte bereits eine halbe Flasche Rioja getrunken. Sein emotionaler Zustand schwankte zwischen Niedergeschlagenheit und Aggressivität. Mit einem Grissini-Stängchen deutete er anklagend auf sein Gegenüber. »Warum bist du so spät?«

»Ich habe mich über einem grünen Fleck verloren«, antwortete David, der das Fahrstuhlgitter etwas zu kraftvoll hinter sich zufallen ließ. »Ich kann mich einfach nicht entschließen, ihn auszumerzen, irgendwie scheint er eine Daseinsberechtigung zu haben.«

»Deine Sorgen und Rockefellers Geld möchte ich haben.« Wie ein Dirigent fuchtelte Theodor mit dem Grissino herum.

»Was ist denn das für eine blöde Formulierung?«, rief David, der sich ungerecht behandelt fühlte. »Und Geld hast du wohl genug.«

»Ach!« Das Grissino brach entzwei. »Darum geht es dir nur noch?«

»Hör schon auf! Warum machst du so einen Aufstand?«

»Du bist zu spät.«

»Dürfte ich trotzdem reinkommen? Ich mag nicht schon im Hausflur mit dir herumstreiten.« David lächelte versöhnlich und küsste Theodor flüchtig auf den Mund. Dann ging er an ihm vorbei, über den Flur ins Wohnzimmer, warf sich aufs Sofa und starrte durch die gegenüberliegenden Fenster. Der Himmel war voller Abendglanz. Im Wasser des Sees spiegelten sich die ersten Lichter der umstehenden Häuser, und auch der Funkturm begann zu glitzern.

»Schön«, murmelte David.

»Wenn es dir doch so gut gefällt, warum ziehst du dann nicht endlich zu mir?«, erwiderte Theodor, der die Wohnungstür geräuschvoll geschlossen hatte und David gefolgt war. »Dein Atelier in Mitte kannst du ja zum Arbeiten behalten, aber wohnen tust du hier.« Ihm fiel selbst auf, wie nörgelig seine Stimme klang.

»Bitte nicht schon wieder dieses Thema.«

»Wir sind jetzt seit fünfundzwanzig Jahren zusammen«, sagte Theodor, der im Türrahmen lehnte. »Findest du nicht, wir haben die Probezeit bestanden?«

David antwortete nicht. Er schien gar nicht zuzuhören und zeigte Theodor sein kantiges Profil.

Theodor seufzte. Dann hob er die Nase und schnupperte. Mit einem Aufschrei eilte er in die Küche, wo einige Zweiglein Rosmarin auf einer verschmorten Lammschulter Feuer gefangen hatten. Während Theodor fluchend die Ofentür aufriss und sich an dem Schwall austretender heißer Luft die Nasenspitze versengte, war David aufgestanden. Er entzündete die Kerzen, die in zwei antiken silbernen Haltern auf dem bereits gedeckten Esstisch standen.

»Kann ich helfen?«, rief er. Doch wüstes Topfgeklapper hielt ihn davon ab, seine Frage zu wiederholen. Stattdessen legte er eine CD ein. *»Chanson, juste pour toi, chanson un peu triste, je crois …«*, sang eine melancholische Frauenstimme. David stellte sich ans Fenster und schaute wieder hinaus.

Mit beleidigter Miene trug Theodor das Abendessen herein. Sein Gesicht war rötlich verfärbt.

»*C'est une chanson d'amour fané, comme celle que tu fredonnais.*«

»Ah, diese dumme Kuh«, sagte Theodor.

»Ich dachte, du magst Carla.«

»Seitdem sie mit diesem französischen Zwerg verheiratet ist und tantige Kostüme trägt, finde ich sie albern.«

»Soll ich ausmachen?«

»Ist jetzt sowieso egal.« Theodor rieb sich die schmerzende Nasenspitze. »Wenn du willst, bedien dich an staubtrockenem Lammfleisch, pampigen Zucchini und steinhartem Baguette. Die Crevetten habe ich schon weggeschmissen.«

David sah ihn an. »Du machst diesen ganzen Aufstand für eine kleine Verspätung?«

»Ich will, dass wir zusammenleben.«

»Soll das eine Drohung sein?«

»Ja.«

David lachte. Dann bohrte er die Fleischgabel in den Lammbraten und bekam sie nicht wieder heraus.

»Und wenn ich nicht will?«

Theodor entkorkte eine weitere Flasche Rotwein, goss ein, reichte David ein Glas quer über den Tisch und trank selbst einen großen Schluck. »Wenn es nicht klappt, dann ziehst du eben wieder aus«, sagte er mit etwas schwerer Zunge. »Was haben wir schon zu verlieren?«

David zögerte. Einiges, dachte er. Er und Theodor hatten sich am 2. Mai 1985 kennengelernt. Dieser Moment war so lange her, dass er aus einem Vorleben zu stammen schien, so etwas wie eine karmische Erinnerung sein musste.

1985 war David achtzehn Jahre alt und Flugbegleiter bei der PanAm gewesen. Die Berliner Mauer hatte noch gestanden. Beides war heutzutage unvorstellbar.

1985 war das Wrack der *Titanic* entdeckt worden.

1985 hatte David noch ziemlich viele blonde Locken auf dem Kopf gehabt und ausgesehen wie die fleischgewordene David-Statue von Michelangelo.

Vieles hatte sich seitdem verändert, nur er und Theodor waren noch immer zusammen. Ein Grund für so viel Dauerhaftigkeit war in Davids Augen gerade die Tatsache, dass sie sich nie eine Wohnung geteilt hatten.

Nach dem Fall der Mauer hatte Lufthansa die Flugrechte von PanAm übernommen, David war auf Langstrecke gegangen, und dann, Mitte der Neunzigerjahre, hatte er Krampfadern und chronisch entzündete Stirnhöhlen bekommen. Er kündigte, um sich ganz der Malerei widmen zu können. Diese Entscheidung war eine der wichtigsten in seinem Leben, die zwar mit einem finanziellen Desaster einherging (nun ja, so schlimm nun auch wieder nicht, denn Theodor war ja da), doch David fühlte sich seitdem so herrlich selbstverwirklicht. Er war damals noch nicht einmal dreißig Jahre alt gewesen, und das Leben wurde immer verheißungsvoller. Inzwischen pulsierte Berlins Mitte wieder. Studenten, Künstler, junge, hippe Leute lebten dort. Die Boheme. Und deswegen musste David auch dorthin. Theodor hatte Verständnis gehabt und ihn moralisch und finanziell unterstützt. Seitdem war David selig, er hatte das Gefühl, in einer selbst erschaffenen, virtuellen Welt zu leben. Er liebte die Nächte im Atelier, eingehüllt in Stadtgeräusche und den Geruch von Farbe. Er liebte »seine süße, kleine Auguststraße«: den Tapas-Teller im *ruz*, hausgemachten Apfel-Möhre-Ingwer-Saft aus der *Fresh Eatery*, die Dachterrasse der *Amano-Bar*.

Und mich, würde Theodor an dieser Stelle sagen, mich liebst du nicht, oder was? Sie hatten schon so oft deswegen gestritten. In letzter Zeit immer häufiger. Theodor schien wie besessen von der Idee, mit David zusammenzuleben, und brachte die Sprache immer wieder darauf. David war es leid. Vielleicht sollte er Theodor seinen Willen lassen? Das Atelier würde er ja nicht aufgeben, er würde weiterhin jeden Tag dort malen und abends mit dem Fahrrad nach Charlottenburg fahren, um mit Theodor den Abend und die Nacht zu verbringen. Sehr bürgerlich kam ihm dieser Lebensplan vor. Und er gefiel ihm überhaupt nicht. Er würde seine Freiheit aufgeben, sich nicht mehr spontan mit seinen Aktmodellen auf ein Bier verabreden können, um mit ihnen über die Touristenscharen, die Kunstszene und die Halsabschneider von Galeristen zu lästern, und dann weiterziehen, in die nächste Bar. Mit einem seiner Modelle landete er für gewöhnlich wieder im Atelier. Man küsste sich, manchmal auch mehr. Man trank Espresso und beobachtete, wie der Himmel hinter den Atelierfenstern seine Farbe veränderte.

Seit einigen Wochen war David vernarrt in Tim, ein schwarzes Unterwäsche-Model aus San Francisco. Er hatte ihn schon mehrfach gemalt, ohne Unterwäsche, dafür mit einer Osram-Glühbirne in der Hand. Er hatte so energetisch ausgesehen: der schwarze Muskelmann, ein modernes Lichtsymbol haltend. Wie Luzifer, der gefallene Engel. Ein Triptychon wollte David zu diesem Thema malen, ein Tim-Triptychon mit der Bay Bridge im Hintergrund.

Das und viel mehr kann ich mir dann wohl vorerst von der Backe putzen, dachte David. Adieu, Berlin-Mitte. Adieu, künstlerische Freiheit, Adieu, Tim …

»*Je suis excessivement triste*«, sang Carla Bruni nicht besonders traurig.

David räusperte sich. Vielleicht ging Theodor ja auf einen Kompromiss ein? »Was hältst du von folgender Idee? Du verkaufst die Wohnung hier, und mit dem Geld suchen wir uns etwas Passendes am Prenzlauer Berg, vielleicht zwei Wohnungen in einer netten Hausgemeinschaft.«

Theodors Augen verengten sich. »Bin ich eine zwanzigjährige Studentin aus Wuppertal, oder was? Der Prenzlberg! Das kann nicht dein Ernst sein. Da wohnen die, die es nicht besser wissen.«

Ein lautes Seufzen entfuhr Davids Brust.

Theodor beobachtete ihn scharf. Davids träumerischen Blick aus dem Fenster hatte er als ein Versinken in Erinnerungen gedeutet, das kaum merkliche Hochziehen seiner Schultern als ein Fügen ins Unvermeidliche. Und jetzt kam er ihm mit dem Prenzlauer Berg. Theodor wurde immer wütender. Was war so grässlich daran, nach Charlottenburg zu ziehen, mietfrei in einer Sieben-Zimmer-Altbau-Wohnung zu leben, deren einziger Nachteil darin bestand, dass sie keinen Balkon hatte? Dafür lag ihr der Lietzenseepark zu Füßen. Theodor hatte diese Traumwohnung Mitte der Siebzigerjahre von einer alten Tante geerbt, an die er sich kaum erinnern konnte. Deswegen hatte er damals, ein junger Student der Psychologie, auf dem Luisenfriedhof auch nicht besonders unglücklich ausgesehen, als die Tante beerdigt wurde. Aber er fühlte sich ihr auf eine tiefe, unaussprechliche Weise verbunden und bekundete dies durch das Niederlegen eines imposanten Blumenkranzes.

Meiner Tante. In Liebe und Dankbarkeit. Theodor.

Nach der Trauerfeier war Theodor in Hochstimmung gewesen. In einem Taxi hatte er sich in *seine* Wohnung chauffieren lassen, unterwegs wies er den Fahrer an, kurz vor einem Spirituosengeschäft zu halten, um eine Flasche Pommery zu kaufen. Dann ging die rasante Fahrt weiter. Draußen regnete es. Das würde Theodor, die eisgekühlte Flasche Champagner an sein wild schlagendes Herz gepresst, niemals vergessen.

Die Wohnung war leer, nur im Wohnzimmer war ein enormer Wandspiegel im Napoleon-Stil hängen geblieben. Theodors aufgekratzter Überschwang verflog, was nichts mit dem Spiegel zu tun hatte, der ihm gut gefiel. Aber er war sich des großen Moments bewusst, und andächtig, wie bei einer Kirchenbesichtigung, schritt er durch alle sieben Zimmer. Das Parkett knarrte unter seinen Schritten, was er als einen Willkommensgruß interpretierte. Und dann – Theodor (der seinen Rundgang gerade beendet hatte und wieder im Wohnzimmer angelangt war) wusste das wirklich zu schätzen, denn er liebte dramatische Szenen – brach urplötzlich eine winterliche Nachmittagssonne aus den Wolken hervor und fing sich im goldenen Rahmen des Spiegels. Theodor nahm die Champagnerflasche vom marmornen Kaminsims und ließ den Korken knallen. Nun konnte das Leben losgehen.

»Ich überleg es mir in Ruhe.« David spießte ein Brokkoliröschen auf seine Gabel, das so weich gekocht war, dass es auf den Teller zurückfiel.

»An was hast du eben gedacht?«, fragte Theodor. »Als du aus dem Fenster geschaut hast.«

»Warum willst du das wissen?«

»Nur so.«

David stöhnte. »Man kann sich keinen Augenblick mit dir unterhalten, ohne dass du einen bis auf die Knochen analysierst. Neulich hast du sogar eine Telefonmitarbeiterin vom Otto-Versand ganz mürbe gequatscht.«

»Woran hast du gedacht?«

David lächelte boshaft. »An die *Titanic.*«

»Oh«, machte Theodor betroffen. »Dafür muss man nicht studiert haben, um zu begreifen …«

»Es ist eine Frage des Blickwinkels«, erwiderte David gelassen.

»Ich bin der Eisberg, du die *Titanic*?« Fragend hob Theodor die Augenbrauen.

»Falsch.«

»Ich bin Kapitän Smith, und du bist die White Star Line?«

»Auch nicht.«

»Ich bin Rose, und du bist Jack?«

David schlug die Beine übereinander. »Ist dir aufgefallen, dass du dir immer die Hauptrollen gibst?«, fragte er.

Theodor verschluckte sich am Rioja. »Ich finde nicht, dass Rose die Hauptrolle hat, Jack nimmt schließlich ein höchst dramatisches Ende, und …«

»Und ist dir außerdem aufgefallen, dass du jeden Satz mit dem Wörtchen *Ich* begonnen hast?«, fuhr David fort.

Theodor stand schnell auf. Davon wurde ihm schwindelig, und er musste sich an der Tischkante festhalten. »Warum willst du nicht bei mir wohnen?«

»Ich brauche gewisse Freiheiten.«

»Aber die hast du doch!«, rief Theodor. »Du bekommst zwei Zimmer, eins mit Seeblick und eins, das in den Hof hinausgeht. Und ich bringe dir jeden Morgen eine Tasse Kaffee ans Bett. Und dann gehe ich in die Praxis, und du gehst malen, und am Abend treffen wir uns wieder hier, und ich koch uns was Feines. Das wird fabelhaft.«

»Genau das meine ich«, erwiderte David mit schmalen Lippen. »Wie Vati und Mutti.«

Theodor sah ihn betroffen an. Dann begann er schweigend den Tisch abzuräumen.

Sofort schämte sich David. »Ich wollte dich nicht kränken!«, rief er, denn Theodor war der wunderbarste, großzügigste Mensch, den es auf der ganzen Welt gab. Er spendete Geld für Haiti und Pakistan und für SOS-Kinderdörfer. Er kaufte das Obdachlosenblatt *Motz* immer gleich stapelweise.

Er war es außerdem, der immer noch die Miete für Davids Atelier bezahlte, satte tausend Euro monatlich.

»Theodor!«, rief David. Doch was hatte er zu sagen? Er war ja glücklich mit der Situation. Er wollte weiterhin mit Theodor zusammen sein, mit ihm durch die Antiquitätengeschäfte der Suarezstraße bummeln oder stundenlang an der Austernbar vom KaDeWe rumhängen. Und natürlich am Sonntagabend den Tatort bei ihm sehen. Und den Rest der Zeit wollte er ein Künstler sein, frei und ungebunden und ein wenig zügellos. Zwei Seelen rumorten in ihm. *Teilpersönlichkeiten*, hatte Theodor ihm einmal in einem anderen Zusammenhang erklärt. David mochte seine Teilpersönlichkeiten, den Spießer und den Bohemien, gleichermaßen gern.

»Ich will ja gern mit dir hier wohnen!«, rief er.

»Wirklich?« Theodors Augen leuchteten auf.

»Aber nicht sofort.«

»Worauf wartest du?«

»Auf eine Eingebung.«

»Das ist albern. Du willst mich nur hinhalten.«

»Bedräng mich nicht«, sagte David und schloss kurz seine blauen Augen. »Respektiere meine Entscheidung.«

»Selbstverständlich.« Theodor nickte. Dann räusperte er sich. »Ich habe Eclairs im Kühlschrank. Von *Délices Normands*. Magst du?«

»Jetzt hast du es wieder geschafft!«

»Was?«

»Dass ich ein schlechtes Gewissen habe«, klagte David.

»Soll ich mich entschuldigen?« Theodor ging in die Küche. »Möchtest du Kaffee oder Tee?«, rief er von dort.

»Nein.«

»Ich mach mir einen Hagebuttentee, möchtest du wirklich nicht?«

»Nee.«

David ließ sich auf das Sofa fallen, schaltete den Fernseher ein und atmete tief durch. Diesmal schien der Kelch an ihm vorübergegangen zu sein. Trotzdem fühlte er sich miserabel. Theodor war so liebenswert, so weltoffen, so charmant. Wenn er durch den Park spazierte, kam er an keinem Kinderwagen vorbei, ohne verzückt hineingespäht und mit den Müttern geplaudert zu haben, er sprach auch mit den Senioren, die im nahe liegenden Altersheim wohnten und ihren täglichen Gang am See entlang machten. Die Kinder auf dem Spielplatz winkten ihm zu, und er winkte zurück. Theodor interessierte sich wirklich für die Menschen, egal, woher sie kamen, egal, wie alt sie waren, und deshalb liebten ihn alle. Theodor, Theodor, Theodor, dachte David plötzlich genervt. Theodor fehlte nur noch ein Heiligenschein. Selbst die Enten im Park schnatterten ihm freundlich entgegen.

In Windeseile zappte sich David durch das spätabendliche Programm.

Mit einer Tasse setzte sich Theodor aufs Sofa und reichte David einen Dessertteller mit zwei schokoladeüberzogenen Eclairs. »Was gefunden?«

»Nö.« David starrte auf den Teller. »Wollen wir noch mal rausgehen?«

»Ich bin müde. Lass uns lieber eine DVD sehen. Wie wäre es mit Doris Day? *Ein Hauch von Nerz*?«

»Gleich.« David zappte weiter und verschlang dabei die beiden Eclairs. Er hatte immer noch Hunger.

»Halt!«, rief Theodor plötzlich. »Was war denn das eben? Schalt mal zurück.«

»Astro-TV? Soll Sarina einen Blick in deine Zukunft werfen?« David kicherte mit vollem Mund.

»Nein, nein, noch weiter zurück.« Theodor war ganz aufgeregt. »Genau. Halt. Stopp! Die Büchershow. Das ist Natalie Schilling.«

»Wer ist Natalie Schilling?«

Theodor starrte, ohne Antwort zu geben, auf den Bildschirm.

»Kennst du die?«, fragte David weiter.

»Ja, doch.«

»Woher denn?«

»Pssst.«

»Gut sieht sie aus.« David nickte anerkennend und leckte sich Schokolade vom Daumen. »Ein bisschen wie Andrea Sawatzki. Ich mag ja diesen rothaarigen Sommersprossen-Typ. Obwohl ihr das helle Blau nicht steht. Sag ihr das mal bei nächster Gelegenheit.«

»Ich bin ihr Therapeut, nicht ihr Stylingberater«, entgegnete Theodor gereizt.

»Ha! Jetzt hast du dich verplappert!«, feixte David.

»Halt mal den Mund, David, ich will zuhören.«

»... verstörend und ungemein faszinierend geschrieben«, sagte Natalie gerade und hielt ein Buch in die Höhe. »Sie werden sich dem mysteriösen Zauber dieses Vampirromans einfach nicht entziehen können ...«

»Meinst du, sie hat Botox um die Augen?«, fragte David.

»Pssssst.«

»Eine verdrehte Welt wird hier sehr überzeugend geschildert, in der das Böse anziehend und erstrebenswert scheint, während das, was wir bisher als gut und richtig erachtet haben, ins Blutleere absinkt. Dieser Roman verdreht einem geradezu den Kopf. Seien Sie wachsam beim Lesen, denn das Gift wirkt nachhaltig.« Natalie lächelte maliziös in die Kamera. Dann wurde abgeblendet, und ein Mann in einem schwarzen Rollkragenpullover kam ins Bild.

»›Der ontologische Unterschied‹«, sagte er mit gekränkter Miene, »heißt mein neues Buch, das gesellschaftliche Krusten aufbrechen wird.«

»Was für ein Schwätzer«, sagte David. »Ist er Vogelkundler?«

Theodor machte eine Grimasse. »Nicht ornithologisch.«

»Vielleicht onkologisch?«

»Was auch immer ihn plagt, er sollte Bungee springen oder mit Haien tauchen, dann würde er die Menschheit nicht mit seinen Sottisen quälen.«

David lachte und senkte die Lautstärke des Fernsehers.

»Aber meine kleine Natalie hat sich doch gut geschlagen«, sagte Theodor eifrig.

»*Deine* kleine Natalie? Wie besitzergreifend du sein kannst.«

»Ich finde sie nett.«

»Was erzählt sie denn so?«

Theodor spielte an seinem Ring. »Das darf ich doch nicht sagen.«

»Seit wann denn das?«, fragte David und streckte sich auf dem Sofa aus. »Du erzählst mir doch sonst immer alles. Und du musst zugeben, dass ich dir schon sehr häufig gute Ratschläge geben konnte.«

»Ich erzähle dir lediglich hin und wieder etwas aus der Praxis, weil du zu hundert Prozent verschwiegen bist und weil ...«

»Gib es zu.«

»Was denn?«

»Dass ich dir im Laufe der Jahre viele wertvolle Tipps geben konnte und zahlreiche deiner Klienten ...«

»Ja, doch.«

»Also, erzähl endlich. Ich schweige wie ein Grab.«

Theodor fuhr sich durchs Haar. »Als kleines Mädchen beobachtete sie zusammen mit ihrem Vater die Mondlandung im Fernsehen. Aber sie verstand nicht, um was es ging.«

»Hä? Ich kann nicht folgen.«

»Ach, David, es ist eine erste Kindheitserinnerung, nicht mehr und nicht weniger. Man sollte das nicht aus dem Kontext herausreißen.«

»Warum machst du es so kompliziert?«, unterbrach ihn David. »Erzähl weiter.«

Theodor seufzte. »Als ihr Vater aus dem Fenster deutete, um ihr den Mond zu zeigen, sah sie nur den Funkturm dort stehen und fand ihren Vater albern in seiner Aufregung.«

David nickte. »Penisneid.«

»Unsinn. Ich wusste, dass du das sagen würdest.« Verärgert pustete Theodor in seinen Hagebuttentee.

»Also, ich bitte dich.« David richtete sich ein wenig auf. »Das ist so durch und durch phallisch, dass es schon wehtut. Ihr Vater zeigt ihr den Mond, und alles, was sie sieht, ist der Lange Lulatsch.«

Theodor schüttelte den Kopf. Er wollte jetzt gern eine Dusche nehmen, in seinem Schlafzimmer ein wenig meditieren und dann schlafen.

»Der Mond ist weiblich«, sagte er und stand auf.

»*Der* Mond? Haha.«

»Du weißt schon, wie ich es meine.«

»Umso mehr unterstreicht es meine Theorie«, unterbrach David, »der Vater will sie auf den Mond aufmerksam machen, und sie kapiert überhaupt nicht, um was es ihm geht.«

»Sie war nicht mal drei Jahre alt«, sagte Theodor und stellte die Tasse auf den Couchtisch.

»Das ist durch und durch freudianisch!«, rief David und schlug mit der flachen Hand aufs Sofa. Er schien richtig munter zu werden.

»Ach, Freud«, entgegnete Theodor und gähnte. »Immer nur Sex, und überall im Leben nix als Penisse und Vaginen.«

Er machte eine wegwerfende Handbewegung. »Das ist doch fürchterlich.«

»Vaginen?« David prustete. »Ist das der richtige Plural? Warum nicht Vagini? Oder Vaginas?«

»Du bist so unreif, David.«

Gänzlich unbeeindruckt lachte David weiter vor sich hin. »Wenn deine Miss Television so nett ist«, sagte er und schaltete den Fernseher aus, »und ihr der Funkturm so viel bedeutet, dann lad sie doch mal zum Abendessen ein.«

»Gute Nacht.« Theodor stand auf.

»Du gehst schon schlafen?«

»Ich bin hundemüde.«

»Wir wollten doch über dich und deine Altersdepression reden.«

»Verschon mich.«

»Nein, ernsthaft, Theodor. Du hast mich im Atelier angerufen, weil du einen Klienten ausgelacht hast, und …«

»Ich habe ihn nicht ausgelacht.«

»Na ja. Du hast in seiner Gegenwart einen Lachkrampf gehabt.«

»Ich will nicht darüber reden.«

»Es würde dir guttun.«

»Es ist nicht so wichtig.«

»Komm schon.«

»Gute Nacht.«

»Theodor, du bist kompliziert.«

»Wie sagtest du eben so hübsch? Bedräng mich nicht, und respektiere meine Entscheidung.«

David verdrehte die Augen. »Dann eben nicht.«

»Genau.«

»Auch kein Hauch von Nerz mehr heute Nacht?«

»Nein.«

Theodor ging ins Bad und zog sich aus. »Es sind noch Grissini in der Küche!«, rief er durch die geschlossene Tür.

Mit gefalteten Händen saß David auf dem Sofa. Grissini, dachte er, Grissini sind so Neunziger. Das, was Salzstangen in den Siebzigern waren. Was gab's eigentlich in den Achtzigern? Übellaunig starrte er auf Theodors halbvolle Teetasse. Pringles!

»Oh Mann«, murmelte er leise.

Dann hörte er Wasser rauschen. Schnell stand er auf, blies die Kerzen auf dem Esstisch aus und trug die dunkelbraune Lammschulter, in der noch immer die Fleischgabel steckte, in die Küche. Dann rief er durch die geschlossene Badezimmertür: »Ich geh noch mal ins Atelier!«

»Machst du Witze?«, schrie Theodor, auf dessen Kopf lauwarmes Wasser lief. Er erhielt keine Antwort mehr. Als er in einem weißen Frotteemorgenrock aus dem Bad geeilt kam, wäre er mit seinen nassen Füßen beinahe ausgerutscht. David war fort.

Theodor starrte auf die Wohnungstür. Irgendetwas in seinem Leben ging gerade fürchterlich schief. Er wusste bloß nicht genau, was, und all seine verdammte Lebens- und Berufserfahrung half ihm nicht weiter.

Es fühlte sich an, wie einen Abendspaziergang an Deck eines luxuriösen Dampfers zu machen, einen klaren Sternenhimmel zu bewundern und erst in dem Augenblick, da das Schiff die Spitze eines Eisberges rammt, zu erkennen, dass es die *Titanic* ist.

▶◀

DAS GEHEIMNIS VON BROKKOLI-NUSS-ECKCHEN

Wenn man Rezepte nicht aus sicherer Quelle beziehen kann, sollte man vorsichtig sein. Es könnte etwas faul daran sein. Aber lesen Sie selbst:

»Kinderleicht zuzubereiten«, sagte meine Freundin Susanne

und diktierte mir verschiedene Zutaten. »Du mischst das alles zusammen, gießt es auf ein Blech und schiebst es für zwanzig Minuten in den Ofen. Hinterher zerschneidest du alles in Eckchen. Fertig! Absolut einfach und köstlich!« Spätestens jetzt hätte ich stutzig werden müssen. Das Ganze klang zu unkompliziert.

Noch am gleichen Abend buk eine Brokkoli-Nuss-Eckchen-Masse im Ofen und verströmte Wohlgerüche. Ich entkorkte eine Flasche Weißwein, die ersten Gäste klingelten an der Tür, wir nahmen Platz, wir prosteten uns zu. Vielen Dank, liebe Susanne, dachte ich im Geist, für das tolle, einfache Rezept. Wenig später ging ich in die Küche, um mich zu vergewissern, dass sich, wie Susanne mir prophezeit hatte, eine goldene Kruste auf dem Brokkoli-Nuss-Teig gebildet hatte. Ein grünlicher Brei blubberte mich an und sah alles andere als appetitlich aus. Von Knusperkruste war keine Rede.

Etwas irritiert schaltete ich den Ofen auf Maximaltemperatur und eilte zurück zu den Gästen. Irgendetwas musste jetzt auf den Tisch gebracht werden. Nur was? Alarmiert rannte ich wieder in die Küche und starrte in den Ofen. Fades Grün waberte dort recht unmotiviert. An den Ecken färbte es sich gerade schwarz. Mehr war nicht geschehen. Was war los? Das Zeug war jetzt seit über einer halben Stunde im Ofen und weigerte sich, sich in Brokkoli-Nuss-Eckchen zu verwandeln.

Vorsichtig zog ich das Ofenblech heraus und begutachtete das, was ich meinen Gästen anzubieten hatte: ein knackendes, steinhartes Brett.

»Sind das die legendären Brokkoli-Nuss-Eckchen von Susanne?«, fragte eine der eingeladenen Frauen, die unbemerkt in die Küche gekommen war.

»Woher weißt du das?«, wollte ich wissen.

Sie lachte. »Bei mir sahen sie genauso aus, nur noch etwas verbrannter am Rand. Und dann fand ich heraus, dass Susanne eine viel zu große Menge Mehl in ihrem Rezept angibt. Außerdem muss noch ein Viertelliter Milch hinein!«

»Diese Schlange!«, rief ich und holte Chips und Oliven aus der Speisekammer. Heute Abend würde es keine Brokkoli-Nuss-Eckchen mehr geben.

Am nächsten Tag rief Susanne an, um sich nach dem Gelingen meiner Vorspeise zu erkundigen. »Ach, einfach köstlich!«, rief ich in den Hörer. »Und kinderleicht zubereitet!«

Ich hatte den Eindruck, dass sie kurz stutzte. Doch dann sagte sie: »Wunderbar, das freut mich. Sag mal, hättest du vielleicht ein gutes Rezept für Mousse au Chocolat für mich?«

»Oh ja«, antwortete ich grinsend. »Hast du was zu schreiben? Es ist wirklich kinderleicht zuzubereiten.«

Aufatmend drückte Natalie auf die linke Strg-Taste und zeitgleich auf P. Die Kolumne für *La Cuisine* wäre geschafft. Kurz darauf warf der Drucker den Text aus. Zur Sicherheit. Natalie druckte immer alles noch einmal aus und füllte damit die Schubladen ihrer auf Louis-seize getrimmten Kommode.

Jetzt schnell noch etwas Witziges, Lifestyle-Artiges für die *Divina*, dann könnte sie endlich ins Bett gehen. Es war schon kurz nach Mitternacht. Wie wäre es mit den Vor- und Nachteilen brasilianischer Schamhaarentfernungsmethoden? Natalie streckte sich und gähnte. Dann starrte sie eine Weile auf den Bildschirm, versuchte sich ein »Ich bin wie Carrie aus *Sex and the City*«-Gefühl zu vermitteln, summte die Anfangsmelodie. Aber es gelang ihr nicht. Berlin ist nicht New York. Und sie hatte nicht halb so viele Männergeschichten in ihrem ganzen Leben gehabt wie Carrie in einer Woche. Oder war es die andere? Samantha? Natalie gähnte wieder. Sex wurde doch vollkommen überschätzt. Sie hatte sich nie besonders viel daraus gemacht. Außerdem lebte sie gern allein.

Als sie im Laufe der Neunzigerjahre gemerkt hatte, dass alle ihre Freundinnen heirateten und dann hintereinanderweg Kinder zur Welt brachten, war ihr klar geworden, dass der Startschuss schon vor einer Weile gefallen sein musste und dass bloß sie immer noch an der Linie herumtrödelte, anstatt loszurennen. Sie hatte sich dann mehr auf ihren Beruf konzentriert, dadurch einige Freundschaften verloren, andere dazugewonnen. Alles hatte sich ein wenig verschoben.

Manchmal hatte sie nachts geweint, weil sie der Meinung war, dass etwas mit ihr nicht stimmte. Sie hätte sich einsam fühlen und Angst davor haben müssen, eines Tages als »unfruchtbarer Strunk« zu enden. So hatte sie tatsächlich eine Freundin (die dann schnell keine mehr war) genannt.

Als Frau ist man doch erst vollwertig, wenn man Mutter geworden ist, wurde ihr gesagt. Aber Natalie empfand es nicht als dramatisch, keine Mutterfreuden zu erleben. Sie bekam auch so ausreichend davon mit, verschenkte hier eine Rassel, dort ein Bobbycar, wurde zu Tauffeiern eingeladen und babysittete hin und wieder. Sie war zu einer Art wunderlicher Tante geworden, der man bedauernd auf den Rücken klopfte, wie einem alten Kutschgaul.

Doch auch das ging vorüber. Irgendwann schoben die Freundinnen von damals keine Buggys mehr vor sich her, sie regten sich nicht mehr über Zigarettenqualm auf, faselten nicht mehr von PEKiP-Gruppen und Waldorfpädagogik. Aus den Babys und Kleinkindern von damals waren pubertierende Nervensägen geworden. Niemand verbrachte seine Nachmittage mehr bei »Jack's Fun World«, und keiner klopfte Natalie mehr auf den Rücken.

Ich könnte ein Glas Wein vertragen, sagte sie sich. Ein schönes Glas Rotwein.

In der Küche entkorkte sie eine Flasche Cabernet Sauvignon, schenkte sich ein und nahm einen großen Schluck. Zum Teufel mit den Kolumnen, dachte sie plötzlich. Wie ich es hasse, diesen Blödsinn zu produzieren.

Natalie trank das Glas leer und wischte sich mit dem Handrücken über den Mund. Werde ich bis an mein Lebensende Schwachsinn schreiben und mich mit dem immer stärker werdenden Gefühl herumschlagen müssen, die ganze Zeit am Wesentlichen vorbeigezielt zu haben? Und ich meine *nicht* das Heiraten und Kinderkriegen.

Natalie war schwindelig geworden. Sie trank ein weiteres Glas Wein, genauso schnell wie das erste, und registrierte erleichtert, dass noch mehr Schwindel sie erfasste. Dann ging sie ins Bad, schminkte sich ab, putzte sich die Zähne, wusch sich Gesicht und Hände und wankte ins Schlafzimmer. Ich bin sogar zu diszipliniert, um einfach mal ungewaschen ins Bett zu gehen, dachte sie, trat vor Wut in die Luft und stieß sich dabei den kleinen Zeh am Bettpfosten. »Auaaaa!«, schrie sie, und dann weinte sie ein bisschen, weil der Schmerz unerträglich war.

Ob sie sich den Zeh gebrochen hatte?

Sie sank in einen unruhigen Schlaf, träumte kurz und unsinnig. Immer wieder schreckte sie auf. Ihr Zeh pochte und schien zu glühen, dazu hatte sich ein unangenehmer Druck auf die Blase gesellt. Natalie humpelte schniefend zur Toilette, ließ sich auf die Brille fallen und begutachtete beim Pinkeln ihren Fuß. Der kleine Zeh war dunkelviolett angelaufen und sah aus wie ein Cocktailwürstchen. Beim Aufstehen traute sich Natalie nicht, ihren verletzten Fuß zu belasten, sie kam nicht richtig auf die Beine, schwankte, ruderte heftig mit den Armen. Ob sie nicht doch ein wenig betrunken war? Unerwartet schnell fiel sie nach hinten und landete mit dem blanken Hintern in dem antiken Schälchen voller Rosen-Potpourri, das neben der Toilette stand. Es gab ein klirrendes Geräusch. Ob die Scherben …? Entsetzt schnappte Natalie nach Luft, wartete auf den stechenden Schmerz im Genitalbereich, der sich jeden Moment einstellen würde. Doch nichts geschah. Trotzdem begann sie laut zu weinen, vor Schreck, und weil das Schälchen zerbrochen war, und weil ihr getrocknete Rosenknospen am Hintern klebten. Allzu bildhaft erschien ihr die Botschaft, die irgendein Scherzkeks von Schicksalsengel oder Universums-Beauftragter geschickt hatte.

»Sehr, sehr witzig«, murmelte Natalie unter Tränen und krabbelte auf allen vieren aus dem Badezimmer, und plötzlich musste sie lachen. Nicht auszudenken, wenn jemand sie so sehen könnte. *Meine Damen und Herren, lassen Sie sich weitere Buchtipps geben, von Natalie Schilling, der Frau, die in der Nacht gerne mal neben der Toilette sitzt und sich nicht allein in den Keller traut.*

Und dann musste sie wieder weinen.

▸◂

»Zur Ruhe kommen«, sagte sie einige Tage später zu Theodor in der Praxis, »bezeichnet man es ab vierzig nicht so? Und meint damit eigentlich ›seine Träume beerdigen‹?«

»Würden Sie es so formulieren?«

»Ja.«

»Welche Träume haben Sie beerdigt?«

»Wenn ich überhaupt welche hätte.«

»Jeder Mensch hat Träume.«

»Ach.« Natalie machte eine wegwerfende Handbewegung und bemerkte zu ihrer Bestürzung, dass ihre Augen feucht wurden. »Ich weiß nur, dass ich nicht länger auf der Stelle treten will. Und: Ich bin realistisch, ich werde weder Gesangs- noch Schauspielunterricht nehmen. Und auch keinen Flamenco-Kurs an der Volkshochschule belegen. Ich werde mich nicht blamieren. Ich will nur …« Sie holte Luft und ließ den Satz dann unbeendet verhallen.

»Was wollen Sie nur?«

»Zur Ruhe kommen.«

»Warum möchten Sie keinen Unterricht nehmen? Es könnte Ihren Horizont erweitern.«

»Dieses ›Ich tue das nur für mich‹-Gerede ist so jämmerlich verlogen. Niemand töpfert eine Vase, um dann nicht auch Blumen hineinzustellen. Niemand schreibt einfach so zum Spaß, man will immer, dass es auch gelesen wird. Und zwar von möglichst vielen Leuten, am besten von Millionen. Jeder, der ein Vogelhäuschen schreinert, will, dass Vögel dort erscheinen, am besten ganze Schwärme, jeder Schauspieler braucht Publikum und Applaus, jeder Musiker will gehört werden. Am liebsten in der Carnegie Hall. So ist das.«

»Sie wollen sagen: Der Mensch möchte Erfolg haben?«, fragte Theodor.

Natalie richtete sich auf. »Ich will sogar sagen: Der Mensch *muss* Erfolg haben.«

»Sonst?«

»Sonst … geht es ihm schlecht.«

»Sie setzen sich enorm unter Druck. Tun Sie nie etwas nur aus Spaß?«

»Ich habe gewisse Ansprüche. An die Welt und an mich.«

»Welche?«

»Intellektuelle, ästhetische …« Natalie brach ab.

Theodor Silberstadt schien nicht beeindruckt. »Geben Sie mir Beispiele?«, fragte er freundlich.

»Ähm … Man sollte *Effi Briest* gelesen haben.«

»Haben Sie denn Fontane gelesen?«

»Selbstverständlich.«

»Und zur Ästhetik?«

»Ich verachte Leute, die sich ihr Wohnzimmer-Interieur mit einem Katzenkratzbaum verschandeln. Zum Beispiel.«

»Was hat Verachtung damit zu tun?«

»Und ich finde dicke Leute irgendwie lächerlich«, fuhr Natalie hastig fort, um die Frage nicht zu beantworten.

»Verachten Sie die auch?«

»Ja.«

»Wen noch?«

»Leute, die hirnverbrannte Ratgeberbücher schreiben. *Wie fange ich das Glück? Wie finde ich einen Mann? Wie werde ich erfolgreich?* Das ist alles so … banal.«

»Stichwort Erfolg«, sagte Theodor. »Was …«

»Und Leute, die hirnverbrannte Ratgeberbücher lesen, die finde ich auch verachtenswert«, unterbrach Natalie ihn. »Ich mag auch Leute nicht, die bei Facebook Fotos ihrer Hunde einstellen, obwohl ich Hunde gern mag. Verstehen Sie mich nicht falsch. Katzen mag ich nicht, sie sind verschlagen und dumm, und Katzenhalter verwechseln diese Dummheit mit Individualismus. Ich verachte auch Leute, die *jetze* sagen. Und Leute, die ihre E-Mails mit LG beenden. Und Leute, die …«

»Haben Sie schon einmal darüber nachgedacht, dass so viel Verachtung erst einmal aufgebracht werden muss?«

»Hm.«

»Also: Wie definieren Sie Erfolg?«

Schnaufend ließ Natalie ihren Kopf aufs rote Sofa zurücksinken. Sie war erschöpft. Sie wollte weinen. Warum, verdammt noch mal, heulte sie in letzter Zeit so viel? Wimperntusche und Lidschatten missachtend, rieb sie sich die Augen. Und dann fielen ihr noch all die Leute ein, die deutsche Schlagermusik und Kölner Karneval mochten und die in ihrem Auto ein Plüschtier am Rückspiegel hängen hatten. Die verachtete sie auch alle. Was hatte Theodor Silberstadt sie gerade gefragt? Erfolg? Wie definierte sie Erfolg? Natalie dachte einen Moment lang nach, verdrängte mühsam den Gedanken, dass sie auch die Protagonisten der zahlreichen Fremdschäm-Doku-Soaps verachtete: getauschte Muttis, gebrochene Herzen, madenfressende Möchtegernschauspieler, hässliche Köche, Insolvenzen …

»Frau Schilling, wie definieren Sie Erfolg?«

Natalie bekam kaum noch Luft. »Für die einfach Gestrickten ist eine gelungene Lasagne schon ein Erfolg«, antwortete sie mit erstickter Stimme. »Für andere ein gewonnener Krieg.«

»Und für Sie?«

Natalie zog die Nase hoch.

»Nehmen Sie sich ruhig ein Kleenex.«

»Ich bin verwirrt«, flüsterte sie und schnäuzte sich. Ihr kleiner Zeh begann wieder zu pulsieren. Dass ein so kleines Ding so große Schmerzen verursachen konnte. Sie erwog, Theodor von ihrem nächtlichen Fehlsitz zu erzählen, entschied sich aber dagegen.

»Was ist Ihnen so wichtig am Erfolg?«, fragte Theodor.

Natalie hätte am liebsten die Augen verdreht. Der ließ aber auch nicht locker, dieser Seelenklempner.

»Am Erfolg erkennt der Mensch, dass das, was er tut, einen Sinn erfüllt«, sagte sie und war recht zufrieden mit ihrer Antwort.

Sie schwiegen einen Moment.

»Ich habe Sie neulich im Fernsehen gesehen«, sagte Theodor.

Natalie zuckte zusammen. Dann strich sie sich eine Haarsträhne aus der Stirn. »Und? Hat es Ihnen gefallen?«, wollte sie wissen und gab ihrer Stimme einen beiläufigen Klang.

»Ja, sehr gut. Sie haben einen Vampirroman vorgestellt.«

»Ich habe ihn nicht gelesen.«

»Sie wirkten so begeistert.«

»Alles Show.«

»Ist diese Show erfolgreich für Sie?«

Natalie zerpflückte ihr Kleenex. »Die Frage ist recht zweideutig. Welche Show meinen Sie?«

Theodor lächelte sphinxhaft. Als Natalie nicht antwortete, fragte er: »Was macht Ihnen Spaß im Leben?«

»Eine gute Frage.« Natalie riss sich ein weiteres Kleenex aus der Schachtel. »Eine verdammt gute Frage.«

»Bitte beantworten Sie sie.«

»Nichts Besonderes.«

»Ihnen macht nichts Besonderes Spaß?«

»Genau. Ich bin eine abgehalfterte, alte, frustrierte Frau, der nichts mehr Spaß macht.« *Und die manchmal neben das Klo fällt.*

»Das glaube ich Ihnen nicht«, sagte Theodor.

Natalie schniefte.

»Denken Sie bis zum nächsten Mal über die Begriffe Spaß und Verachtung nach und über die Bedeutung, die beide für Sie haben. Und ob sie in irgendeiner Verbindung zueinander stehen könnten.«

»Hm.«

»Die Zeit ist um.« Theodor stand auf.

»Ich reise gern«, murmelte Natalie, mehr zu sich selbst.

Theodor hielt ihr ihre Jacke hin. Schönes Material, dachte er, mit Kaschmiranteil. »Na, sehen Sie«, sagte er lächelnd. »Das ist doch ein Wort.«

Natalie nahm die Jacke und sah zu Theodor auf. Seine dunklen Augen fielen ihr auf, die vielen Lachfältchen darum. Sie wollte etwas erwidern, etwas Geistreiches, überaus Witziges. Sie wollte Theodors originellste, interessanteste Klientin sein, an die er auch nach Feierabend noch dachte.

»Sie riechen gut«, sagte sie und fasste sich gedanklich an den Kopf. Das war nun wirklich weder geistreich noch witzig. »Ich meine, äh, nicht Sie riechen gut, sondern Ihr Parfüm riecht gut, also, Sie natürlich auch, aber … Es ist … ist es …? Ich …«

»*Pour Monsieur.*« Theodors Lächeln hatte sich vertieft. »Chanel.«

Natalies Gesicht glühte. Sie verabschiedete sich eilig.

Auf dem Weg nach unten dachte sie darüber nach, nicht mehr herzukommen. Sie würde einfach anrufen, auf den AB sprechen, die Rechnung bezahlen, und sie hätte ihren Frieden. Niemand zwang sie dazu, auf einer roten Couch zu liegen und sich unbequeme Fragen stellen zu lassen, die bisher nichts in Ordnung gebracht hatten. Ganz im Gegenteil. Es war, als würde der ganze Schlick und Schlamm, der so friedlich auf ihrer Seele geruht hatte, aufgewühlt. Und was für eine Erkenntnis war denn *»Ich reise gern«*, bitte schön? Und was hatte das mit mordenden Zwergen zu tun? Dafür brauchte sie kein Geld aus dem Fenster zu werfen. Jeder Mensch reiste gern. »Ich reise gern«, äffte sie sich selbst nach, während sie die schwere Haustür öffnete. »Ich reise gern.«

Wieder stand sie auf der Leonhardtstraße. Es war erst neunzehn Uhr. Natalie seufzte. Sie wollte jetzt nicht nach Hause gehen. Sie wollte den Moment zelebrieren, in dem der Tag in die Nacht floss. Oder war es die Nacht, die in den Tag floss? Wie auch immer, Natalie wollte miterleben, wie die Straßenlaternen angingen. *Wenn in Berlin die Straßenlaternen angehen.* Das klang wie der Titel eines Buches. Natalie seufzte wieder. Sie wollte jetzt von aufflammenden Großstadtlichtern umgeben sein und einen dunkel werdenden Himmel über sich wissen. Vor allem wollte sie ein Glas Champagner trinken. Um das Spektakel angemessen zu würdigen. Trank sie vielleicht zu viel in letzter Zeit? Nein, beschied Natalie sich selbst. Das war schon in Ordnung.

Sie ging ins *Reinhard's* am Kurfüstendamm.

Der gute alte Westen. Wer saß heute noch am Ku'damm? Bis auf ein paar verwirrte Touristen. Das Jungvolk tummelte sich längst woanders. Aber was scherte sie das? Natalie war ja nicht mehr jung, so richtig alt aber auch nicht. Wie auch immer, sie hatte jetzt keine Lust, wieder zu grübeln, sie wollte einfach nur hier auf der Terrasse sitzen und zwei oder drei Gläser Champagner trinken. Und über gar nichts nachdenken, nicht über die Ideen, die immer öfter ausblieben, wenn es darum ging, Kolumnen zu schreiben, nicht über Vampirromane und blödsinnige Pseudoratgeber, die den Büchermarkt nur so überschwemmten und die sie lobpreisen musste, nicht darüber, dass ihr Leben sich nicht gerade vor aufregenden Perspektiven überschlug, nicht, nicht. Nicht. »Nicht!«, sagte sie dem Mann, der Anstalten machte, sich an ihren Tisch zu setzen. Sah sie so verzweifelt aus? Sie wollte ihre Ruhe haben und auf den Kurfürstendamm schauen. Der Mann ging mit beleidigter Miene fort, und Natalie bestellte sich noch ein Glas. Sie trank es genussvoll, während Leute hin und her liefen, die zweistöckigen Busse vorüberfuhren. Ach, es war schön, in Berlin zu leben. Obwohl, dachte Natalie, San Francisco wäre auch nicht übel.

Sie überlegte, ob sie noch ein Glas Champagner bestellen sollte, entschied sich aber dagegen. Sie hatte genau den richtigen Zustand von Trunkenheit erreicht: warm bis in die Fußspitzen, prickelnd in den Blutbahnen, leicht im Herzen. Alles war auf einmal … nicht mehr so schlimm. Selbst der kleine Zeh hielt sich zurück. Vielleicht ist er ja abgestorben, dachte Natalie, und dann kicherte sie kurz. Sie war wohl dabei, eine verschrobene, exzentrische alte Schachtel zu werden. Doch bevor der Gedanke sie betrüben konnte, stand sie auf und zahlte.

Wind kam auf. Natalie atmete tief durch. Sie wollte immer noch nicht nach Hause gehen. Der Himmel war hellblau-schwarz marmoriert. Schön.

Natalie beschloss, ein wenig über den Ku'damm zu spazieren, in Richtung Gedächtniskirche, und von dort würde sie ein Taxi nehmen. Die Bewegung tat ihr gut. Sie machte große Schritte, es sah aus, als hätte sie es eilig. Gut, gut so, niemand würde sie ansprechen. Als sie die Gedächtniskirche erreicht hatte, setzte sie sich in eine Taxe.

»Janz schön windig, wa?«, sagte der Fahrer. »Wo soll's denn hinjehn?«

Natalie zögerte. »Haben Sie einen Tipp?«

»Sind Se nich' von hier?«, fragte er. »Wolln Se det Brandenburger Tor sehen?«

»Doch, doch«, beeilte sich Natalie zu antworten. So weit kam es noch, dass man sie für eine Touristin hielt. »Ich wohne in Berlin, aber ich dachte, Sie hätten eine Idee, was ich noch machen könnte.«

»Janz alleene, jetze?«

Nein! Nicht auch noch jetze jetzt.

»Ja. Janz alleene jetze«, antwortete Natalie verstimmt.

»Am Potsdamer Platz jibt et so een esoterischet Mittelalterfest. Haben Se davon nüscht jehört? Soll janz jut sein.«

»Ja, dann mache ich das.«

Natalie ließ sich in die Polster fallen, und der Fahrer trat aufs Gaspedal. Ob er einen Katzenkratzbaum in seinem Wohnzimmer stehen hatte? Natalie war sich geradezu sicher. Er hatte ja auch ein Duftbäumchen am Rückspiegel baumeln. Schon lag das KaDeWe hinter ihnen, und kurze Zeit später erreichten sie den Potsdamer Platz. Natalie zahlte und stieg aus.

Dort, wo alljährlich im Winter ein Weihnachtsmarkt stattfand, auf dem sich vor allem japanische und spanische Touristen tummelten, standen nun bunte Zelte, Papphäuschen und Buden voll okkultem Kram: Heilstein-Mobiles, Trinkbecher in Form von Totenschädeln (vermutlich nicht spülmaschinenfest), Engelchen aus Bergkristall, Wunschmünzen aus dem Land der Elfen. Natalie erzitterte voller Abscheu. Einige kleine Feuer brannten und wurden von Gestalten in mönchsartigen Kutten bewacht, die reglos wie Wachspuppen dastanden. Ab und zu sprangen Funken durch die Luft. Der Geruch von gebratenem Fleisch war überall. Aus einem versteckten Lautsprecher erklang fremdartige Musik: das Tröten einer Schalmei und herzschlagartiges Trommeln. Die Leute drängten sich, als hätten sie noch nie in ihrem Leben Fenchelbonbons oder Bratwürste gesehen.

Die im Hintergrund in den Himmel ragenden Wolkenkratzer bildeten einen krassen Gegensatz zu der merkwürdigen Atmosphäre, die Natalie immer mehr abstieß. Sie würde jetzt auf dem Absatz kehrtmachen, ins Ritz-Carlton-Hotel rennen, sich dort im *Curtain Club* an den Kamin setzen und hoffen, dass ihr Haar nicht allzu sehr nach Grillfleisch stank.

»Met! Met! Met!«, schrillte eine Frau aus einem der Pappbüdchen heraus. Es klang wie der Ruf eines brünstigen Vogels. Sind Vögel überhaupt brünstig?, fragte sich Natalie. Bestimmt gibt es ein anderes Wort dafür. Rollig, rauschig, ranzig? Ha, schon mal etwas von einer ranzigen Amsel gehört? Haha, vielleicht rossig oder … oh, sie fing schon wieder damit an, sich unnütze, überflüssige, lächerliche Gedanken zu machen. Natalie strich sich Haarsträhnen aus dem Gesicht. Was genau war Met überhaupt? Honigwein? Bestimmt widerlich süß und ein Garant für Kopfschmerzen. Nein, sie wollte lieber Champagner trinken. Im Ritz. Jetzt. Sofort.

»Met! Met! Met!«, rief die Frau wieder. Sie trug ein sackartiges Leinenkleid und ein Häubchen auf dem Kopf.

Natalie verspürte immer mehr Unbehagen. Was veranlasst Menschen aus dem 21. Jahrhundert, sich freiwillig in eine so düstere Zeit wie das Mittelalter zurückzuversetzen?, fragte sie sich. Was ist dran an Pest und Cholera, Hexenverbrennung, Kreuzzügen und Folterkammern? Man muss doch bescheuert sein, hier … *Spaß und Verachtung*, hörte sie auf einmal die Stimme von Theodor Silberstadt in ihren Ohren widerhallen.

»Okay, okay«, flüsterte Natalie und streckte die Schultern. Ich werde jetzt mal so richtig *Spaß* haben. *Jetze*. Sie atmete tief ein, dann näherte sie sich der »Met-Met-Met« rufenden Häubchenfrau.

Wie *albern* sie aussieht, schoss es Natalie durch den Kopf.

Doch dann schob sie auch diesen Gedanken beiseite. Was auch immer Met war und wie ekelhaft es auch schmecken würde, Natalie war bemüht, nichts Verachtendes darüber zu denken.

Es würde nicht einfach werden.

▸◂

»Warum malt ein Jude überhaupt so besessen Hummer?«, hatte Theodor am frühen Abend im Atelier zu David gesagt, der gerade in knalligem Pinkorange einen Riesenhummer vollendet hatte.

»Was hat denn das eine mit dem anderen zu tun?« David schien verärgert. Seine Hummerphase lag eigentlich schon längst hinter ihm. Unzählige Hummermotive hatte er im vorletzten Jahr auf großdimensionale Leinwände gemalt. Der Tiefkühlschrank war voller Atlantikhummer gewesen, und es gab nicht einmal mehr Platz für eine Flasche Wodka.

Nach einer Weile war David der leblosen Hummermodelle allerdings überdrüssig geworden und hatte sich in die Lebensmittelabteilung des KaDeWe begeben, um sich einen lebendigen Hummer zu besorgen. Doch er war nicht wirklich warm mit ihm geworden. Vor allem die Frage, was er nach der Sitzung mit ihm anstellen würde, verhinderte den kreativen Fluss.

Mit Todesverachtung seine Fühler schwenkend, hatte der Hummer auf einem Tisch im Atelier gehockt und sein Umfeld ignoriert. Kurz erwog David, ihm einen Namen zu geben.

Hey, Karsten, sei doch mal locker, wollte er gerade sagen, da bewegten sich auf einmal die spinnenhaften Beine des Tieres, und es begann, sich langsam, aber stetig der Tischkante zu nähern.

»Bleib, wo du bist!«, schrie David, ließ den Pinsel fallen und eilte mit einem Suppentopf herbei, in den der namenlose Hummer mit schaurigem Geklapper fiel. Er füllte den Topf mit Salzwasser, knallte einen Deckel darauf, rief sich ein Taxi und fuhr, den Topf auf dem Schoß, zum KaDeWe zurück. »Kann ich Ihnen den Hummer zurückgeben?«, flehte er die Verkäuferin in der Fischabteilung an.

»Wir tauschen grundsätzlich keine Lebensmittel um«, antwortete sie knapp.

»Er ist kein Lebensmittel. Er ist ein Hummer.«

»Kochen Sie ihn einfach.«

»Das würde ich nie fertigbringen!«, rief David. »Er ist Teil einer künstlerischen Vision. Verstehen Sie doch. Er lebt, es geht ihm gut. Ich schenke ihn Ihnen!«

»Hören Sie«, sagte die Fischverkäuferin und arrangierte einige Sprotten in einer Holzkiste. »Wenn das Wasser im Topf sprudelnd kocht …« Sie blickte mit strengem Blick auf. »… es muss aber *wirklich* kochen! Dann werfen Sie den Hummer, Kopf zuerst, hinein.« Sie wandte sich wieder den goldfarbenen Sprotten zu. »Wollen Sie allerdings mehrere Hummer auf einmal zubereiten, achten Sie darauf, dass die nachfolgenden Tiere das Kochwasser nicht zu sehr abkühlen. Das wird sonst eine ziemliche Quälerei für die Viecher, und es ist ratsam … Hallo? Wo gehen Sie denn hin?«

David nannte den Hummer »Howard« und brachte ihn ins Berliner Aquarium, wo er ihm die Scheren tätschelte und sich von ihm verabschiedete. Mit dieser symbolträchtigen Geste, die er mit seiner Super-8-Filmkamera festhielt und sie später gern als Lobster-Performance bezeichnete, war seine Hummerphase eigentlich beendet gewesen.

»Das ist ein Rückfall-Hummer«, erklärte er nun und rieb ungehalten an seinem rosa gesprenkelten Handrücken herum. »Und ich habe jetzt überhaupt keine Lust, mein Verhältnis zum Judentum mit dir zu diskutieren.«

Theodor nickte ernsthaft. »Ich wollte nichts diskutieren. Nur darauf hinweisen, dass du immer wieder diese unkoscheren Schalentiere malst und dass …«

»Seit wann habe ich denn was mit *koscher* am Hut?«, schrie David, und sein Gesicht nahm dieselbe Farbe an wie der Hummer auf der noch feuchten Leinwand.

»Ja, eben«, erwiderte Theodor mit sanfter Stimme. »Genau da liegt vielleicht der Hase im Pfeffer. Hast du darüber schon einmal nachgedacht?«

Dann war alles sehr schnell gegangen. David hatte nach dem halbvollen Topf »Zinnoberrot« gegriffen und ihn brüllend gegen die Leinwand geschmettert. Theodor konnte im letzten Augenblick beiseitespringen.

»Spinnst du?«, rief er. »Beinahe hättest du meinen Burberry-Blazer ruiniert!«

Zitternd stand David da. »Ich halte das nicht länger aus!«, schrie er.

»Jetzt sieh dir die Schweinerei an«, schimpfte Theodor. »Die schönen Dielen!«

»Ich brauche mehr Raum«, sagte David. Mit weit aufgerissenen Augen sah er Theodor an. »Du setzt mich so enorm unter Druck.«

»Ja, was denn nun?« Theodor war ein wenig verunsichert. Er kannte Davids gelegentliche Wutausbrüche, die aber meist inszeniert wirkten. Diesmal war irgendetwas anders.

Davids Pupillen sahen aus wie schwarze Murmeln. »Ich will mich von dir trennen«, flüsterte er und ließ die Arme hängen.

Das ist also das Ende, dachte Theodor, der sich schwer atmend in der Nähe des Hackeschen Marktes wiederfand. Wie ein Gejagter war er durch die Straßen gerannt. Er wollte diesen schrecklichen Satz abhängen, aber er hallte ihm durch den ganzen Körper. »Der spinnt doch«, murmelte Theodor und ließ sich an einer Tram-Haltestelle nieder. »Das kann doch nicht wahr sein.«

So viele Jahre Vertrautheit, Gemeinsamkeit, Partnerschaft, mit einem Satz zunichtegemacht. Theodor stöhnte auf. Die alte Frau, die neben ihm auf die Trambahn wartete, sah ihn misstrauisch an.

Theodor sprang wieder auf. Er musste in Bewegung bleiben, er wollte nicht, dass sich der Schmerz in ihm festsetzen konnte, und schon rannte er weiter, wusste gar nicht, wohin, egal, nur weiter, weiter, weg von hier.

Mit langen Schritten machte er sich auf einen Weg ohne Ziel.

▸◂

Erschreckend süß, noch viel süßer als befürchtet, schmeckte das lauwarme, pissegelbe Zeug, und nach Honig, den sie sowieso nicht leiden konnte. Und nach Gegorenem. Eine Vorstellung von sich zusammenziehenden Geschmacksknospen kam Natalie in den Sinn, ein rückwärtslaufender Film aufblühender Rosen. Hoffentlich kann ich überhaupt jemals wieder etwas schmecken, dachte sie. Nach diesem Schreck.

Met war widerlich. Sie hatte es doch gewusst: ein Geschmack von Daumenschrauben und Beulenpest und ... in diesem Moment sah sie eine große, schlanke Gestalt vorüberlaufen. Ihr Gehirn, eben noch mit mittelalterlichen Gräueln befasst, fokussierte sich langsam wieder auf das Jahr 2010, und Natalie überlegte, wo sie diesen eleganten Mann, der in gemächlichem Trab lief, als hätte er vor, noch die ganze Nacht so weiterzulaufen, schon einmal gesehen hatte. Wie ein Massai-Krieger kam er ihr vor, ein weißer Massai-Krieger ohne Federschmuck, in einem karierten Blazer. Natalie kicherte. Eins musste man der trüben Hexenbrühe ja lassen: Sie stieg schnell zu Kopf. Und dann fiel ihr trotzdem ein, wer der karierte Krieger war: ihr Therapeut.

Sie drehte sich schnell weg. Der hatte ihr gerade noch gefehlt. Augenblicklich bekam sie ein schlechtes Gewissen. Hatte sie ihre Hausaufgaben gemacht? Um welche Begriffe war es noch gleich gegangen? Stolz und Vorurteil? Spaß und Verachtung. Natalie nahm vorsichtig einen weiteren Schluck Met, und erstaunlicherweise schmeckte er nicht mehr ganz so umwerfend ekelerregend wie beim ersten Mal. Kein Wunder, dachte sie, mit abgestorbenen Geschmacksknospen lässt sich einiges auf dieser Welt ertragen. Vorsichtig drehte sie sich wieder um. Da stand er ja, mit dem Rücken zu ihr am Feuer. Er ließ den Kopf hängen, und seine Schulterblätter hoben und senkten sich heftig. Was war los mit ihm? Natalie positionierte sich wie zufällig hinter einem Pärchen, das gemeinsam an einer Bratwurst nagte. Widerlich, dachte Natalie. In spätestens einem halben Jahr haben sie sich über. So ist es doch immer, schwer verliebt geht es los, man knabbert glücklich vereint an allem Möglichen, an Ohrläppchen, an Lebkuchenherzen, an Würsten und Zehen. Und dann hat es sich ziemlich schnell ausgeknabbert, und die einzige Gemeinsamkeit ist das abendliche Fernglotzen.

»Hallooo? Is was?«, fragte der verliebte Bratwurstnager und blinzelte Natalie feindselig an. Ein wenig Senf leuchtete in seinem Mundwinkel. Die kleine, dicke Freundin machte einen Schmollmund, dem Lipgloss und Würstchenfett einen bräunlichen Schimmer verliehen hatten. Hastig ging Natalie weiter. Am liebsten hätte sie laut geschrien. Sie begann zu schwitzen. Wo waren ihre Notfalltropfen?

Einige der verkleideten Mönche warfen gerade Hände voll getrockneter Kräuter in die Feuer. Rauchschwaden stiegen auf und trieben Natalie Tränen in die Augen. Den Geruch mochte sie auch überhaupt nicht. Was war das? Weihrauch? Es roch infernalisch.

Als sie endlich wieder klar sehen konnte, war Theodor Silberstadt verschwunden. Umso besser, dachte sie, aber ein Gefühl des Bedauerns überschwemmte sie und erstaunte sie selbst. Wie kann ein Mensch *von hinten* so traurig aussehen?, fragte sie sich. Das war doch ein Phänomen. Selbstquälerisch trank sie den Becher leer, schüttelte sich kurz, dann machte sie sich auf die Suche. Vielleicht war er ja auch auf seine Massai-Art weitergetrabt oder … Halt! Da hinten am Met-Stand ließ er sich gerade von der rossigen Häubchenfrau einen Becher reichen. Natalie beobachtete, wie er einen Schluck nahm und schmerzvoll das Gesicht verzog. Und dann trafen sich plötzlich ihre Blicke. Natalie hielt die Luft an. Durch die Menschenmenge hindurch sah er sie an. Bestimmt hatte er überhaupt keine Lust auf Smalltalk, deswegen senkte er schnell den Blick, hob ihn aber erstaunlicherweise wieder und nickte grüßend mit dem Kopf. Meine Güte, dachte Natalie, dieser Mann hat einfach Stil. Sie erwiderte den Gruß. Dann wusste sie nicht weiter.

Was für eine absurde Situation: Auf einem lächerlichen Mittelalterfest reichlich beduselt auf seinen Therapeuten zu treffen. Fehlte nur noch Doktor Schotter, ihr Gynäkologe.

Natalie beschloss, ihr Experiment an dieser Stelle abzubrechen. Genug *Spaß* gehabt. Selten so einen spaßigen Abend erlebt. Morgen würde sie vor Kopfschmerzen vergehen. Der Rauch, der Gestank, die vielen bekloppten Leute, all das zerrte jetzt bereits an ihren Nerven. Nicht zu vergessen: das stupide Getrommel und Geflöte aus den Lautsprechern, der ganze esoterische Kram. Ihr wurde übel.

Und dann stand plötzlich Theodor Silberstadt neben ihr, und sie warf sich ihm heulend an den Hals.

Wie sie schließlich in der Geisterbahn gelandet waren, konnte Natalie später nicht mehr genau sagen. Theodor auch nicht. Sie hatten vorher noch gemeinsam einige Becher Glühwein getrunken. »Die MTG ist eindeutig überschritten«, hatte Natalie gesagt.

»Was?«

»Die Met-Toleranz-Grenze.«

»Ich wusste gar nicht, dass ich eine gehabt hätte«, erwiderte Theodor, der den Glühwein auch ziemlich widerlich fand.

Sie saßen auf Hockern an einem Holzfass, wie Gestrandete, hinter sich die Skyline Berlins, vor sich zahlreiche leere und halbvolle Plastikbecher.

Natalie hatte zunächst noch eine Weile weitergeflennt, sie wusste selbst nicht, wieso. Dann hatte sie vor sich hin geplappert, wie sehr sie Bratwürste, Engelkarten und den gerade einsetzenden Regen hasste und dass sie neulich im Keller Angst davor gehabt hatte, von einem perversen Herr-der-Ringe-Zwerg zerstückelt zu werden. Theodor hatte zugehört. Jedenfalls hatte es so ausgesehen. Aber plötzlich hatte er den Kopf zurückgeworfen und wie ein Wolf aufgeheult.

»Sie können sich gar nicht vorstellen, wie anstrengend es für mich geworden ist, mir das Gerede der Leute anzuhören!« Und mit einer weit ausholenden Geste hatte er einige Plastikbecher vom Holzfass gewischt. »Es ist, als hätte ich keinen Filter mehr, der den Irrsinn der anderen aus mir heraushält«, fuhr er unbeeindruckt fort. »Und darüber bin ich wohl selbst so skurril geworden, dass sogar meine Beziehung in die Brüche gegangen ist.«

»Sie sind nicht skurril«, hatte Natalie widersprochen.

»Ich bin besitzergreifend, egoistisch, bedrängend und kompliziert.«

»Aber nein, wer sagt denn das?«

»Die Person, die mich gerade verlassen hat und mit der ich seit über fünfundzwanzig Jahren zusammen gewesen bin.«

»Oh.« Natalie hatte wieder weinen müssen, und als Theodor sie fragte, ob sie unter Hitzewallungen und Stimmungsschwankungen litt, konnte sie vor lauter Schluchzen gar nicht mehr antworten.

Und dann hatte sie glücklicherweise einen Filmriss.

Natalies Erinnerung setzte erst in dem Augenblick wieder ein, als sie neben Theodor in einem absurden Wägelchen Platz nahm, das sich gerade in Bewegung setzte und auf eine sich öffnende Tür zufuhr. Dahinter lauerte absolute Finsternis. »Nein!«, kreischte Natalie und versuchte, wieder aus dem Wagen zu klettern.

»Man muss sich seinen Ängsten stellen.« Ungerührt zog Theodor sie am Arm zurück auf den Sitz, und dann wurden sie auch schon von der Dunkelheit verschluckt. Nur das Ruckeln auf den Gleisen war zu hören. Natalies Herz klopfte wie rasend. Sie bekam keine Luft. Sie hasste es, nichts sehen zu können, und sie wusste, dass gleich irgendwas unvorstellbar Gruseliges passieren musste. Dies war ja schließlich eine Geisterbahn, und …

»Waaaaaaaaaaaaaaaaaaaaaaaaaaaaaaaaaaaah!«, schrie sie, noch bevor sie dem Anblick eines gehängten Gerippes in grüngelber Beleuchtung ausgesetzt wurde. Gelächter erklang, dermaßen schauderhaft, dass sie sich die Ohren zuhalten musste und gar nicht mitbekam, dass es Theodor war, der da neben ihr so lachte. Dann fiel eine zerlumpte Hexe von der Decke, riss sich den Kopf ab und war wieder verschwunden. Natalie schrie immer weiter, schrie noch lauter, als der Wagen sein Tempo erhöhte und auf einige blutverschmierte Mumien zuraste, die im letzten Moment zur Seite kippten. Nebel kam auf.

»Hören Sie doch bitte auf, so zu schreien«, bat Theodor.

Natalie verstummte. Sie rang nach Atem, spürte, dass in ihrem Magen literweise Met und Glühwein revoltierten, ihre Blase sendete ähnliche Signale, ihr Herz schien völlig außer Kontrolle. Und dann hörte Natalie etwas, das so schrecklich klang, dass sie auf Theodors Schoß klettern und dort lauthals weiterschreien musste. Es war eindeutig das mordlustige Kichern eines … Zwerges, das trotz ihres eigenen Gekreisches bedrohlich nahe an ihr Ohr drang. So konnten nur Zwerge kichern. Als Natalie, an Theodors Hals geklammert, ganz kurz die Augen öffnete, sah sie direkt in ein böse verzerrtes, schmutziges Gesicht. Sie brüllte so laut, dass Theodor in den folgenden sieben Tagen ein hohes Pfeifgeräusch im linken Ohr vernehmen sollte, das überaus lästig war.

Der Zwerg hob die kurzen Ärmchen, krächzte »Hu-huhuuu! Ich komme wieder«, dann sprang er vom Wagen und verschwand zwischen Spinnweben und Nebelschwaden. Natalie glaubte, ohnmächtig zu werden, was ihr eigentlich ganz gelegen kam, doch die Sorge, damit auch die Kontrolle über Magen und Blase zu verlieren und einen liebeskranken Therapeuten mitten in der Geisterbahn ihren Körperausscheidungen auszusetzen, hielt sie davon ab. Dafür schrie sie voller Entsetzen so lange weiter, bis das Wägelchen endlich, endlich wieder ins Freie gekommen war.

»Gestatten Sie?« Vorsichtig löste Theodor Natalies Finger, die sich in seinen Nacken gekrallt hatten.

»Der Zwerg«, keuchte Natalie und kletterte mit weichen Knien aus dem Wagen. »Ich habe ihn gesehen.«

Und dann rannte sie durch den stärker werdenden Regen zu einem Dixie-Klo, in dem es eigentlich noch schlimmer zuging als in der Geisterbahn. Hinterher fühlte sie sich erschöpft. Sie war heiser und hatte Halsschmerzen.

»Wir sollten nach Hause gehen«, sagte Theodor.

»Der Zwerg …«, sagte Natalie wieder.

»Ja, der ist kurz vor Schluss hinten auf den Wagen gehopst.«

»Meinen Sie, der war *echt*?«

Theodor sah sie durchdringend an. »Es gibt keine echten Zwerge. Das war ein kleinwüchsiger Mensch, was denn sonst?«

Natalie versuchte das Zittern ihrer Hände unter Kontrolle zu kriegen. »Kleinwüchsige werden in die Geisterbahn gesteckt?«

»Warum nicht? Vielleicht ein Student, der sich etwas Geld verdient.«

»Das glaube ich nicht.«

»Was glauben Sie denn?«

»Ich weiß nicht, was ich glauben soll.«

Theodor war müde. Außerdem regnete es ihm in den Kragen. »Kommen Sie, das war ein langer Tag. Wir teilen uns ein Taxi.«

»Und er hat gesagt: ›Ich komme wieder‹«, fuhr Natalie fort.

»Sehr originell. Da hinten stehen die Taxen.«

»Das kann doch kein Zufall sein!«

Du liebe Güte, dachte Theodor. Das ist wohl nach hinten losgegangen, mit den Ängsten, denen man sich stellen muss.

»Ich glaube, wir haben beide zu viel getrunken und sollten schlafen gehen«, sagte er und nahm sie sanft am Ellenbogen. Natalie ließ sich führen. Während der Fahrt im Taxi sagte niemand etwas. Auch der Fahrer hielt zum Glück den Mund. Regen lief an den Scheiben hinab. Wie Tränen, dachte Theodor.

Dann hielt der Wagen in der Charlottenburger Schloßstraße. Natalie stieg aus und kramte in ihrer Handtasche nach dem Portemonnaie. »Ist schon gut«, rief Theodor ihr zu und gab dem Fahrer ein Zeichen weiterzufahren. »Gute Nacht!«

Natalie winkte dem davonbrausenden weißen Mercedes hinterher und wusste, dass sie sich zum ersten Mal in ihrem Leben verliebt hatte.

▸◂

Es regnete nicht mehr lange in dieser Nacht. Die schweren Tropfen wurden von sanftem Niesel abgelöst, der dann auch verging. Gegen Morgen stiegen plötzlich die Temperaturen. Ein subtropisches Klima legte sich wie eine Glocke über Berlin, und als die Stadt erwachte, verdampften in den Straßen gerade die letzten Pfützen. Die Sonne schien kraftvoll, kein Wölkchen war am Himmel zu sehen, und die Luft war so klar und rein wie selten in Berlin.

»Komisches Wetter«, sagte Hertha.

Gestern Abend war es so windig gewesen, dass sie die Fenster im Wohnzimmer wieder schließen musste. Dann hatte sie sich wie immer »Die Supernanny« im Fernsehen angeschaut. Wenn sie Vierjährige mit Mobiliar werfen sah und beobachtete, wie Pubertierende nach ihren arbeitslosen, alleinerziehenden Müttern traten, tröstete sie das immer recht schnell über den Verlust von Enkelkindern hinweg. So war das heutzutage.

Theodor hatte ihr nur Freude gemacht. Er war ein aufgeweckter kleiner Junge gewesen, der fröhlich über Berlins Trümmerhaufen der Fünfzigerjahre gehüpft war, obwohl auch er keinen Vater gehabt hatte.

Manchmal fragte sich Hertha im Geheimen, warum ihr Sohn so geworden war, wie er eben war. Vielleicht hatte es immer zu viele Frauen um ihn herum gegeben? Sie selbst, ihre jüngere Schwester, ihre Mutter, die vielen Nachbarinnen. Immer waren nur Frauen in die kleine Neuköllner Wohnung gekommen, um zu schwatzen und Kaffee mit Eierlikör zu trinken. Männer hatte es damals nicht mehr viele gegeben.

Herthas kleine Schwester hatte nicht lange gefackelt und sich einen amerikanischen Verlobten geangelt, mit dem sie tanzen ging und dem sie später nach New York folgte. Hertha selbst hatte weniger Glück gehabt. Während der Blockade verliebte sie sich in einen französischen Soldaten der Armée de l'Air, der halsbrecherische Einsätze in Berlins schmalen Luftkorridoren flog. Serge Bertier machte keine halben Sachen, und er hatte so wundervolle dunkelbraune Augen. Sie verlobten sich, sahen sich oft viele Wochen lang nicht und schrieben sich Briefe. Wenn es ihm irgendwie möglich war, kam Serge seine Hertha besuchen. *Errthá*, so sprach er ihren Namen aus.

Dann wurde Hertha schwanger und Serge nach Indochina abkommandiert. Kurz vor Theodors Geburt im Jahr 1952 stürzte er mit seiner »Potez« über dem Dschungel ab. Noch zwei Briefe erhielt Hertha von ihrem Verlobten, der schon längst tot war.

So war sie am Neuköllner Küchentisch sitzen geblieben. Mit einem unehelichen Sohn, einem Schuhkarton voller Briefe und Fotos, und niemand hatte sie jemals wieder *Errthá* genannt.

Als es an der Haustür klingelte, wollte Hertha gerade mit der neuen *Freizeit Revue* auf den Balkon gehen. Stattdessen fragte sie nun ein misstrauisches »Hallo?« in die Gegensprechanlage.

»Ich bin's. David.«

Sie drückte den Öffner.

»Hallo, mein Junge«, begrüßte sie ihn wenig später und stellte sich auf die Zehenspitzen, um seine Wange zu tätscheln. »Möchtest du eine Limonade?«

»Gern.« David spürte, wie bereits ein wenig von all dem Ärger hinter der Tür blieb, die Hertha gerade energisch schloss. Da waren zum einen Geldsorgen, die er sich auf einmal machte, denn Theodor würde ganz bestimmt den Dauerauftrag kündigen. Tausend Euro für das Atelier, sagte sich David, das ist ja eigentlich der blanke Wahnsinn. Außerdem war er ein wenig angestrengt vom Alltag mit Tim, dem Lichtbringer. Seit ein paar Tagen wohnte er bei ihm im Atelier und führte sich auf wie eine launenhafte Katze, die einfach nur tut, wonach ihr ist. Eigentlich fand David das ungemein authentisch und *free spirit.* Aber manchmal, wie heute Morgen, nervte es ihn doch. Freigeister bringen keine Mülleimer runter.

Außerdem schlief Tim bis zwei Uhr mittags, ging dann frühstücken und war erst nach dem Genuss einer halben Flasche Weißwein bereit, David Modell zu stehen. »Hot«, murrte er und meinte die Temperatur im Atelier.

»Nicht sprechen«, murmelte David und erkannte im Stillen, dass es wohl fantastisch war, mit einem 22-Jährigen viel Sex zu haben, dass sich aber das tägliche Leben mit einem, der zwar aussah wie ein gefallener Engel, der aber immer Hunger hatte, wenn er nicht gerade schlief, Ewigkeiten duschte, nicht kochen konnte und auch geistig nicht wirklich … rege war, ermüdend gestaltete.

Trotzdem war David froh, eine Beziehungspause mit Theodor eingelegt zu haben. So hätte er es formulieren sollen.

Weiß der Teufel, was mich zu diesem albernen Ausbruch verleitet hat, dachte er. Erst Zinnoberrot durch die Gegend schmeißen und dann recht unsouverän stammeln, dass man sich trennen will. Aber Theodor hatte manchmal so eine Art, ihm die Luft zum Atmen zu nehmen. Da waren David die Nerven durchgegangen. Außerdem war er nervös gewesen, dass Tim gleich zur Tür hereingerauscht käme, sein T-Shirt ausziehen und die Musikanlage anschmeißen würde. Wie hätte denn das auf Theodor gewirkt? Nun, es war so, wie es war.

Jetzt musste David zusehen, dass er sich über Wasser hielt. Ein Bekannter hatte ihm einen Termin zum Vorsprechen in einem Synchronstudio zugeschustert, morgen würde er zum Blutspenden gehen, und die Charité suchte Probanden für klinische Studien. Doch damit würde er nie und nimmer jeden Monat tausend Euro zusammenbekommen, und die Vorstellung, sich Pocken-, Influenza- oder Ebolaviren auszusetzen, gab ihm auch ein ungutes Gefühl.

Ach! Wenn er doch einfach mal mit einem Bild Geld verdienen würde. Bisher hatte er sich eher darauf konzentriert, Bilder zu malen, als sie zu verkaufen. PR und Business, das lag ihm einfach nicht. Der ganze Keller war voller Hummergemälde. Davor hatte er eine Eiffelturm-Phase gehabt. Ein Gemälde von Robert Delaunay hatte überaus inspirierend auf ihn gewirkt. Er war eben Künstler. Eigentlich müsste er sich einen Manager nehmen. Aber wie sollte er den auch noch bezahlen? Es war ein Teufelskreis.

Geld, Geld, immer nur Geld.

»Herthalein ...« David wollte ihr so gern sein Herz ausschütten, aber konnte er die Tatsache, dass sie Theodors Mutter war, außer Acht lassen? Die Frage war wohl eher: Konnte sie es?

»Geh schon mal auf den Balkon«, wies sie ihn an.

Während Hertha in der Küche herumwerkelte, setzte sich David neben die Kästen voller roter Geranien, die einen eigenwilligen Geruch verströmten. Nachdenklich betrachtete er ein schwarz-grün gemasertes Blatt, zupfte an einem Blütenkopf.

Ich könnte auch mal ein paar Blumen malen, dachte er.

»Sprite oder Fanta?«, rief Hertha aus der Küche.

»Fanta.«

Blumen halten still, Blumen kann man hinterher einfach wegwerfen. Aber Blumen malt ja nun wirklich jeder. Vielleicht male ich verwelkte Blumen? Verwelkte Blumensträuße in grünlich angelaufenen Wassergläsern. Das ist originell, es versinnbildlicht das Welken der westlichen Zivilisation, ihre verdorrte Moral, das Verblühen ...

»Bitte sehr, ich habe dir drei Eiswürfel hineingetan.« Schnaufend setzte sich Hertha. »Ist das auf einmal warm geworden. Ist ja nicht mehr normal. Was macht die Malerei?«

»Würdest du ein Bild kaufen, auf dem verwelkte Blumen zu sehen sind?«

»Nee.« Hertha schüttelte den Kopf. »Aber ein Hummerbild würde ich dir gern abkaufen. Das mit dem Hummer und dem Kerzenhalter und der blauen Kaffeekanne.«

»Echt?« David fühlte sich schlagartig getröstet. Die kühle

Limonade schmeckte gut, ein leichter Wind rauschte durch die Bäume, die Geranien verströmten ihren merkwürdigen Geruch, und er saß unter einem gestreiften Sonnenschirm, zerkaute Eiswürfel und hatte das Gefühl, er wäre wieder acht.

»Was soll denn das kosten, David?«

Dreitausend Euro, hätte er jedem anderen Interessenten an den Kopf geworfen, doch jetzt tätschelte er nur Herthas Hand. »Ich schenke es dir, Herthalein.«

»Kommt ja überhaupt nicht in Frage.«

»Ich bestehe darauf.«

Hertha sah ihn durch ihre Brillengläser durchdringend an. Ihre hellblauen Augen blitzten. »Ist was passiert? Du bist so komisch.«

»Ach, Hertha.«

»Habt ihr beiden wieder Ärger?«

»Du weißt ja, wie Theodor ist.«

»Jaja.«

»In letzter Zeit war er so gereizt. Er konnte nicht mal mehr im Kino stillsitzen. Und er hat mich so dermaßen unter Druck gesetzt.«

»So? Womit denn?«

»Immer muss alles nach seiner Nase gehen. Er wird ja immer kompromissloser. Sogar gedroht hat er mir ...« David legte seine Stirn in die Hände. Was bin ich doch für ein Arsch, dachte er.

»Theodor hat Stress«, sagte Hertha mit Nachdruck.

»Was meinst du, wie viel Stress ich habe?«

»Ach, was.«

»Ja! Und außerdem will er immer mit mir zusammenziehen.«

»Aber das wäre doch sehr vernünftig«, rief Hertha.

»Und wo soll ich dann malen? Künstler brauchen geistige

und räumliche Weite.« Seine Arme schrieben große Kreise in die Luft, streiften die Geranien und ließen einen kleinen Terrakotta-Spatzen von der Balkonbrüstung auf die Straße fallen. »Hups!« David schaute in die Tiefe. »Jetzt ist er kaputtgegangen. Aber wenigstens hat ihn keiner auf den Kopf bekommen.«

Hertha antwortete nicht.

David setzte sich wieder hin. »Und ich würde doch nur den ganzen Parkettboden versauen!«

»Trotzdem.«

»Trotzdem was?«

»Ich verstehe nicht, warum ihr nicht zusammenwohnt. Das tut man doch, wenn man … zusammen ist. Ihr seid ja nun auch nicht mehr die Jüngsten. Du könntest das Atelier behalten und dort tagsüber malen. Und abends gehst du gemütlich nach Hause an den Lietzensee, und Theodor kocht dir was Schönes.«

David unterdrückte einen Seufzer und begann auf seinem Stuhl hin und her zu rutschen. Was sollte er sagen? Dass er gern mehrgleisig fuhr? Dass er Charlottenburg sterbenslangweilig fand? Dass er gern weiterhin über sein Leben bestimmen würde?

Er trank sein Limonadenglas leer, dann stand er auf. »Ich muss weiter.«

»Warte, ich bringe dich zur Tür.«

Auch Hertha erhob sich. Relativ flott, für eine so alte Frau, fand David. In einer Aufwallung von Zärtlichkeit streckte er beide Hände nach ihr aus. Sie wich zurück, doch es half nichts. Schon hatte David sie einen halben Meter in die Höhe gehoben, um sie vorsichtig an seine Brust zu drücken. Dort hing sie einen Augenblick, wie ein groteskes, schlaffes Püppchen. Dann löste sich der Satinpantoffel von ihrem linken

Fuß, glitt zu Boden, und sie fing an zu zappeln. »Lass mich runter, verflixter Bengel!«

»Wiedersehen, Herthalein«, flüsterte er in ihr dauergewelltes Haar. Beinahe wäre ihm ein »Verzeih mir« entschlüpft. Irgendetwas tat ihm leid, doch er wusste nicht genau, was. »Ich komme sehr bald mit dem Bild wieder. Überleg dir schon mal, wo es hinsoll.« Er setzte sie neben dem Pantoffel wieder ab. »Und wenn du mit Theodor sprichst, dann …« – er räusperte sich – »… dann versuch doch mal herauszuhören, wie er zu mir … steht.«

Hertha strich sich die Frisur glatt, während sie zu ihm aufsah. Ihre Augen funkelten wütend. »Einen Teufel werde ich tun, mich in eure Angelegenheiten einzumischen.«

Irritiert ging David zur Tür, öffnete sie, trat auf den Hausflur hinaus, in dem es nach gebratenen Zwiebeln roch. Eigentlich ganz gut, fand David, denn er hatte Hunger. Mit nur einem Pantoffel an den nackten Füßen war ihm Hertha gefolgt. In diesem Augenblick begann ihr Telefon zu klingeln.

»Vielleicht suchst du dir ja einfach mal eine vernünftige Arbeit«, sagte sie. »Dann wirst du wissen, wie viel dir wirklich noch an Theodor liegt! Und jetzt entschuldige mich, ich muss ans Telefon!« Die Tür knallte hinter ihm zu, und im Treppenhaus ging gerade das Licht aus.

»Was soll das denn?«, murmelte David. Langsam stieg er die Stufen hinab. »Gluckenmutter.«

Er fühlte sich höchst unbehaglich, irgendwie ertappt.

So, als wäre er wieder acht.

▸◂

Wie erwartet, wachte Natalie am Morgen mit rasenden Kopfschmerzen auf. Sie blinzelte, doch das Tageslicht verursachte so starken Brechreiz, dass sie die Augen schnell wieder schloss.

Stöhnend blieb sie liegen, versuchte weiterzuschlafen oder zumindest einen klaren Gedanken zu fassen. Weder das eine noch das andere wollte ihr gelingen. Sie hörte das Telefon klingeln und ihren Magen rumoren. Im Hausflur schrie ein Kind. Die Toilettenspülung von oben rauschte eine Ewigkeit. Fünf Mal fuhr die Feuerwehr mit Karacho durch die Schloßstraße. Sieben Mal hupten Autos. Dann landete eine Taube auf dem Fenstersims und machte so anzügliche Gurrgeräusche, dass Natalie entnervt die Augen aufriss. Schlagartig wurde ihr wieder übel, sie eilte ins Bad und übergab sich.

»Geschieht dir recht«, keuchte sie in die Kloschüssel. »Zu viel ist zu viel.«

Sie blieb dort hocken und starrte auf das weiße Porzellan. Erinnerungsfetzen zogen vorüber: Mittelalter, Weihrauch, Bratwurst. Natalie wusste, dass da noch etwas gewesen war, etwas, an das sie sich lieber nicht mehr erinnern wollte. Aber dann, mit dem nächsten Champagner-Met-Glühwein-Schwall, den ihr beleidigter Magen in die Höhe schießen ließ, fiel es ihr wieder ein: der Zwerg! Als wäre er ihrer allzu üppig blühenden Fantasie entschlüpft und hätte sich klammheimlich hier draußen materialisiert. Wo war er jetzt?

Natalie erhob sich stöhnend, blickte hinter sich und dann an sich hinab. Sie war ja noch immer angezogen! Da hatte sie sich gestern Nacht einfach sturzbetrunken ins Bett geworfen. Unmöglich. Wenn das nicht *verachtenswert* war.

Ihre Hände fuhren in die Jeanstaschen, irgendetwas drückte sie dort, und als sie wenig später sah, was sie zutage gefördert hatte, wusste sie nicht, ob sie lachen oder schreien sollte. Drei silberfarbene »Wunschmünzen aus dem Elfenland« lagen in ihrer Handfläche. »Das darf doch nicht wahr sein«, flüsterte sie.

Sie konnte sich nicht erinnern, diesen Quatsch gekauft zu haben. War das jetzt schon das Korsakow-Syndrom? *Wunsch-*

münzen. Sie musste würgen, und während sie ein wenig Gallenflüssigkeit in die Toilettenschüssel spuckte, fielen ihr doch noch zwei überaus wichtige Angelegenheiten wieder ein. Zum einen hatte sie heute um achtzehn Uhr einen Drehtermin für die TV-Show, in der sie fünf Bücher vorzustellen hatte, von denen sie kein einziges gelesen hatte.

Zum anderen hatte sie sich in der letzten Nacht *verliebt*.

Sich in seinen Therapeuten zu verlieben, das war schon besonders dämlich, fand sie, und nachdem ihr Magen endlich Ruhe gab, putzte sie die Toilette, warf die drei Wunschmünzen hinein und spülte. Vielleicht hätte ich mir was wünschen sollen, dachte sie, doch dann siegte zum Glück die Vernunft, und Natalie schluckte zwei Migränetabletten auf einmal. Sie stellte sich unter die Dusche, wo sie mit besonders viel »Südseezauber-Duschgel« einen heftigen Schwindelanfall niederrang.

»In den eigenen Therapeuten verknallt«, sagte sie laut und schüttelte den schmerzenden Kopf. Das passte zu ihr. Besonders ärgerlich daran war, dass sie nicht mit ihm darüber reden konnte. *Hören Sie mal, Herr Silberstadt, oder darf ich Theo zu Ihnen sagen? Das hat jetzt sozusagen nichts mit Ihnen zu tun, aber gestern Abend, zwischen einem Einkauf im Elfenland und einer Fahrt in der Geisterbahn, habe ich mich ganz doll in Sie verliebt. Was würden Sie mir aus psychologischer Sicht raten?*

»Sehr witzig.« Natalie kam aus der Duschkabine und hüllte sich in einen Morgenrock. Während sie sich die Zähne putzte, sprühte sie Sagrotan auf die Fliesen und Deo in ihre Achselhöhlen. Dann ging sie ein wenig unentschlossen ins Wohnzimmer, wo sie den Fernseher, ihr Handy und den Computer einschaltete, und weiter in die Küche, um Kaffee zu kochen und das Radio anzumachen. Sie war wieder auf Sendung. Aber so unkonzentriert. Womöglich hatten doch einige Synapsen Schaden genommen. Was wollte sie machen? Kaffee.

Das Radio schnatterte vor sich hin: »Totalsperrung auf dem südlichen Berliner Ring. Bei Ludwigsfelde wird zurzeit eine Fliegerbombe aus dem Zweiten Weltkrieg entschärft. Der amerikanische Blindgänger …«

Natalie starrte aus dem Fenster in einen schattigen Hinterhof, der so aussah, als hätte er seit 1931 keine gartenarchitektonische Beachtung mehr erfahren. Genau das mochte sie eigentlich an ihm: die alten Gehwegplatten voller Risse, die längst aus der Mode gekommenen, hell eingefassten Beete, in denen seit Jahrzehnten Funkien und Buchsbäume wucherten, Moosinseln dazwischen, nicht einmal mehr Unkraut. Hier wird der Vergänglichkeit mit Verwunschenheit getrotzt, dachte Natalie und fand, dass das eine richtig schöne Formulierung war. Eine Weile stand sie einfach nur so da. Dann schaltete sie die Espresso-Maschine ein und das Radio lauter.

»›And when the rain begins to fall, I'll be the sunshine in your life, you know that we can have it all and everything will be allright‹«, sang Natalie mit. Sie liebte dieses Lied, obwohl sie es niemals zugegeben hätte.

Wie Theodor sie gestern am Ellenbogen zum Taxi geführt hatte. So gewandt, so gentlemanlike. So väterlich.

»Oh mein Gott! Es wird immer schlimmer mit mir!«

Die Maschine verströmte warme Wohlgerüche, zischte abschließend. Der Espresso stand bereit. Natalie stapelte drei Stück Würfelzucker in der winzigen Tasse übereinander, beobachtete, wie sich das Zuckertürmchen braun verfärbte und in sich zusammenfiel. Sie nahm einen Schluck, es war ihr viel zu süß. Ich muss hier raus, sagte sie sich, ich gehe ins Café.

Und während der Drucker Lesermeinungen ausspie, die sie noch schnell bei Amazon gesucht hatte, schminkte sich Natalie sorgfältig. Man konnte ja nie wissen, wen man auf der Straße traf oder ob man unterwegs zu Tode kommen würde.

Zur selben Zeit saß Theodor in seiner Praxis und hörte einer Frau zu, die sich auf der roten Couch ausgestreckt hatte und mit so leiser Stimme sprach, dass er sich stark konzentrieren musste, um sie zu verstehen. Seine Gedanken schweiften unentwegt ab, kreisten immer wieder um David. Er hatte seit gestern nichts mehr von ihm gehört. Seine Mutter merkwürdigerweise auch nicht. Theodor hatte sie vorhin angerufen und gefragt. »David?«, hatte sie geantwortet. »Keine Ahnung.«

Theodor war erstaunt. David und Hertha waren immer ein Herz und eine Seele gewesen. Sie telefonierten täglich mehrmals miteinander, und einmal in der Woche gingen sie zusammen aus: ins Operncafé oder ins *Café Richter*. Sie hatten keine Geheimnisse voreinander.

»Deine Mutter ist auch meine Mutter«, hatte David einmal gesagt.

»Du hast deine eigene Mutter«, hatte Theodor zurückgegeben, aber mit der konnte David nichts anfangen. Übellaunig hockte sie in einer Zweizimmerwohnung in Ingelheim am Rhein und hatte nicht gern Besuch. Schon gar nicht von ihrem so merkwürdig aus der Art geschlagenen Sohn. Ruth Tietze war Davids Lebensweise ein Gräuel. Erst das Herumgefliege in der Weltgeschichte. »Was bist du, Sohn?«, hatte sie ihn gefragt. »Eine Hornisse? Eine Wildgans?« Aber dann war alles noch schlimmer gekommen. David hatte sich mit einem *Mann* zusammengetan, mit diesem Seelenklempner, den sie nie hatte kennenlernen wollen.

Seit einiger Zeit behauptete ihr einziger Sohn von sich, ein *Künstler* zu sein. Es wurde ja immer bunter. Er male Bilder, hatte er ihr erklärt, die aus der Tiefe seiner Seele aufstiegen, aber davon wollte sie nichts hören. Sie wollte *überhaupt nichts* mehr hören von David. Sie hatte ja noch ihre Tochter Corinna, und die machte ihr nur Freude.

»Meine Mutter!«, sagte die Frau auf der Couch gerade etwas lauter und riss Theodor damit aus seinem Gedankenstrom. Mütter, Töchter, Söhne, Väter, Großväter, Stiefmütter, Patentanten, Halbbrüder. Theodor schwirrte der Kopf. Die heilige Familie … machte eigentlich bloß Scherereien.

Er versuchte sich vorzustellen, was die Frau eben von ihrer Mutter erzählt haben könnte, während er gedanklich so intensiv bei Ruth Tietze gewesen war. »Haben Sie denn mit ihr darüber gesprochen?«, fragte er zögernd. Das passte meistens.

»Na, sagen Sie mal!« Die Frau richtete sich auf und starrte ihn an. »Haben Sie mir überhaupt zugehört?«

»Gewiss doch«, beeilte sich Theodor zu sagen.

»Wie kann ich denn mit meiner Mutter sprechen«, rief sie schrill, »wenn sie seit siebzehn Jahren tot ist?«

Das wird schwierig, dachte Theodor. »Nun …«, er räusperte sich, »Zwiegespräche mit Toten können eine heilende, tröstende Wirkung haben und …«

»Ich will mit der alten Natter überhaupt keine Zwiegespräche führen!«, schrie die Frau. Ihr Gesicht war dunkelrot angelaufen.

Wieder daneben, sagte sich Theodor.

Kurz darauf war die Frau gegangen. Wütend hatte sie die Tür hinter sich ins Schloss fallen lassen. Theodor schluckte. Die Anzahl von Klienten, die verärgert oder verwirrt die Praxis verließen, stieg an.

Theodor ging zum Fenster, öffnete es, schloss es wieder. Dann legte er sich auf die rote Couch. Sie war noch warm, was ihn ein wenig abstieß. Trotzdem blieb er liegen. Was war bloß schiefgelaufen? Er hatte sich mit David so sicher gefühlt. Er hatte ihm all sein Vertrauen entgegengebracht, all seine Liebe, sein Leben, er hatte ihm sein Herz in die Hände gelegt. Jawohl, sein *Herz*. Und dieser Verräter … »Aaargh«, hörte sich Theodor machen. Vielleicht war es ja ein bisschen voll in Davids Händen geworden? Hatte er ihn überfordert? Ihm zu viel abverlangt? War er, Theodor, tatsächlich besitzergreifend und kompliziert? Natalie Schilling hatte das gestern verneint. Eine nette Frau war das, er würde sich gern mal mit ihr darüber unterhalten. Sie konnte gut zuhören, wenn sie dabei auch ein wenig zu viel Anteil zu nehmen schien. Ein bisschen von der Rolle war sie wohl, aber das ließ sich ja beheben. Wie sie in der Geisterbahn geschrien hatte. Theodor rieb sich das linke Ohr.

Sie hatte eine so natürliche, ehrliche Art. Er würde gern mal einen Kaffee mit ihr trinken und mehr über ihre Kochkolumne erfahren und sie fragen, ob … aber halt, halt, *halt*! Sie war ja eine Klientin von ihm.

Schluss. Aus. Ende.

Theodor seufzte. Und da seine positive Gedankenschwingung in diesem Moment wieder »auf Sinkflug ging« (so hätte David es formuliert), wurde ihm das ganze Ausmaß seines Beziehungsdramas bewusst. Wenn er nur wüsste, wie damit umzugehen war. Er hieb mit der Faust immer wieder auf das dunkelrote Polster, bis eine Sprungfeder ein genervtes Geräusch von sich gab.

»Haben Sie denn mal mit ihm darüber gesprochen?«, äffte sich Theodor selbst nach und zog eine Grimasse. »Wie soll ich denn mit einem reden, der mit roten Farbtöpfen wirft?«

Er setzte sich auf. »Außerdem«, fuhr er halblaut fort, »ist es ja wohl kaum an mir, das Gespräch zu suchen. *Er* hat ja *mich* verlassen. Ich habe mir aber nichts vorzuwerfen. Ich war ja glücklich. Ich wollte nur gern mit ihm zusammenziehen. Ist das etwa ein Schwerverbrechen? Ich …« *Ist dir aufgefallen, dass du jeden Satz mit dem Wörtchen Ich begonnen hast?*, hörte er Davids Stimme in seinem Kopf widerhallen.

»Nicht jeden«, widersprach Theodor. Und dann schluckte er eine Prozac.

Bis zum Nachmittag waren keine weiteren Klienten vorgesehen. Ich gehe zu *Maman*, beschloss Theodor und stand auf.

Hertha hatte Wert darauf gelegt, dass er sie so nannte. Schließlich war er ein halber Franzose.

▸◂

Während Theodor sich auf den Weg zu seiner Mutter machte, die am Kaiserdamm wohnte, war David in einem Hinterhaus-Tonstudio im Wedding angekommen, und Natalie saß auf der Terrasse vom *Café Kastanie* und las sich verbissen durch die Lesermeinungen anderer Leute. *Blöder Leute*, fand sie, die es mit der Rechtschreibung nicht so genau nahmen und sich als Rezensenten aufspielten, als ob sich irgendwer für ihre Einschätzungen interessieren würde. Natalie trank Milchkaffee in kleinen Schlucken. Ihr Magen grummelte. Na ja, gestand sie sich ein, *ich* interessiere mich gerade dafür. Aber nur, weil … *verachtenswert*, unterbrach sie sich selbst. Wie erbärmlich war das nur? Sie starrte in die Kastanienbäume über sich, in denen Spatzen stritten.

Nun mal halblang, versuchte Natalie sich selbst in Schutz zu nehmen. Ich verschaffe mir lediglich einen allgemeinen Überblick (nicht mehr als eine Inhaltsangabe eigentlich) und habe ein Talent entwickelt, daraus etwas fundiert Klingendes entstehen zu lassen.

Aus »streckenweise ganz schön langweilig« zauberte Natalie »eigenwilliger Schreibstil«, aus »Geschwafel« machte sie »detailfreudig«, und aus »Richtig klasse! Ich habe das Buch verschlungen, weil es so spannend war« wurde »Brillant geschrieben. Ein Autor, der sich seiner Mittel sehr sicher ist«.

Manchmal stieß sie aber auch auf eine wirklich gut formulierte Rezension. Die schrieb sie dann geringfügig um, damit keiner merkte, dass sie eigentlich bloß … spickte.

Natalies Magen zog sich zusammen. Verachtenswert! Sie ließ den Kaffee stehen und bestellte Kamillentee. Das muss ein Ende haben, sagte sie sich und meinte nicht den Tee. Ich kann so nicht weitermachen.

Sie blickte von ihren Papieren auf. Gerade kam eine Kindergartengruppe vorbei. Die Kleinen trugen Buddeleimer und Plastikschaufeln, waren wahrscheinlich auf dem Weg zu einem der Spielplätze im Lietzenseepark und sangen lautstark:

»Wir sind die Kita Zwergenland
und können schon so allerhand!«

Natalie spürte, wie ihr schlagartig wieder übel wurde. Zwerge, überall Zwerge. Sie wurde von Zwergen verfolgt, wobei diese singende Version mit ihren bunten Buddelsachen keinen besonders gemeingefährlichen Eindruck machte. Aber trotzdem. Warum sah sie sich neuerdings von Zwergen umzingelt? Neulich hatte sie sich bei Reichelt am Kühlregal zu Tode erschrocken, als ihr Blick auf einen Zehnerpack »Fruchtzwerge« gefallen war. Das musste doch ein Zeichen sein. Doch wofür? Wofür bloß?

Natalie würde Theodor Silberstadt demnächst danach fragen. Ach, und verliebt war sie ja außerdem noch.

Mit schmerzvoll verzogenem Gesicht trank sie einen Schluck Kamillentee, verbrannte sich die Zunge und fragte sich, warum nichts im Leben von allein leichter wurde.

▸◂

»Ich sammle sieben Zauber-Reicheln, äh … Entschuldigung. Sieben Zau-ber-ei-cheln. Also noch mal: Ich sammle sieben Zauder…«

»Zaubereicheln.«

»Genau, sieben Zaubereicheln.«

Der Tonmeister stöhnte ins Mikrofon. »Dann sag dit doch ooch. Ick hab keene Lust, bis Weihnachten hierzuhocken.«

»Ich habe so was noch nie gemacht«, verteidigte sich David. Auch nicht das beste Argument, um den Job zu bekommen, dachte er und begann zu schwitzen. »Kann man hier mal ein Fenster aufmachen?«

»Ditt is 'n Tonstudio?«, gab der Tonmeister zurück. Der fragende Unterton sollte Davids Bitte wohl ihrer geballten Lächerlichkeit preisgeben.

»Schon gut.« David holte Luft und schloss kurz die Augen. »Ich zammel sieben Sauberbeicheln …«

»Zaubereicheln, Zaubereicheln, *Zaubereicheln* …«

»Könnte ich gut eine gebrauchen«, versuchte es David auf die lustige Weise, doch der Tonmeister sah ihn voller Verachtung an. »Jetzt machste hinne, sonst fliegste raus!«

Blöde Prollbacke, dachte David und konzentrierte sich. »Ich sammele sieben Zaubereicheln und stecke sie in mein Beutelchen, so wahr ich Wendy der Waldschrat bin!« Er reckte das Kinn in die Höhe. »Bitte sehr.«

»Wendelin«, sagte der Tonmeister, ohne aufzuschauen. »Der Waldschrat heeßt Wendelin. Und könnteste deener Stimme wat Schratigeres verleihen?«

David tupfte sich mit einem Taschentuch die Stirn ab. »Wat Schratigeres?«, wiederholte er ungläubig. Er wollte zurück ins Atelier und verblühte Geranien malen, oder Gladiolen. Aber dort hatte sich ja Tim-Luzifer breitgemacht und hörte stundenlang irgendwelche Popsongs, die genauso hohl waren wie er.

Wenn ich eine Zaubereichel hätte, dachte David, dann würde ich Tim-Luzifer zur Hölle schicken und Theodor zum Therapeuten. Und …

»Hallo? Eener zu Hause?«

»Ich sammele sieben Zaubereicheln und …«

Ach, Theodor. Bestimmt war er untröstlich. Er hing doch so an ihm. Aber die vielen Meinungsverschiedenheiten der letzten Wochen, das komische Wetter, Theodors Sturheit, sein …

»Und?«, fragte der Tonmeister nach.

»… und steck sie in mein Beutelchen …«, sagte David hastig und dachte: … sein Drängen und Bohren und Analysieren und …

»So wahr …«, half der Tonmeister.

… seine gütige, großzügige Art …

David riss sich zusammen und rief triumphierend: »So wahr ich Wendelin der Waldschlumpf bin!«

David bekam den Job nicht. Er war nicht besonders traurig.

Auf dem Nachhauseweg bremste er abrupt vor einem Blumenladen ab, ließ sein Fahrrad unangeschlossen draußen stehen und fragte nach Verblühtem. Für zwei Euro bekam er zahlreiche müde Margeriten, Gerbera mit glibberigen Stängeln, Rosen, die die Köpfe hängen ließen. Gladiolen gab es nicht. Aber das war nicht so wichtig. Voller Tatendrang, das Bündel Blumen unterm Arm, fuhr David weiter.

Er hatte es eilig anzufangen. Er war doch nicht umsonst auf diese Welt gekommen, er hatte einen Plan, nach dem er antreten musste. Einen Lebensplan, in dem er die Rolle als Maler angenommen hatte. Es gab größere Zusammenhänge. Und von denen hatte Theodor nie etwas wissen wollen. Wie hatte er seine Hummerphase bezeichnet? *Bildgewordene Beweise für seine Bindungsangst.* Ha! Wie rasend trat David in die Pedale, er schoss durch die Straßen, schlaffe Blütenblätter schwirrten hinter ihm durch die Luft. Endlich erreichte er den Koppenplatz, wo sich sein Atelier befand.

Schon im Hausflur hörte er die wummernden Bässe. Seine Euphorie verflog.

Als er völlig verschwitzt und atemlos den fünften Stock erreicht hatte, zögerte er, bevor er die Ateliertür aufschloss. Dahinter schien eine Party stattzufinden. David lauschte kurz, dann rammte er den Schlüssel ins Schloss und ließ die Tür aufknallen.

Umringt von ungefähr zehn Leuten, die David in seinem Leben noch nie gesehen hatte (und zahlreichen Weinflaschen, die er durchaus schon einmal gesehen hatte, denn schließlich hatte er sie gekauft), saß Tim auf dem Fußboden und wiegte sich im Takt der Musik vor und zurück. Die Stimmung war ausgelassen. Man rauchte Joints, man bewarf sich mit Erdnüssen und Gummibärchen. Man lachte. Tim am lautesten. Davids Anwesenheit schien niemand bemerkt zu haben.

»Ich muss arbeiten!«, rief David, und bevor er noch etwas sagen konnte, traf ihn eine Erdnuss mitten auf die Stirn. Ein Mädchen, das ein T-Shirt mit Jim Morrisons Abbild trug, kicherte. Doch als Davids stahlblauer Blick auf sie fiel, verstummte sie sofort. Dort, wo ihn die Erdnuss getroffen hatte, spürte er einen stechenden Schmerz, heiß und vernichtend – so kam es ihm vor –, als brenne sich gerade ein Loch in seinen Kopf, und ein drittes Auge würde urplötzlich hervortreten, das ihn alles so sehen ließ, wie es war. Und er sah: sich selbst, mit seiner künstlerischen (etwas faulig riechenden) Blumen-Vision im Arm, er sah einen Haufen bekiffter, debil lachender Typen, die sich auf seine Kosten eine schöne Zeit machten. Und er sah einen todunglücklichen Theodor, der im Schatten einer Trauerweide am Lietzensee saß und weinte.

»Raus!«, schrie David.

»Cool, man«, erwiderte Tim und zog an seinem Joint, dass es nur so knisterte.

»Nix cool«, kreischte David mit überkippender Stimme. »Ihr haut jetzt auf der Stelle ab, oder ich ruf die Polizei!«

Tim blinzelte irritiert. »What is he saying?«

Die ersten Leute standen auf und verzogen sich. »Altes Arschloch«, sagte das Jim-Morrison-Mädchen zum Abschied.

Dann waren alle fort. Bis auf Tim.

»Du auch«, sagte David.

In diesem Moment rollte sich Tim grinsend auf die Seite (oder kippte er einfach um?) und schlief auf dem Fußboden ein, was David wiederum recht individualistisch und originell fand. Wie ein gefallener Engel lag Tim in all dem Müll und schnarchte leise. Bei diesem Anblick schloss sich Davids drittes Auge.

Und vorerst blieb alles, wie es war.

▶◀

»Schließlich fallen die feindlichen Heerscharen mit Gebrüll und Säbelgerassel über die mittelalterliche Stadt her, legen alles in Schutt und Asche, und der Leser kann sich diesem detailverliebten Gemetzel über viele Seiten hinweg so richtig schön hingeben. Wer Beschreibungen von abgeschlagenen Köpfen und in Bäuche gestoßene Schwerter gern mag, der wird hier bestens bedient.« Natalie versuchte das Buch mit der linken Hand in die Höhe zu stemmen, aber es gelang ihr nur unter Zuhilfenahme der anderen Hand. Was für eine Papierverschwendung, dachte sie und lächelte betont munter in die Kamera.

»Schnitt!«, rief jemand aus dem Hintergrund.

Ihr Lächeln erstarb augenblicklich.

Frau Rüttgers von der Produktion kam angestöckelt und sah sie strafend an. »Das geht so nicht!«

Natalies Kopfschmerzen waren mit voller Wucht zurückgekehrt.

Es war inzwischen acht Uhr, seit über zwei Stunden quälte sie sich hier im Fernsehstudio mit den Buchrezensionen herum. Zuerst hatte sie sich pausenlos versprochen, dann hatte sie immer wieder den Faden verloren und schließlich sogar die fünf Inhaltsangaben durcheinandergebracht. (»Als Anne feststellt, dass sie schwanger ist, fährt sie mit dem Zug nach Morton Pinkney, um es Henry, nein, Charles … Wie hieß der Kerl noch gleich? Und sie fährt nicht mit dem Zug nach Morton Pinkney, sondern mit dem Fahrrad nach Cuckfield. Glaube ich. Oder war das Bella in *Magnolien im Nieselregen?*«)

»Was ist denn los mit Ihnen? Geht es Ihnen nicht gut?« Frau Rüttgers starrte ihr ins Gesicht.

Vor Natalies Augen flimmerte es. Sie blinzelte. Entweder ich kann jetzt die Aura der Leute sehen, dachte sie, wobei mich wundern würde, dass die Rüttgers so etwas überhaupt besitzt, oder meine Migräne wächst sich aus.

»Doch, doch«, beeilte sie sich zu sagen.

Frau Rüttgers schaute streng. »Was Sie hier abliefern, ist unter aller Kanone.«

»Ja, mag sein«, erwiderte Natalie. »Es ist nur so, dass ich die Auswahl der Titel nicht nachvollziehen kann. Haben wir keine mündigen Leser da draußen? Ist deren Anspruch an die Literatur wirklich so gering, dass …« Natalie hielt inne. Sie redete sich ja um Kopf und Kragen.

Die Rüttgers machte schmale Augen. »Das Thema hatten wir bereits, Frau Schilling. Im Gegensatz zu Ihnen weiß ich ziemlich genau, wie der Büchermarkt funktioniert.«

»In dieser Sendung ist noch niemals ein einziges gutes Buch vorgestellt worden«, sagte Natalie leise.

»Das ist Ihre klägliche Meinung. Was gut ist und was nicht, entscheidet immer noch die Nachfrage.«

»Sie meinen, Zahlen und Buchstaben sind das Gleiche?«

»Ich bin nicht gewillt, mit Ihnen zu diskutieren, Frau Schilling. In der Büchershow wird das vorgestellt, was sich auch gut verkauft! Es geht ja schließlich auch um Einschaltquoten.«

Natalie fühlte zu ihrem Entsetzen, dass ihre Augen feucht wurden. Sie senkte schnell den Kopf.

Der Kameramann hustete. »Machen wir jetzt weiter?«, fragte er.

»Für Ihren Job stehen die Leute bereits Schlange«, zischte die Rüttgers Natalie ins Gesicht, und dann klapperte sie auf ihren lächerlich hohen Absätzen davon.

Knick um, betete Natalie. Knick jetzt sofort vor meinen Augen um und brich dir das Genick. Oder wenigstens einen Arm.

Aber ihr Wunsch wurde nicht erhört, und in den darauffolgenden zwei Stunden gab sie sich alle Mühe, Bücher, die sie am liebsten in den nächsten Altpapier-Container geschmissen hätte, freundlich zu rezensieren.

»*Die Gemahlin des Kriegers* machen Sie auch noch mal!«, erscholl die Stimme der Rüttgers durchs Mikrofon. »Das war ja viel zu negativ formuliert, mit den abgehackten Köpfen.«

Ist die immer noch nicht nach Hause gegangen?, fragte sich Natalie, und dann pries sie *Die Gemahlin des Kriegers* als *großen, großen Lesespaß, voller Spannungsbögen und aufregender Ereignisse.* Sie berichtete ausführlich, wie tapfer die kleine *Gemahlin* allen Widrigkeiten des mittelalterlichen Lebens trotzt und wie sie sogar noch auf dem Scheiterhaufen zu ihrer großen Liebe steht … die natürlich in dem Augenblick, als schon die Flammen an ihren kleinen Füßen züngeln, zu ihrer Rettung heranprescht.

Lächelnd schloss Natalie mit »Wirklich brillant geschrieben. Eine Autorin, die sich ihrer Mittel sehr bewusst ist«, hob den Schinken mit beiden Händen in die Höhe, und dann hatte sie endlich Feierabend. Es war halb elf.

Wieder knallten die Absätze von der Rüttgers. »Frau Schilling, einen Moment noch. Ich will mit Ihnen über *Wir lesen durch bis morgen früh* sprechen!«

»Was?« Natalie drehte sich um.

»Sie wissen schon: Eine ganze Sommernacht lang schließt kein Bücherladen in Berlin, der etwas auf sich hält. Es gibt überall Lesungen mit namenhaften Autoren, Diskussionen, Präsentationen. Fernsehen, Presse, Prominenz, alle sind sie da. Das ist ein ganz großes Ding. Und ich …« Vor lauter Aufregung legte sich die Rüttgers beide Hände auf den Mund und schnappte dahinter lautstark nach Luft.

Gleich hyperventiliert sie, dachte Natalie.

»… ich habe für die Büchershow einen Auftritt klargemacht. Wir sind live dabei! Um Mitternacht stellen Sie Ihre fünf Titel unter freiem Himmel vor, es muss noch geklärt werden, wo genau. Mir schwebt der Gendarmenmarkt vor, aber da will SAT 1 schon hin, und vielleicht …« Jetzt versagte der Rüttgers die Stimme. Sie räusperte sich. »… bekomme ich Stephen King für ein Interview!«

»Echt?«

»Ich bin ganz nah dran!« Rüttgers' Lippen wurden schmal. »Damit haben Sie natürlich nichts zu tun. Die Interviews mache ich!«

»Toll«, sagte Natalie und dachte: Ein Interview mit Stephen King? Wer's glaubt, wird selig.

In der Büchershow war bisher noch niemand interviewt worden, der auch nur ein kleines bisschen interessant gewesen wäre. Der Herausgeber eines Katzenkinderkalenders hatte immerhin ganz gut ausgesehen. Und die Autorin von *Heitere Geschichten aus Ramsau bei Berchtesgaden* hatte leckere, selbst gebackene Kekse mitgebracht. Aber vielleicht würde nach *Wir lesen durch bis morgen früh* alles besser werden.

»Ich schicke Ihnen die Bücher, die Sie vorzustellen haben, express«, sagte die Rüttgers gerade.

Natalie schluckte. »Darf ich, bitte, wenigstens ein einziges Buch selbst aussuchen? Bitte! Ich lese gerade einen hinreißenden Roman eines eher unbekannten spanischen Autors. Darin geht es um …«

»Die Bücherauswahl treffe ich.«

»Oder wie wäre es, zur Abwechslung mal einen alten Klassiker vorzustellen? *Irrungen, Wirrungen* zum Beispiel. Oder etwas anderes von Theodor Fontane: *Effi Briest* ist doch immer wieder reizend. Ich persönlich mag ja auch Stefan Zweig sehr gern, und ich könnte mir vorstellen …«

»Sagen Sie mal, Frau Schilling, Sie haben es immer noch nicht kapiert, was?« Die Rüttgers stemmte die Fäuste in ihre breiten Hüften. »Das ist eine Riesenchance für uns alle! Kommen Sie mir doch nicht mit den ollen Kamellen. Wir leben im Hier und Jetzt. Konzentrieren Sie sich lieber auf Ihren Arbeitsbereich. Sie stehen für die Büchershow live vor der Kamera, und die ganze Welt wird Sie sehen. Jedes Wort muss sitzen, jede Geste hat kontrolliert zu sein. Stottern Sie nicht, verschlucken Sie sich nicht, und keinen einzigen Ihrer berühmten Versprecher will ich hören. Hebammen sind tüchtig, nicht tückisch. Und Ritter sind tapfer, nicht tapsig.«

»Ja, doch.«

»Haben wir uns verstanden?«

Natalie nickte.

»Wunderbar. Gute Nacht. Sie hören von mir.«

Benommen fuhr Natalie mit dem Bus nach Hause.

Am Schloss Charlottenburg stieg sie aus, um noch einen kleinen Abendspaziergang durch die Schloßstraße zu machen. Sie wollte ihre Gedanken ordnen. Ein Live-Auftritt in der Büchershow. Das war schon etwas. Nervös zog sich ihr Magen zusammen. Sie war gespannt, was Theodor Silberstadt dazu sagen würde. Bestimmt wäre er beeindruckt. Seine Lieblingsklientin gehörte demnächst zur Fernsehprominenz. Schon bald würde sie ihren Eintrag bei Wikipedia umschreiben müssen:

*Natalie Schilling (*12. November 1966 in Berlin) erreichte ihren Durchbruch als Deutschlands Talkshow-Queen mit einer überaus originellen, nächtlichen Bücherpräsentation in Berlin. Neben ihrer eigenen Sendung »Natalie liebt gute Bücher«, deren Rechte gerade unter anderem an Oprah Winfrey nach Amerika verkauft wurden, hat sich Natalie Schilling einen angesehenen Ruf als internationale Restaurant-Testerin gemacht. Zurzeit arbeitet sie außerdem an einer eigenen Bikini-Kollektion. Sie ist mit dem renommierten Berliner Therapeuten Dr. Theodor Silberstadt liiert.*

Ihre wöchentliche Show hat 20 Millionen Zuschauer in 110 Ländern.

Versonnen lächelnd schloss Natalie die Haustür auf.

Im Flur roch es wie immer: nach jahrzehntealtem Treppenläufer und Katzenpipi, was eine ernüchternde Wirkung hatte. Plötzlich war Natalie sehr müde. Sie schleppte sich in den zweiten Stock und stellte sich vor, wie es wäre, an der eigenen Tür zu klingeln, die ihr dann geöffnet würde, von … einem schlanken, hochgewachsenen Herrn im reifen, aber besten Alter, gepflegt, sympathisch, elegant. »Hattest du einen guten Tag, Liebes?«, würde er fragen und ihr aus der Jacke helfen.

Sie klingelte tatsächlich. Und niemand machte auf. Bloß der Dackel von gegenüber bellte durch den Briefschlitz. Siehst du mal, sagte sich Natalie, so selten klingelt es an deiner Tür, dass sich sogar der Dackel von Gerda Kasulke wundern muss.

In der Küche stand noch die Espressotasse mit dem viel zu süßen Kaffee. Komischer Tag, dachte Natalie. Ihr Kopf summte wie ein Bienenkorb. Sie wollte nicht noch mehr Schmerztabletten schlucken. Kurz erwog sie, ein Glas Rotwein zu trinken, aber der bloße Gedanke daran ließ sie erschaudern.

Natalie lief durch die leere Wohnung. Sie hätte gern noch mit jemandem geredet. Im Wohnzimmer schnurrte der Laptop und verströmte bläuliches Licht. Sie setzte sich davor und beschloss, morgen mal Beate Dombroski anzurufen. Seit Jahren, genau genommen seit der Geburt von Beates Sohn im Jahr 1994, hatte sie nichts mehr von ihr gehört. Vielleicht war der Kleine ja inzwischen aus dem Gröbsten heraus, und Beate wäre für so etwas wie eine Freundschaft zu haben. Ich brauche dringend eine Freundin, sagte sich Natalie. *Die Gemahlin des Kriegers* fiel ihr ein. Der war aber auch nichts peinlich gewesen, vom Webstuhl bis zum Scheiterhaufen.

Beate Dombroski, tippte Natalie bei Facebook ein. Es gab nur eine *Betty Dombroski,* und die lebte in Nebraska. Natalie starrte auf das Foto einer lächelnden Frau mit Kurzhaarfrisur. Dann tippte sie auf *Freundin hinzufügen* und gähnte. Nebraska? Wo lag das genau? Kanada? Gerade wollte sie es googeln, da überrollte sie die Müdigkeit wie eine große, warme Welle.

Natalie stand auf, zog sich aus, ließ alle Kleidungsstücke einfach auf dem Boden liegen und ging kurz ins Badezimmer. Dann fiel sie ins Bett, und bevor sie sich den kleinen Zeh noch mit Schmerzgel einreiben konnte, war sie eingeschlafen.

▸◂

»Ein Live-Auftritt? Trauen Sie sich das zu?«

»Ähm. Ja. Klar.«

»Sehr schön. Dann lassen Sie uns jetzt über Ihren Vater reden.«

Mit gerunzelter Stirn drehte sich Natalie nach Theodor Silberstadt um, der an seinem gläsernen Schreibtisch saß und Bleistifte ordnete.

Ihre große Neuigkeit war verpufft, und jetzt sollte sie schon wieder über ihren Vater nachdenken?

»Er war einfach nicht besonders interessiert an mir«, sagte sie seufzend und streichelte den dunkelroten Polsterbezug, was einer gewissen Erotik nicht entbehren konnte. Ihr glatt geföhntes Haar ließ sie über den Rand der Couch fließen und hoffte, dass sich die beiden Rottöne nicht allzu sehr bissen. Sie trug einen kurzen, seidenen Rock von Etro, dessen indischem Muster sie nicht hatte widerstehen können. Das schlichte weiße T-Shirt, das sie dazu kombiniert hatte, betonte nicht nur das farbenfrohe Paisleymuster, sondern auch ihren strammen, kleinen Busen.

Auf hohen Absätzen hatte sie sich in die Praxis gekämpft und war nicht undankbar auf die rote Couch gesunken, auf der sie nun wie hingegossen lag.

»Wie kommen Sie darauf?«, fragte Theodor.

Natalie kreuzte auf anmutige Weise die Füße. Sie wollte gar nicht über ihren Vater sprechen. »Ich habe ihn nicht wirklich *gestört*«, sagte sie schließlich. »Aber begeistert eben auch nicht. Vielleicht hatte er einfach andere Pläne im Leben, als Familienvater zu werden.«

»Sie nehmen ihn in Schutz?«, erklang Theodors Stimme. »Obwohl er sich Ihnen gegenüber so lauwarm verhielt?«

Jetzt wollte sie auf einmal wieder heulen. Es war ja nicht zum Aushalten mit ihr. Natalie fixierte eine Spinne an der gegenüberliegenden Wand, die mit acht Beinen eifrig ihren morgendlichen Spinnenaufgaben nachging.

Nicht heulen, nicht heulen, sagte sie sich, aber es half nicht.

»Würden Sie das auch so sehen?«, fragte Theodor.

»Hm.«

»Nehmen Sie sich ruhig ein Taschentuch. Sie wissen ja, wo die Schachtel steht.«

Recht undamenhaft schnaubte sich Natalie die Nase. Dann drehte sie sich wieder zu Theodor herum, der die Hände gefaltet hatte. Vor ihm auf der Glasplatte lagen, nach Größe geordnet, seine Bleistifte.

Heute bin ich ganz bei der Sache, sagte er sich. Er freute sich, Natalie wiederzusehen. Er fand sie ausgesprochen nett. Und gut sah sie außerdem noch aus. Sie hatte Stil und Geschmack. Theodor wusste das zu schätzen, und er liebte Paisleymuster. Und Seide. Er riss sich zusammen. Nicht schon wieder abdriften, ermahnte er sich.

Wie lautete das Stichwort? *Lauwarm*. Genau. Gerade wollte er wieder Bezug darauf nehmen, da fiel ihm ausgerechnet Jesus ein. *Ach, dass du kalt oder warm wärest. Weil du aber lau bist und weder kalt noch warm, werde ich dich ausspeien aus meinem Munde* … hatte Jesus irgendeiner mittelprächtig engagierten christlichen Gemeinde mitteilen lassen. Theodor kratzte sich am Kopf. Wie kam er denn jetzt darauf? Besonders bibelfest war er doch nie gewesen. War er überhaupt gläubig? … Moment, Natalie hatte etwas gesagt. Er *musste* sich jetzt zusammenreißen und aufpassen. »Jaaa?«, machte er, eher zu sich selbst. Und dann fiel es ihm wieder ein: Aus der Offenbarung des Johannes war das Zitat, und es hatte etwas mit den Thermen von Pamukkale zu tun. Dieselben hatte er auf einer zauberhaften Türkei-Reise mit David auch schon gesehen (1999 oder 1998?) und sie faszinierend gefunden, schneeweiß und …

»Lauwarm!«, plärrte Theodor mitten in Natalies Redefluss hinein. »Würden Sie Ihren Vater auch als lauwarm bezeichnen?«

»Ähm, na ja, das will ich so nicht unbedingt …«

»Sehen Sie. Bei der Mondlandung, die Sie neulich erwähnten, beschrieben Sie ihn aber als einen recht temperamentvollen, begeisterungsfähigen Menschen.« *Ha!* Er war wieder voll bei der Sache.

Natalie zerknüllte ihr feuchtes Taschentuch. »Aber nicht *ich* war ja auf dem Mond gelandet.«

»Erklären Sie das genauer.«

»Ich habe es nie geschafft, ihn dermaßen aus der Reserve zu locken.«

»Sie waren eifersüchtig?«

»Wahrscheinlich.«

»Und wussten gleichzeitig, dass Sie es niemals bis auf den Mond schaffen würden?« Theodor war erleichtert. Da war er also, der wunde Punkt, und er würde seinen Finger nicht so schnell wieder wegnehmen!

Sie schniefte. »Als Kind wollte ich immer Astronautin werden«, erklang ihre Stimme, die sich auf einmal anhörte wie die eines kleinen Mädchens.

»Warum sind Sie es nicht geworden?«

Natalie verrenkte sich fast den Hals, als sie schon wieder auffuhr und sich zu Theodor umdrehte. »Sonst noch was?«, fauchte sie ihn an. »Amerikanische Präsidentin vielleicht?«

Andächtig wiegte Theodor seinen Kopf hin und her. Er versuchte sich nicht anmerken zu lassen, wie zufrieden er mit sich war. »Sehen Sie eine Verbindung zwischen …«

Der und seine Verbindungen, dachte Natalie gereizt.

»… eine Verbindung zwischen Ihrem Verhältnis zu Ihrem Vater und Ihren Männerbekanntschaften?«

Natalie lachte kurz auf. »Ich habe ja überhaupt keine Männerbekanntschaften!« So, nun wusste er, dass sie absolut solo war.

»Sie meiden sie also?«

»Nein, so ist es nicht«, sagte sie schnell. »Es ergibt sich nichts. Ich bin kein Typ, der auf Männer anziehend wirkt. Ich strahle etwas aus, was Männer nicht mögen.« Und nun sag, dass du das überhaupt nicht verstehen kannst, dachte Natalie, und dass ich auf dich so anziehend wirke wie das Licht auf die Motte. Und dass du heute Abend mit mir essen gehen möchtest.

Abwartend schwieg sie.

»Was könnte das sein?«, fragte er und machte sich Notizen auf einem Blatt Papier. Er hatte seine Brille aufgesetzt.

»Ich habe keine Ahnung!«, schrie sie. »Und es ist mir auch ganz egal!«

»Die Angst, nicht zu genügen?« Konzentriert blickte Theodor auf. »Die Zeit ist um.«

Natalie holte tief Luft, wusste selbst nicht, was gleich aus ihr herausbrechen würde. Ein Schrei? Ein Schluchzen? Ein gurgelndes, peinliches Geräusch? In Romanen wurde es häufig beschrieben mit: *Sie machte ein Geräusch, als würde sie ertrinken.* Das konnte sich ja nicht gut anhören.

Letztlich kam gar nichts. Natalie lag mucksmäuschenstill auf der Couch. Sie rührte sich nicht. Die Angst, nicht zu genügen, hämmerte es in ihrem Kopf. Darüber musste sie in Ruhe nachdenken. Aber nicht jetzt.

Theodor ordnete seine Papiere. Wieder dieser *vogelige* Ausdruck, dachte Natalie. Theodor Silberstadt war so etwas wie ein Habicht. Ein toller Habicht. Sie seufzte.

»Würden Sie wohl mal mit mir essen gehen?«, fragte sie und zuckte vor Schreck über ihre plötzliche Kühnheit zusammen.

Er nahm die Brille ab und lächelte auf sympathische Weise. »Ich muss auf ein ausgewogenes Nähe-Distanz-Verhältnis achten«, sagte er. »Und das wäre nicht mehr gegeben, wenn wir uns außerhalb der Sprechstunden sähen.«

Natalie horchte auf. Ein Hauch von Bedauern schwang doch da in seiner Stimme? »Und wenn ich nicht mehr Ihre Klientin wäre?«, fragte sie. »Wenn ich jetzt aufstünde und hinausginge und diese Räume nie mehr beträte …« Im Dickicht des Konjunktivs, dachte sie mit klopfendem Herzen und setzte sich auf. Sie hatte nichts zu verlieren. »Wenn ich die Therapie abbräche …«

»Dann müsste erst noch eine gewisse Zeit vergehen«, entgegnete Theodor. »So sind die Regeln.«

»Aber neulich«, rief Natalie und kam sich kindisch vor, »da sind wir sogar zusammen Geisterbahn gefahren!«

Er nickte. »Das war ein zufälliges Treffen.«

Es klingelte an der Tür. Theodor hob die Schultern. »Kommender Dienstag ist Ihr nächster Termin.« Mit diesen Worten verbeugte er sich leicht vor ihr, und Natalie hätte ihm am liebsten ihre Handtasche auf den Kopf gehauen, um dann sein wundervolles Habicht-Gesicht zu küssen.

Er öffnete ihr die Tür. »Auf Wiedersehen, Frau Schilling.«

»Auf Wiedersehen.« Hoheitsvoll stöckelte sie an ihm vorbei.

Auf dem Weg nach unten traf sie einen übergewichtigen älteren Mann, der sich schnaufend am Geländer hochzog. Plötzlich erklang, monophon und viel zu laut, die Erkennungsmelodie von Miss Marple aus seiner Hose. Er versuchte mit der Hand in die Tasche zu fassen, aber sein Bauch hinderte ihn daran. Natalie war auf dem Treppenabsatz stehen geblieben und beobachtete von oben, wie der Mann hektisch an seiner Hose herumnestelte, sie schließlich öffnete und bis zu den Knien herunterließ, um das immer lauter werdende Handy zu erreichen.

»Schleyberger!«, dröhnte er schließlich hinein und dann, etwas leiser: »Ah, Matülde, ja … aber ja. Das tut mir leid. Gut, dann nicht heute. Morgen also? Auch nicht? Übermorgen?

Nun, ich … ruf … dich heute Nachmittag noch mal an. Wenn's recht ist. Tschüssiküssi … Shit …« Mit seinem dicken Daumen hatte er offensichtlich Schwierigkeiten, die Aus-Taste zu treffen. Das Handy gab einige gequälte Piepstöne von sich. Dann verstummte es. Schleyberger stand in einem blaugrün gepunkteten Slip da, machte ein bekümmertes Gesicht und schwitzte.

Er schien die Welt um sich herum vergessen zu haben. Natalie räusperte sich.

»Oh!« Rasch ging er in die Knie, um seine Hose wieder hochzuziehen, doch sein Bauch war immer noch im Weg, und auch kreisende Hüftbewegungen halfen nicht, nur das Handy fiel dabei zu Boden. Schleyberger bückte sich schnaufend und zeigte Natalie dabei sein gepunktetes Gesäß. Mit abgewandtem Gesicht eilte sie an ihm vorbei. Armer Theodor, dachte sie. Gleich muss er sich das Gequatsche von diesem dämlichen Dickwanst anhören.

Und arme Matülde.

Und armes, armes *Ich*, dass ich eine dermaßen erhöhte Wahrnehmung haben muss.

Die Formulierung gefiel ihr. Sie war einfach zu sensibel für all das Grobe dieser Welt. Ein in Mauschelmustern bezogener Sessel konnte sie aus der Bahn werfen, die kunterbunten Acrylnägel der Kassiererinnen, sogar das Kopfsteinpflaster der Leonhardtstraße machte ihr zu schaffen, was allerdings weniger mit ihrer neu entdeckten Feinstofflichkeit zu tun hatte, sondern mit den Absätzen. Zweimal knickte sie um, ihr kleiner Zeh pochte wütend. Mit letzter Kraft schaffte es Natalie auf eine Café-Terrasse und ließ sich auf einen Stuhl fallen. Ihr gegenüber saß lesend ein Mann. Natalie reckte den Hals. Sie wollte unbedingt wissen, wie das Buch hieß. Da! Jetzt hob er es ein wenig in die Höhe: *Krieg der … Zwerge*. Na wunderbar, dachte Natalie und sank in ihren Stuhl zurück. Ganz wunderbar. Es hatte überhaupt nichts gebracht, ihre Psyche aufräumen zu wollen. All ihre Macken hatten sich seitdem nur verschlimmert. Sie wurde nun permanent von Zwergen verfolgt, schmiss Nudelmaschinen die Kellertreppe runter, trank zu viel, spülte Wunschmünzen in die Berliner Kanalisation, fand, dass ihr Therapeut ein toller Habicht war, und zu allem Überfluss war sie in ihn verliebt.

»Cappuccino«, rief sie der Bedienung zu. »Und einen Ramazzotti.« Sie schloss kurz die Augen. Als sie sie wieder öffnete, hatte sie das Praxisfenster von Theodor Silberstadt im Blick. *Das Fenster zum Hof*, fiel ihr ein. Und sie hatte eine Idee, die nichts mit in Aluminiumkoffern fortgeschafften Leichenteilen zu tun hatte. Sie würde Theodor einfach ein klein wenig beschatten, herausbekommen, wo er so hinging, wo er aß und einkaufte. Und dann würden sie sich zufällig treffen.

Der Zufall schien ihr großer Freund werden zu wollen.

Nachdem sich Theodor Heinz Schleybergers Lamento angehört hatte, das in der ungalanten Aussage gipfelte, dass alle Frauen Schlampen seien, hörte er sich »Die Zeit ist um« sagen, was eine Lüge war, denn zwölf Minuten hätte es noch dauern müssen. Doch Theodor konnte nicht mehr. Kalter Schweiß stand ihm auf der Stirn, das Hemd klebte an seinem Rücken.

»Auch Matülde, auch Matülde«, grummelte Schleyberger, »wie die mich eben abserviert hat. Schlampen, alles Schlampen.«

Theodor dachte an Natalie, die definitiv keine Schlampe war, und es tat ihm leid, dass er nicht zugesagt hatte, mit ihr essen zu gehen. Was wäre dabei gewesen? Gar nichts. Rein gar nichts. Wie er sich aufgeplustert hatte. Ausgewogenes Nähe-Distanz-Verhältnis. Was für ein Mist.

»Wollen wir beide nicht mal ein Bier trinken gehen?«, fragte Schleyberger und sah ihn aus geröteten Augen an.

Theodor fuhr in die Höhe. »Nein!«, rief er. »Neinnein-neiiiin.«

»War ja nur 'ne Frage.«

Theodor nutzte die ausstehenden elfeinhalb Minuten, um Schleyberger zu vermitteln, dass eine frauenfeindliche Haltung dem Wunsch nach einer liebenden Lebenspartnerin nicht zuträglich sei und dass Schleyberger mal über sein Verhältnis zu seiner Mutter nachdenken sollte, und ob er da Parallelen feststellen könne, denn …

»Kennen Sie den schon?«, unterbrach ihn Schleyberger: »Warum gibt es mehr Frauen als Männer auf der Welt? Weil es mehr zu putzen als zu denken gibt. Zack! Der ist gut, was?«

Und damit war Schleyberger endlich zur Tür hinaus. Theodor hörte sein fettiges Lachen noch eine Weile im Treppenhaus widerhallen. Erschöpft legte er seine Stirn auf die gläserne Tischplatte und erwartete ein zischendes Geräusch. Er genoss die Glätte und Kühle, schloss die Augen. Wie ein Schwamm schien er die Unausgegorenheit der Menschheit in sich aufzusaugen. Es nahm ihn alles zu sehr mit. Und das meiste stieß ihn ab. Das konnte längerfristig nicht gesund sein. Abwechselnd kühlte er seine Wangen. Dann stand er auf, lief stöhnend umher, riss das Fenster auf. Er hatte Magenschmerzen, so sehr vermisste er David.

Dass er beobachtet wurde, bemerkte Theodor nicht, er war zu sehr mit Ein- und Ausatmen beschäftigt. Was ist das für ein Knick in meinem Leben?, fragte er sich verzweifelt. Innerhalb weniger Tage geht mir alles kaputt, worauf ich meine Hände verwettet hätte: meine Beziehung und mein Beruf. Ich werde als einsamer Mann sterben, gescheitert, vergessen. »Quatsch«, hatte seine Maman neulich erwidert, als er ihr genau dasselbe gesagt hatte. »Dir geht mal ein bisschen was schief, und gleich jammerst du rum. So was gehört zum Leben dazu.«

»Ja, aber …«, wollte er widersprechen.

»Nix aber!« Hertha wedelte ungeduldig mit den Händen, als wollte sie eine Fliege fortscheuchen. »David kommt zurück, darauf kannst du wetten. Und was das Berufliche angeht: Hast du schon mal überlegt, dich zur Ruhe zu setzen?«

»Waaaas?«, hatte Theodor geschrien. »Ich liebe meinen Beruf, ich …«

»Schrei nicht, wenn du mit mir sprichst. Du bist siebenundfünfzig Jahre alt, mein Sohn. Wieso genießt du nicht einfach das Leben ein bisschen mehr?«

»Ich werde mich doch nicht in meinem Alter zur Ruhe setzen! Ich werde doch nicht den ganzen Tag zu Hause rumsitzen und als Highlight des Nachmittags mit den alten Leutchen aus dem Heim eine Runde um den See laufen! Ich werde doch nicht …«

»Ach, Theodor, denk nach, bevor du etwas sagst!«, hatte seine Mutter verärgert entgegnet. »Und widersprich mir nicht immerzu. Das ist eine ungute Angewohnheit.«

Theodor starrte auf das rote Sofa. Wann hatte er es angeschafft? Wie viele Leute hatten darauf Platz genommen? Er wollte gerade zu seinem Apple gehen, um die Klientendatei zu öffnen, doch dann ließ er es bleiben. *Viele* waren es gewesen. Sehr viele. Auf einmal stach ihm die Sofafarbe ins Auge. Schlimmer als Zinnoberrot.

Seelenblutrot.

Sich zur Ruhe setzen? Was für eine Idee! Die Idee seiner Maman, die wohl dabei war, ein wenig wunderlich zu werden. Erst vor Kurzem hatte sie sich vehement geweigert, einen Krückstock zu benutzen.

»Ich bin doch keine alte Frau!«, hatte sie gesagt, als Theodor ihr wenigstens einen Spazierstock kaufen wollte.

»Du bist achtzig Jahre alt, Maman«, hatte er zu ihr gesagt.

»Und du bist bald sechzig!«

»Oder hättest du lieber einen Lauf-Trolli?«, hatte sich David eingemischt. »Den könnte ich dir hübsch bunt anmalen.«

»Wenn es so weit kommt«, hatte Hertha mit kalter Stimme erwidert, »erschießt mich!«

»Aber Maman!«

»Aber Herthalein!«

»Zum Teufel mit euch!«

Seit dieser denkwürdigen Auseinandersetzung im letzten Winter war das Thema Gehhilfe nicht wieder angesprochen worden. Hertha klapperte weiterhin mit ihrem geblümten Regenschirm über Berlins Bürgersteige, verscheuchte damit Tauben und Touristen, und einmal hatte sie sogar einen Taschendieb bedroht, oder jemanden, den sie dafür gehalten hatte.

»Bestimmt hat er nur Angst vor dem gelb-lila Blumenmuster gehabt«, war Davids Kommentar gewesen, nachdem sie die Geschichte ausführlich am Kaffeetisch erzählt hatte.

»Sprich nicht so zu meiner Mutter«, hatte Theodor ihn zurechtgewiesen.

»War doch nicht böse gemeint«, verteidigte sich David.

»Ruhe!«, rief Hertha dazwischen.

»Es war aber auch nicht nett gemeint.«

»Weißt du was, Theodor? Du bist ja total eifersüchtig!«

»Weißt du was, David? Du hast ja einen Knall!«

»Jetzt wird Käsekuchen gegessen!«, hatte Hertha gemeckert. »Und ich will nichts mehr hören!«

In Erinnerung an diese Szene musste Theodor lächeln. Sie war schon eine famose Person, seine Mutter. Aber eben auch recht eigen. *Ich mich zur Ruhe setzen?* »Haha«, machte Theodor. Das passte zu geblümten Regenschirmen. »Hahaha.«

Er würde jetzt irgendwo einen Kaffee trinken gehen, entschied er und schloss kopfschüttelnd das Fenster hinter sich. »Mich zur Ruhe setzen … ts, ts, ts.«

▸◂

Das Treffen von Natalie und Theodor im *Gasthaus Lentz* hatte mit einem Zufall nichts zu tun. Natalie sah Theodor aus der Haustür treten, beobachtete, wie er sich suchend umblickte, und hielt sich schnell ihre Handtasche vor das Gesicht. Als sie wieder hervorlugte, lief er geradewegs an ihr vorbei und betrat das Nachbarcafé.

Natalie wartete einen Moment, dann klemmte sie einen Geldschein unter das leer getrunkene Ramazotti-Glas und folgte Theodor ins *Lentz*. Möglichst unauffällig sah sie sich um. Da war er ja: Er saß an einem quadratischen Tischchen in einer verspiegelten Ecke. Gerade hatte er einen doppelten Espresso und Regensburger Würstchen bestellt und wollte nun offenbar eine Zeitung lesen.

»Ach, Herr Silberstadt!«, rief Natalie.

Theodor blickte auf. »Frau Schilling?«

»Ja, so ein Zufall.«

Für einen kurzen Augenblick sah er unendlich müde aus. Doch dann lächelte er und deutete mit seiner beringten Hand auf den zweiten Stuhl, der an seinem Tisch stand. »Bitte setzen Sie sich doch.«

»Darf ich denn?«, fragte sie kokett mit Schulmädchen-Timbre und fand sich selbst ein bisschen blöd.

»Aber natürlich. Ich bitte Sie.«

Oh, dachte sie. Oh, oh, *oh*.

Natalie bemühte sich, möglichst elegant Platz zu nehmen und sich weder das Knie noch einen weiteren Zeh irgendwo anzustoßen. Auch ihre Handtasche sollte nicht wieder mit einem peinlich klatschenden Geräusch von der Stuhllehne fallen, wie sie es gern tat. Geht doch, dachte Natalie, aber als sie nach der Speisekarte greifen wollte, warf sie den Salzstreuer um. Ihre Hände zitterten ein wenig. Theodor schien nichts zu bemerken. Er lächelte weiterhin freundlich.

»Sie wohnen auch gern in diesem Viertel, nicht wahr?«

»Ja.« Schnell stellte Natalie den Salzstreuer wieder hin. »Ich bin eigentlich nie versucht gewesen, woanders zu wohnen. Für ein paar Monate hatte ich mal eine Wohnung in Schöneberg, aber dort hat es mir nicht gefallen, na ja, irgendwie ist es nicht mein Pflaster gewesen. Aber die Akazienstraße, die ist recht stimmungsvoll, mit dem *Café BilderBuch* und der netten kleinen Buchhandlung. Und kennen Sie dieses hinreißende libanesische Restaurant, *Habibi*? Es ist mehr ein Imbiss, aber sehr atmosphärisch, mit großen Fenstern, ich bin ganz süchtig nach Taboulé, und …« *Um Himmels willen, red doch nicht so viel*, hörte Natalie ein inneres Stimmchen und verstummte.

»Köstlich.« Theodor nickte. »Was sind eigentlich diese weißen Krumelchen darin? Ist das Couscous oder Bulgur?«

»Bulgur«, rief sie eifrig. »Man weicht ihn eine Viertelstunde in kaltem Wasser ein, nicht länger, denn der Weizen soll ja noch die Flüssigkeit der gewürfelten Tomaten aufnehmen, und …« Sie hielt inne.

»Interessant«, sagte Theodor, als sie nicht weitersprach.

Der Kaffee wurde gebracht, kurz darauf die Würstchen.

Natalie überflog die Speisekarte. »Ich hätte gern ein Chicorée-Gratin mit Roquefort und ein Mineralwasser«, teilte sie der Kellnerin mit.

»Es steht gar kein Chicorée-Gratin auf der Karte.« Die junge Frau sah Natalie irritiert an.

»Schade. Aber macht ja nichts. Meistens dominiert der Roquefort sowieso zu stark, und deswegen nehme ich jetzt … eine Quarkkartoffel.«

»Und ein Mineralwasser?«, fragte die Kellnerin. »Mit oder ohne Gas?«

»Ach, lieber eine Apfelschorle, bitte.«

»Ich lese immer Ihre Kochkolumne«, sagte Theodor, als die junge Frau fort war. »Sie müssen eine begnadete Köchin sein.«

»Ach.« Natalie winkte bescheiden ab.

»Doch, doch. Neulich haben Sie erklärt, wie man Croissants zubereitet. Das war wirklich witzig und lehrreich zugleich.«

»Oh, bitte fangen Sie doch mit dem Essen an«, rief Natalie. »Ich warte gern auf Sie.«

»Nein, nein. Es wird doch alles kalt. Bitte, Herr Silberstadt.«

»Wenn Sie darauf bestehen.« Mit einer Bewegung, die sie im Geiste als *respektvoll* bezeichnete (Etwas anderes wollte ihr einfach nicht einfallen, denn noch niemals hatte sie jemanden so hochachtungsvoll in eine dicke, pralle Wurst schneiden sehen, die erstaunliche Ähnlichkeit mit ihrem kleinen Zeh aufwies.), begann Theodor Silberstadt zu essen. Natalie war überwältigt. Er hätte ihretwegen seine Mahlzeit kalt werden lassen.

»Es muss großartig sein, eine eigene Kolumne zu haben«, sagte Theodor, nachdem er sich den Mund mit der Serviette abgewischt hatte. »Sich immer wieder seiner Kreativität hingeben zu können, Woche für Woche etwas zu erschaffen, das scheint mir das perfekte Leben zu sein.«

»Ach, so toll ist das auch wieder nicht«, erwiderte Natalie. »Es hat weniger mit Kreativität als mit Disziplin zu tun. In gewisser Weise ist Kolumnenschreiben Fließbandarbeit ohne

Pardon. Es muss mir einfach immer etwas einfallen, ob ich will oder nicht. Wenn ich wenigstens mal etwas Sinnvolles schreiben könnte.«

»Interessant«, sagte er wieder.

»Aber *Ihre* Arbeit«, fuhr Natalie mit geröteten Wangen fort. »Das ist Erfüllung. Sie helfen den Menschen. Sie hören ihnen zu, geben weise Ratschläge, verbessern ihre Leben, retten sie womöglich.«

Theodor schob die zweite Wurst zwischen einem Häufchen Kartoffelsalat und einem Gewürzgurkenfächer hin und her. Am liebsten hätte er Natalie erzählt, dass er Heinz Schleyberger vor einer Viertelstunde gern seinen schweren Locher ins Gesicht gerammt hätte, oder den Papierkorb, oder wenigstens den hübsch geformten Feuerstein, der auf seinem Schreibtisch lag. Von Lebenretten konnte keine Rede sein.

So etwas war Theodor noch nie passiert: die Lust, gewalttätig zu werden. Was für eine Lust! Nicht reden, sondern zuschlagen. Die Erleichterung, die damit einhergehen würde, musste überirdisch wohltuend sein. Wie Trinken, nach einem Marsch durch die Wüste, wie Schlafen, wenn man todmüde war, wie der Biss in ein Königsberger Marzipanbrot – geflämmt und natürlich von *Paul Wald* aus der Pestalozzistraße. Theodor seufzte. Vielleicht hatte seine Mutter gar nicht so Unrecht. Er musste sich ja nicht gleich zur Ruhe setzen, er könnte sich eine Auszeit nehmen. Wenn man sich dem Impuls, seine Klienten zu verkloppen, nur noch schwer entziehen konnte, sollte man etwas unternehmen.

»Herr Silberstadt?«, hörte er eine Stimme.

»Entschuldigen Sie, ich war in Gedanken.«

Natalie sah ihm forschend ins Gesicht. »Sie leiden sicher sehr darunter, verlassen worden zu sein.«

»Woher wissen Sie das?«, fragte Theodor erschrocken.

»Sie haben es mir doch selbst erzählt«, antwortete sie. »Auf dem Mittelalterfest. Wissen Sie nicht mehr? Da sagten Sie zu mir, wie anstrengend das Gerede der Leute für Sie geworden sei. Und dann warfen Sie versehentlich einige Plastikbecher von dem Holzfass, an dem wir saßen, und dann sagten Sie, dass Sie das Gefühl hätten, keinen Filter mehr zu haben, der den Irrsinn der anderen aus Ihnen heraushält.« Sie holte kurz Luft. »Sie sprachen die Befürchtung aus, darüber selbst so skurril geworden zu sein, pardon, aber das war Ihre Formulierung, ich wiederhole lediglich … dass Ihre fünfundzwanzig Jahre währende Beziehung deswegen in die Brüche gegangen sei. Sie bezeichneten sich als kompliziert, egoistisch, bedrängend und …« Natalie dachte kurz nach. »… besitzergreifend! Ja, das war's!«

»Du meine Güte«, sagte Theodor. »Hatten Sie ein Diktiergerät laufen?«

»Ich höre einfach nur gut zu«, gab sie zurück und besah sich interessiert die Quarkkartoffel, die gerade vor sie hingestellt wurde.

Im Gegensatz zu mir, dachte Theodor und wünschte Natalie »Guten Appetit«.

»Danke.«

Sie begann zu essen. »Lecker«, befand sie. »Möchten Sie probieren?«

»Nein, vielen Dank.« Theodor gab der Bedienung ein Zeichen, seinen Teller abzuräumen. Er hatte keinen Hunger mehr, trank nur den Espresso, der inzwischen lauwarm geworden war.

Natalie kaute, schluckte, dann sah sie ihn an. »Sie brauchen nicht auf mich zu warten. Das ist ja hier *ein rein* zufälliges Treffen, und wenn Sie weitermüssen, habe ich vollstes Verständnis. Bestimmt haben Sie Termine …«

»Nein, aber nein«, beeilte sich Theodor zu sagen.

Sie lächelte ihn an.

David hatte Recht, dachte Theodor. Sie hat wirklich Ähnlichkeit mit Andrea Sawatzki. Die kurze Oberlippe, die jede Menge Zähne und Zahnfleisch freilegt, wenn sie lacht, die Sommersprossen, die Fältchen um die hellen Katzenaugen, das lange, rötliche Haar.

»Haben Sie denn etwas gehört von …« Natalie versuchte eine Radieschenhälfte auf ihre Gabel zu spießen, »von … von … Ihrer Partnerin?«

»Wie bitte?«

»Also, von Ihrer Ex … Ihrer …« Das halbe Radieschen sprang beiseite, schlitterte durch Leinöl, streifte den Quark und hüpfte auf Natalies Schoß, wo es auf dem Etro-Rock einen Fleck hinterließ. »Mist! Ihrer Expartnerschaft!«

»Ach so. Nein, überhaupt nichts.«

»Und wie geht es Ihnen damit?«

»Bescheiden.«

Natalie sah ihn voller Mitgefühl an. »Das kann ich mir denken. Fünfundzwanzig Jahre gehört man zusammen, geht gemeinsam durch dick und dünn, und dann soll von einem Moment zum nächsten alles vorbei sein. Das muss man in seiner grenzenlosen Ungeheuerlichkeit erst mal begreifen, bevor man es auch nur im Ansatz verarbeiten kann. Sie müssen ja unter Schock stehen.«

Grenzenlose Ungeheuerlichkeit. Theodor nickte andächtig. »Das trifft es genau.«

»Meinen Sie, dass ein anderer Mann im Spiel ist?«, fragte Natalie, die noch einen Bissen von ihrer Kartoffel genommen hatte, aber plötzlich satt war.

»Ein anderer Mann?« Theodor sah sie erschrocken an. »Oh, daran habe ich noch gar nicht gedacht. Es ist, wie Sie eben so treffend formulierten: Ich stehe unter Schock. Ich habe noch über gar nichts nachgedacht. Ich …« Theodor brach ab und knetete mit geschlossenen Augen heftig seine Nasenwurzel.

»Herr Silberstadt«, sagte Natalie leise. »Es tut mir so leid.«

Er räusperte sich, trotzdem klang seine Stimme belegt. »Sie sind sehr fürsorglich.«

»Das hat noch niemand zu mir gesagt.«

»Frau Schilling.« Theodor setzte sich kerzengerade hin. »Würden Sie mir die große Freude erweisen und mich nächste Woche mal für Sie kochen lassen?«

»Ja, aber …«

»Ich wohne am Lietzenseeufer, Haus Nummer 10. Am Mittwoch? So gegen zwanzig Uhr?«

»Liebend gern, aber Sie sagten doch vorhin …« *Halt den Mund, du dumme Gans*, knurrte die innere Stimme. »… dass Sie auf ein ausgewogenes … äh … Verhältnis zu achten haben«, endete Natalie trotzig.

»Hm«, machte Theodor.

Siehst du, schrillte die Stimme. *Jetzt hast du ihn verschreckt. Warum musst du eigentlich immer die Schlaubergerin raushängen lassen?*

Das ist ja etwas ganz Neues, dachte Natalie irritiert. Sie hörte Stimmen. Eigentlich war es ja nur eine. Aber die war schon durchdringend genug.

»Ich bin davon überzeugt, dass unsere Beziehung ausgeglichen bleiben wird«, sagte Theodor gerade. »Ich trage mich sowieso mit dem Gedanken … also, meine Mutter hat gesagt … dass ich mich zur Ruhe setzen sollte. Und …«

»Ihre *Mutter*?«, unterbrach Natalie.

»Ja. Und ich beginne, mich mit der Idee anzufreunden. Meine Mutter hat eigentlich immer Recht. Sie ist eine kluge Person. Sie kennt mich schon sehr lange, ähm … was ich sagen will, ist, dass sie mich sehr gut kennt. Niemand kennt mich besser als sie, und deswegen …«

In diesem Augenblick klatschte Natalies Handtasche auf den Fußboden und spuckte einen Taschenspiegel, zwei Tampons und ein leeres Fläschchen Notfalltropfen aus.

»Oh, dieses Miststück!«, rief Natalie. »Das tut sie immer!«

»Ah ja?« Verwundert betrachtete Theodor die Handtasche, die wie ein schlaffes, aufgeplatztes Organ in Violett auf dem Fußboden lag, während Natalie auf allen vieren herumkroch. »Ich komme gern zu Ihnen«, rief sie unter dem Tisch.

Theodor erhob sich, als Natalie wieder auftauchte. »Ich freue mich sehr«, sagte er feierlich. Und dann verabschiedeten sie sich voneinander.

▸◂

Theodors SMS erreichte David auf der A24, auf der er sich gerade mit einem Kleintransporter voller Hummerbilder, Sektflaschen und Fischhäppchenplatten von Rogacki befand.

WIR MÜSSEN REDEN, las David und bremste ab. Hinter ihm wurde gehupt. »Was soll ich antworten?«, murmelte er, lenkte hektisch auf die rechte Spur und gab wieder Gas. Der vorbeiziehende Mercedesfahrer zeigte ihm einen Vogel, was David nicht mitbekam, denn er tippte bereits die Antwort: GIB MIR ZEIT!!!

Der Kirchturm von Neuruppin tauchte auf.

Wieder piepste Davids Handy. VERWEIG MIR DOCH. WAS AUCH IMMER.

»Was meint er?« David riss den Blinker nach oben. Theodor hatte wohl wieder Probleme mit seiner T9-Einstellung. *Verzeih mir doch? Was auch immer?* Wie unschuldig er tat. Hundert Mal, ach was, Tausende von Malen hatte David Theodor schon gesagt, wie bedrängend er sein konnte. Er fraß einen ja geradezu auf. David brauchte Luft, Luft, Luft. Er war eben ein luftiger Gesell, er war nicht umsonst viele Jahre als Steward um die Welt geflogen. Die Luft war sein Element. Er fühlte sich wohl in Schwindel und Rausch, in Höhe und Fall, wie ein Adler.

Ob der Unterschied zwischen einem Adler und einem mit Tomatensaft herumkleckernden Flugbegleiter nicht doch beträchtlich sei, hatte Theodor wissen wollen.

»Es ist mein Element«, wiederholte David, und seine muskulösen Arme machten Flugbewegungen.

Was die vielen gemalten Hummer mit diesem Element zu tun hätten, wollte Theodor wissen, der einfach nie lockerlassen konnte.

»Was weiß denn ich?«, brüllte David. »Es ist eben einfach so, und du kannst mal aufhören, in jeden emotionalen Abgrund zu tauchen und darin herumzustochern. Das nervt mich!«

Davids Sternzeichen war Zwilling. Er war also jemand, der ständig in Bewegung sein musste, jemand mit vielseitigen Interessen, jemand, der eigentlich ein wenig bindungsscheu war … All das und noch viel mehr, versuchte er Theodor zu vermitteln. Dass Zwillinge angeblich eine Neigung zu Oberflächlichkeit hätten und sich in Details verzettelten, sparte er aus. Es traf ja auch gar nicht auf ihn zu, fand David. Aber alles andere schon.

»Komm mir nicht mit diesem esoterischen Schwachsinn und bleib sachlich«, hatte Theodor mit donnernder Stimme erwidert.

»Astrologie ist kein Schwachsinn!«

»Merkst du, wie du mir ausweichst?«

»Muss ich ja, denn du bist Skorpion. Und wenn ich nicht aufpasse, dann …«

»David! Ich hätte niemals gedacht, dass ein erwachsener Mann sich …«

»Theodor! Es ist eine bekannte Tatsache, dass Zwilling

und Skorpion einfach nicht besonders gut zusammenpassen, und …«

»Das ist keine Tatsache, sondern eine Plattitüde trivialster Art, und ich bin schockiert, David, *schockiert*, dass ausgerechnet du …

»Lass mich ausreden …«

»Lass du mich ausreden …«

Jahrelang hatten sie solche Diskussionen geführt.

Das musste ja Spuren hinterlassen.

Da kam schon die nächste SMS von Theodor. HAST DU JEMAND ANDEREN?

David fuhr gerade durch eine stille Neuruppiner Seitenstraße und suchte die Hausnummer 43. Er könnte jetzt einfach JA schreiben, dann hätte er wohl seine Ruhe. Aber … Ah, da war die 43. Du liebe Güte. Das sollte eine Gemäldegalerie sein? Mit Primeln vor den Fenstern? David schnaufte abfällig. Dann versuchte er, den Laster in eine Parklücke zu manövrieren. Er lenkte vor und zurück, stieß mit der hinteren Stoßstange gegen ein Regenrohr, fuhr auf die Straße zurück, wurde von einer jungen Mutter mit Kinderwagen angeschimpft, setzte wieder zurück, drehte wie besessen am Lenkrad. Das Handy zwischen seinen Beinen piepste. David stöhnte. Er würde jetzt erst mal den gottverdammten Laster in diese winzige Parklücke zwängen … aber er war zu neugierig.

SAG SCHON!!! DU HAST DIR EINEN ANDEREN GÖNNER GESUCHT UND MICH ABGESCHRIEBEN.

Empört sah David auf. Was für eine Frechheit! Jetzt wurde er schon wie ein Prostituierter behandelt. Theodor war einfach nicht in der Lage, auch nur einen Zentimeter über seinen Tellerrand zu schauen. Und so einer wurde auf die Menschheit losgelassen. Aber jetzt würde er ihm eine Antwort geben, die es in sich hatte.

DU BIST ZU BORNIERT, UM ZU VERSTEHEN, WAS IN ZARTBESAITETEN SEELEN VORGEHT.

Das saß. David grinste boshaft. Dann kurbelte er wieder am Lenkrad und setzte den Laster um wenige Zentimeter nach hinten. Gleich hätte er es geschafft.

Eine dickliche Frau in karierter Kurzarmbluse klopfte an die Scheibe.

»Machen Sie den Motor aus«, wies sie ihn an.

»Jaja.«

»Sind Sie der Maler aus Berlin?«

David zog den Schlüssel aus dem Zündschloss. »Bin ich.«

»Dann fahren Sie den Laster mal in den Hof, bitte schön.«

David stöhnte gequält auf, gleichzeitig piepste sein Handy. »Wieso haben Sie mir das nicht … ach, egal.«

Er startete. Einige Passanten waren stehen geblieben, hatten sein verzweifeltes Vor- und Zurücksetzen beobachtet und freuten sich, dass es nun weiterging. Eine Zeitlang sah es so aus, als würde sich David immer tiefer in die Lücke hineinarbeiten. »Scheißescheiße«, keuchte er. Schweiß lief ihm in die Augen, doch schließlich gelang es ihm, den Laster zu befreien.

Die gaffenden Neuruppiner applaudierten, jemand rief: »Bravo!«

Mit zusammengebissenen Zähnen und überhöhter Geschwindigkeit fuhr David einmal um den Block und dann endlich durch eine kleine Einfahrt neben dem Haus Nummer 43. Ein leerer Hof empfing ihn. David parkte im Schatten eines Baumes und atmete auf. Gerade wollte er zum Handy greifen, da stand die dicke Frau schon wieder am Wagen und machte ein strenges Gesicht. »Hannelore Schrader«, sagte sie knapp. »Eröffnung um achtzehn Uhr. Kommen Sie.«

»Soll das eine Verhaftung sein?«, scherzte David und wischte sich über die Stirn.

Angewidert schaute Hannelore Schrader ihm dabei zu. »Nein.«

Auch noch humorlos. David hielt ihrem Blick stand. *Das wird nichts mit uns beiden, Schweineaugen-Schrader. Das fängt hier alles schon viel zu blöd an.*

Er versuchte zu lächeln. »Ich komme gleich nach.«

Die Frau drehte sich um, watschelte quer über den Hof, steuerte ein niedriges Backsteinhaus an und verschwand hinter einer Glastür, auf der die Silhouetten von Schwalben klebten.

Eröffnung um achtzehn Uhr? Was war denn das für eine unsäglich alberne Uhrzeit? Sesamstraßenzeit. David schüttelte den Kopf. Er war versucht, den Laster einfach wieder anzulassen und im Rückwärtsgang hupend durch die Einfahrt zu brettern, den Gaffern zuzurufen: »Degenerierte Dorftrottel!«, und dann, brüllend vor Lachen, zurück nach Berlin zu fahren, Theodor alles zu erzählen, mit ihm das Beste von den Rogacki-Häppchenplatten runterzuessen und Sekt zu trinken und … ach, Theodor. Er würde sich ausschütten vor Lachen über so eine Episode, und er würde sagen: »David, erzähl mir keine Geschichten, du bist überhaupt nicht in der Lage, einen Laster im Rückwärtsgang durch eine enge Einfahrt zu steuern und dabei noch zu hupen. Ich bin erstaunt, dass du es überhaupt bis nach Neuruppin geschafft hast.« Und dann würde er mit seiner eleganten Hand nach einem Fischhäppchen greifen und augenzwinkernd sagen: »So sind mir Hummer doch immer noch am liebsten: auf einem Canapé oder Blini, mit einem Klacks Mayonnaise. David, schenk doch mal Sekt nach, oder besser noch Champagner. Ein oder zwei Flaschen stehen im Kühlschrank, und dann muss ich dir erzählen, was heute wieder in der Praxis los war. Da gibt es einen Mann, der hat mir erzählt, dass seine Großmutter immer so haarige Beine gehabt hat, dass es ihn bis heute schüttelt und …«

Davids Hand zitterte, als er zum Handy griff. Ich hätte Theodor nicht so abblitzen lassen dürfen, dachte er voller Reue. Er hat den ersten Schritt gemacht, und ich weiß, wie schwer ihm das fällt.

DANN HAB MICH DOCH GERN, DU BINDUNGSUNFÄHIGER KRUSTENTIERSCHÄNDER.

David stöhnte auf. Und dann, passend zu den Temperaturen im unklimatisierten Kleintransporter, überkam ihn ein glühend heißes Gefühl: Wut. Wut darüber, dass Theodor sich wieder wie ein schmollender Teenager aufführen musste, aber vor allem Wut auf sich selbst, denn David hatte den Eindruck, etwas vermasselt zu haben. Er hätte doch wenigstens mit Theodor reden können. Ihm sagen, dass er nicht grundsätzlich gegen eine Versöhnung sei, dass man vielleicht zu einer Paarberatung gehen sollte, dass er immer gern mit ihm zusammen gewesen war, dass … Das Handy piepste schon wieder. *1 Mitteilung empfangen* stand auf dem erleuchteten Display. Aufgeregt drückte David auf *Zeigen* und las: FUCK. THERE IS NO MORE BEER.

Tim.

David wollte brüllen, warf aber stattdessen sein Handy aus dem Autofenster. Ein unschönes, klirrendes Geräusch erklang, dann war das Handy durch ein Gullygitter gefallen und verschwunden. Ungläubig starrte David aus dem Fenster. Und dann brüllte er doch. Es hallte schauerlich im Hof wider, einige Spatzen flogen auf, die Glastür öffnete sich, und die dicke Schrader machte Anstalten, wieder anzuwatscheln.

Mit hängenden Schultern stieg David aus dem Laster. »Erfolg, ich komme«, flüsterte er.

Kurz darauf wurde er durch die Galerie geführt, die nicht mehr war als ein zu Tode saniertes Fachwerkhaus mit drei Räumen und einer winzigen Küche. »Hier«, sagte Frau Schrader und öffnete eine Tür, die in ein fensterloses Nebenzimmer führte.

»Ist das die Besenkammer?«, fragte David, der nicht ahnte, dass alles noch schlimmer kommen würde.

»Das ist Ihr Ausstellungsraum.«

»Sie machen Witze!« David blinzelte ins Dunkel. »Ich habe siebenundzwanzig Gemälde dabei und muss noch den Filmprojektor und die Leinwand für die ›Lobster-Performance‹ aufbauen. Wie stellen Sie sich das denn vor?«

»In den beiden Haupträumen hängt noch Regina Riebsahls *Geliebte Desdemona*«, wies sie ihn zurecht. Sie roch ein wenig nach Schweiß.

»Ich helfe Ihnen beim Abhängen.«

»Eine großartige Künstlerin«, zischte Frau Schrader. »Verstehen Sie die Doppeldeutigkeit überhaupt?«

»Großartig und Künstlerin?«, rätselte David und drehte den Kopf weg. Er mochte keinen Schweißgeruch, und weiblichen schon gar nicht.

»Geliebte und Desdemona, natürlich.«

»Hören Sie – ich bin den ganzen Weg aus Berlin gekommen, und ich will jetzt vernünftige Räume haben!«

»Sie können zufrieden sein, dass Sie mit Ihrer Hummer-Hommage überhaupt am Enerkaka teilnehmen dürfen.«

»Am *was*?«, rief David.

»Am N-R-K-K!« Sie reckte das Doppelkinn in die Höhe. »Neuruppiner Künstlerkreis. Ihre Bilder sind in der *Märkischen Allgemeinen Zeitung* erwähnt worden. Es hängen Plakate im Rathaus und in den Supermärkten. Der Volkshochschulkurs ›Figuratives Malen‹ wird kommen. Und der Bürgermeister auch. Wahrscheinlich. Aber seine Frau bestimmt.«

»Großartige PR«, sagte David mit matter Stimme und fügte sich in sein handyloses, erfolgsfreies Nebenzimmer-Schicksal.

Tim, der bemerkt hatte, dass auch das Toilettenpapier zur Neige gegangen war, schickte derweil weitere SMS an das Handy im Neuruppiner Kanalisationssystem. Eine Nacktschnecke hatte es sich auf der Tastatur bequem gemacht und zeigte sich sowohl vom grünlichen Glimmen als auch von Davids Gestocher mit einem Astende unbeeindruckt. Das Handy versank tiefer im Schlick und kam nie wieder zum Vorschein.

▶◀

Der Erfolg von »Hummer-Hommage« blieb aus.

Der Bürgermeister kam nicht, seine Frau auch nicht. Eigentlich war überhaupt niemand gekommen, bloß zwei Cousinen von Hannelore Schrader, die dem Sekt zusprachen und sich besonders für die Gemälde von Regina Riebsahl interessierten.

»Ihre Hummerbilder dürfen eine Woche lang hängen bleiben«, hatte Schweineaugen-Schrader gesagt. Betrübt war David mit seinem Laster und den in der Hitze verdorbenen Rogacki-Fischhäppchenplatten zurück nach Berlin gefahren.

Um Mitternacht traf er wieder im Atelier ein. Er hätte gern Tim von diesem höchst deprimierenden Tag erzählt, aber der war nicht da. Dafür lag jede Menge Müll herum und vermischte sich mit dreckiger Wäsche. Es roch nach Zigarettenqualm (rauchig) und verschüttetem Bier (sauer) und nach vergammelten Blumen (faulig). Wie malt man Gerüche, fragte sich David und ging duschen. Dann setzte er sich an seinen Schreibtisch, fegte leere Bierbüchsen auf den Fußboden und zog Bilanz:

Kein verkauftes Bild:	0,00 Euro
Rogacki-Häppchen:	175,00 Euro
Sekt:	120,80 Euro

Ein neues Handy brauchte er auch, und wenn er noch die vielen Ölfarben, Pinsel, Leinwände und eigens angeschafften Hummer mitrechnen würde (Allein Howard hatte achtundsiebzig Euro gekostet.) ... aber das tat er lieber nicht. Stattdessen öffnete er den Kühlschrank, fand bis auf ein Stück ranzig gewordener Butter nichts und warf die Kühlschranktür wieder zu. *Leer gefressen*, dachte er. Er könnte jetzt ein wenig an seinen fauligen Blumen malen, doch er hatte keine Lust. Wo war Tim?

Vielleicht kommt er nie wieder, dachte David hoffnungsvoll.

Er wollte sich gern mal wieder mit einem erwachsenen Menschen unterhalten, der etwas Interessantes zu sagen hätte. Jemand, der vielleicht nicht über eine so beeindruckend definierte Bauchmuskulatur verfügte wie Tim, dafür aber vollständige Sätze sprach und intellektuell anregend war. Jemand wie ... Theodor.

Theodor hatte immer etwas zu erzählen gewusst.

Theodor war schlau.

Theodor hatte Humor.

»Scheiße«, murmelte David, und kurz darauf gleich noch mal – »Scheiße« –, denn er hörte Stimmen im Treppenhaus. Kurz darauf schloss Tim die Tür auf und trat mit einem Gefolge betrunkener junger Männer ein, die im Atelier ausschwärmten wie ein Haufen übermüdeter Kleinkinder. Ein Kasten Bier ging polternd zu Boden, es wurde irrsinnig gelacht. Musik ertönte, jemand fummelte am Lautstärkeregler herum, jemand anders am Lichtschalter.

»Scheiße«, sagte David.

▸◂

Die Rede ist von meinen … Handtaschen. Ist es nicht merkwürdig, dass Gegenstände so etwas wie eine eigene Seele entwickeln können? Nicht alle Gegenstände, wohlgemerkt. Mit meinem Nachttisch bin ich noch nie in Resonanz gegangen, mit meiner Nachttischlampe schon, denn sie gibt immer dann ihren Geist auf, wenn ich noch gemütlich im Bett lesen will und keine Ersatzglühbirnen im Haus habe. Auch mein Geschirrspüler ist ein brummiger Kauz, der recht penibel auf seine Entkalkung pocht, sonst hat er schlechte Laune und schludert.

Aber heute soll es um meine Handtaschen gehen, die alle einen recht ausgeprägten Charakter entwickelt haben, und ich muss leider sagen, nicht immer den besten. Da gibt es, wie bereits im Titel erwähnt, Lisa die Listige. Sie ist violett, aus feinstem Kalbsleder gearbeitet, mit aufreizend geschwungenen Henkeln, und sie hat es sich zur Angewohnheit gemacht, sich von Stuhllehnen zu werfen. Auch vom Autositz schmeißt sie sich mit großer Regelmäßigkeit. Und dann liegt sie da unten und spuckt aus, was ihr zu schwer im Magen liegt. Mein Handy, ein Taschenbuch, eine Schachtel Tic Tac. Neulich saß ich mit einem überaus netten Herrn im Café, und wir unterhielten uns angeregt. Und da hat Lisa die Listige es wieder getan: Sie hat sich wie ein trotziges Kind auf den Fußboden geworfen und

War das jetzt lustig oder völlig daneben? Natalie wusste es nicht. Wer konnte schon beurteilen, ob das, was man selber schrieb, witzig war? Täglich verhungerten Kinder in dieser Welt, und sie schrieb Kolumnen über kotzende Handtaschen. Sie löschte den Text, bereute es sofort. »Davon wird auch keiner satt«, murmelte sie und begann von vorn, sie bekam aber die Sätze nicht mehr zusammen, und nach einer Viertelstunde gab sie auf. Dann würde sie jetzt erst mal für *La Cuisine* schreiben. Vielleicht etwas über ... Pfeffer. Malagetta-Pfeffer zum Beispiel, oder Szechuan-Pfeffer? Beides ein Muss in jeder Küche. Aber eine ganze Kolumne über Pfeffer? Natalie stöhnte und beschloss, über ... Buttersoßen zu schreiben.

Buttersoßen kann man nicht wieder aufwärmen, was ein genau kalkuliertes Koch- und Serviertiming voraussetzt. Die Soße an sich ist relativ leicht zuzubereiten, wenn man folgenden kleinen Trick beachtet, den ich Ihnen jetzt gleich verraten werde. Aber bevor ich das tue, sollten wir uns darauf einigen, dass SAUCE HOLLANDAISE besser klingt als Buttersoße, meinen Sie nicht? Wenn die Holländer auch keine große Ahnung vom Kochen haben,

Ist das alles hohl, dachte Natalie und ging in die Küche. Sie widerstand der Versuchung, den Tiefkühlschrank zu öffnen und einen Schluck Wodka direkt aus der Flasche zu nehmen. Es wirkte so versoffen. Stattdessen aß sie zehn After-Eight-Täfelchen. Verfressen, dachte sie, auch nicht viel besser. Warum bin ich eigentlich immer so unzufrieden mit mir?

Weil du allen Grund dazu hast, meldete sich das fiese Stimmchen prompt zu Wort. *Du magst keine Männer, du magst keine Frauen, du magst nicht mal dich selbst.*

»Schon gut«, murmelte Natalie. Und dann trank sie doch Wodka aus der Flasche, was sich mit dem After Eight nicht gut vertrug. Ich gehe ein bisschen spazieren, beschloss sie.

Auf dem Weg nach unten traf sie einen Paketzusteller von DHL.

»Wollen Sie zu mir?«, fragte sie ihn.

»Frau Schilling?«

»Genau.«

»Bitte sehr. Eine Eilzustellung für Sie.«

»Danke.« Natalie nahm das Paket entgegen und wartete, bis der Mann gegangen war. Dann setzte sie sich auf den Treppenabsatz und riss mit zitternden Händen den Karton auf. Gleich würde sie die Bücher zu Gesicht bekommen, die die Rüttgers für ihren Live-Auftritt ausgewählt hatte. »Bitte kein Mittelalter«, flüsterte sie flehend, »keine Huren, keine Hexen …«

Ein Cover mit einer leuchtenden Sonne kam zum Vorschein. *Sei glücklich – wünsch es dir jetzt!* stand darauf. »Ach neeeee!« Natalie hob das schwere Buch an, um zu sehen, welches darunter lag. Zum Glück war es nur ein dünnes Taschenbuch. Aber Cover und Titel hatten es in sich. Eine dümmlich grinsende Frau verkündete: *Na klar bin ich eine erfolgreiche Frau!*

»Sieht man dir gar nicht an«, murmelte Natalie und hatte die Hoffnung, noch irgendetwas Brauchbares in der von der Büchershow-Redaktion geschickten Kiste zu finden, aufgegeben.

Es folgte: *Mit Freude durch die Menopause.* »Das kann nicht wahr sein!« Natalie keuchte entsetzt. Sollte sie vor einem Millionenpublikum über das Klimakterium schwadronieren? Ob es eine persönliche Gemeinheit von der Rüttgers war?

Dann gab es noch *Neunundneunzig Wege zu dir selbst*, und selbstverständlich war auch eine rechtschaffene, kräuterkundige Besserwisserin mit dabei, die das Mittelalter und jede Menge geharnischte Typen aufmischen und dem Scheiterhaufen nur knapp entkommen würde.

Natalie legte den Kopf auf die Kiste und wollte mal wieder weinen.

Aber selbst das klappte nicht mehr.

▸◂

»Höher!«

»So?«

»Weiter links.«

»Hier?«

»Perfekt, mein Junge.«

David stand in Socken auf Herthas Sofa und hielt sein Werk *Hummer neben Kaffeekanne und Kandelaber* darüber. Es hatte ein Format von zwei mal einem Meter und nahm sich in Herthas Wohnzimmer ein wenig überproportioniert aus.

»Ist es nicht doch zu groß?«, fragte David.

»Es ist genau richtig.«

David griff zur Bohrmaschine, ließ sie aufheulen, Hertha machte »Hach«, und dann bohrte er zwei Löcher in die Wand.

Wenig später hing das Gemälde. Die Sonne fiel darauf.

»Prächtige Farben«, sagte Hertha und stand mit gefalteten Händen davor. »Vielen Dank.«

David senkte bescheiden den Kopf.

»Aus was für einem Material soll denn die Kanne sein?«, wollte Hertha wissen.

»Ich weiß nicht so genau.«

»Das musst du doch wissen!«

»Wieso?«

»Weil du sie gemalt hast.«

»Es ist eine Fantasiekanne«, verteidigte sich David.

»Ich würde sagen ... lackiertes Aluminium.« Hertha war näher an das Bild herangetreten. »Oder Zinn.«

»Ach ja?«, rief David interessiert. »Warum nicht Porzellan?«

»Das hätte einen ganz anderen Glanz.«

Sie schwiegen, beide in die Betrachtung des Gemäldes versunken.

»Der Hummer ist aber schon ein Hummer«, fragte Hertha schließlich, »oder ist der auch bloß Fantasie?«

»Wie meinst du das?«

»Na, soll der aus Marzipan sein oder aus Plastik?«

»Nee!«, rief David entsetzt. »Der ist echt.«

»Ich frag ja bloß. Und der Kandelaber?«

»Der ist aus Silber.«

»Schön. Willst du eine Fanta?«

»Hättest du auch ein Bier für mich?«

»Natürlich. Setz dich schon mal raus, ich komme gleich.«

David zog seine Schuhe wieder an. Dann nahm er unter dem gestreiften Sonnenschirm Platz und starrte auf die Geranien. Er hatte Ärger mit der Autovermietungsfirma bekommen, als er den Laster zurückbrachte.

»Warn Se damit uffm Fischmarkt in Hamburg, oder watt?«, wurde er gefragt. »Ditt stinkt ja wie 'n Krabbenkutter da drinne.«

»So in etwa«, gab David zurück.

»Ditt macht dann fuffzig Euro extra für die Reinigung.«

»Wie bitte?«

»Na jut. Dann eben zwanzig.«

David hatte den Eindruck, dass widrige Kräfte auf ihn einwirkten und ihn schwächten. Es war einfach zu behaupten, ein Künstler zu sein. Davon zu leben schien unmöglich. Doch schmälerte diese Tatsache sein Talent? War nicht auch Vincent van Gogh zu Lebzeiten völlig verkannt worden?

»Magst du ein paar Erdnusslocken?«, rief Hertha aus der Küche.

»Ja, bitte.«

Mit einer beschlagenen braunen Bierflasche und einem Schälchen kam Hertha auf den Balkon. »Bitte, mein Junge, du trinkst doch lieber aus der Flasche, stimmt's?«

»Ach, danke, Herthalein, ich …« Seine Stimme kippte.

»Jetzt tut's dir leid, was?«

»Hm.«

Hertha schob die Flasche quer über den Tisch. »Das Leben ist leichter zu zweit«, sagte sie leise, aber bestimmt. »Wenn du jemanden an deiner Seite hast, kannst du alles schaffen.«

»Aber man muss doch auch seine Grenzen ziehen dürfen«, erwiderte David, bevor er einen großen Schluck Bier trank.

»Wie geht es dir denn, mit deinen gezogenen Grenzen?«

»Na ja. Es kommen da gerade verschiedene Aspekte in meinem Leben zusammen, die nicht unbedingt miteinander zu tun haben, und …«

»Papperlapapp«, unterbrach sie ihn. »Das gehört alles in einen Topf. Das ist ein und dieselbe Suppe, verstehst du?«

Vor Davids geistigem Auge tauchte ein enormer Kessel auf, in den alle möglichen Zutaten fielen: Flugzeuge, Pinsel, Penisse, Pringles, Skorpione, Hummer, seine Mutter …

Schaudernd warf er sich eine Handvoll Erdnussflips in den Mund. »Theodor ist einfach zu …«

»Kau erst runter.«

David schluckte. »… zu allgegenwärtig. Wie soll ich das erklären? Er guckt mir in den Kopf hinein, er manipuliert meine Gedanken, bevor ich sie gedacht habe.«

»Er kennt dich einfach gut.«

»Zu gut.«

»Das gibt's nicht.«

»Ich brauche Grenzen.«

»Das sagtest du bereits.«

»Ich meinte es auch so.«

»Musst ja nicht gleich die Berliner Mauer wieder aufbauen, mein Junge.« Hertha lächelte ihn an. »Ein Maschendrahtzaun tut es vielleicht auch.«

David trank schweigend sein Bier aus.

»Wie war denn deine Ausstellung in Neu-Isenburg?«

»Neuruppin. Nicht so toll.«

»Waren viele Leute da?«

»Geht so.«

»Wieso nicht?«

»Da hing ein Plakat auf dem Marktplatz, und ein anderes bei Aldi. Wie soll denn das funktionieren?«

»Und nun?«

»Weiß nicht.«

»Willst du noch ein Bier?«

»Ich muss los, Herthalein. Demnächst führe ich dich mal wieder aus. Ganz groß. Ins *Adlon.*«

»Hast doch kein Geld.«

Er hob sie ihn die Höhe und küsste sie auf beide Wangen.

»Auf Wiedersehen, David.« Sie schloss die Wohnungstür hinter ihm. Dieses Hochgehebe muss ich ihm mal abgewöhnen, dachte sie, ging ins Wohnzimmer und blieb einen nachdenklichen Moment vor *Hummer neben Kaffeekanne und Kandelaber* stehen. Sie wollte gerade die leere Bierflasche vom Balkontisch abräumen, als es wieder an der Tür klingelte.

»Hallo?«, rief sie in die Sprechanlage.

»Theodor.«

Sie drückte auf den Türöffner. »Hier geht's ja zu wie in einem Taubenschlag«, begrüßte sie ihren Sohn, der kurz darauf eintrat.

»Wieso?«

»Hast du David nicht eben im Treppenhaus getroffen?«

»Nein.«

»Kann gar nicht sein.«

»Ist aber so.«

»Dann hat er sich wohl in Luft aufgelöst.«

»Was wollte er denn von dir?«

»Komm erst mal rein. Willst du ein Bier?«

Theodor küsste seine Mutter auf den Scheitel. »Gott bewahre, hast du eine Fanta?«

»Natürlich, mein Junge. Setz dich schon mal auf den Balkon.«

Hertha schloss die Wohnungstür.

Auf dem Weg nach unten hatte David Theodors Silhouette durch die Milchglasscheibe der Haustür erkannt und war panikartig die Treppen hinauf zurück nach oben gerannt (dank seiner Sneakers schnell und lautlos), war an Herthas Wohnungstür vorbeigeschossen, bevor sie sie für ihren Sohn öffnen konnte, und hatte atemlos vor Aufregung auf dem darüberliegenden Treppenabsatz innegehalten. Durch die Stäbe des Geländers spähte er nach unten und hielt die Luft an. Er hörte Theodors Schritte, gerade machte Hertha die Tür auf. »Hier geht's ja zu wie in einem Taubenschlag.« Ganz langsam zog David seinen Kopf zurück. Wann hatte er sich das letzte Mal so gefühlt?

1975.

Hinter dem Sofa.

Als er belauscht hatte, wie seine Eltern sich seinetwegen stritten. »Ich bin nur froh, dass ich Corinna habe«, hatte seine Mutter geflüstert. »Dieser Junge ist mir einfach zu viel. Mit dem stimmt irgendwas nicht. Er hat so eine Art.« Sein Vater hatte irgendetwas Irrelevantes gemurmelt, und die Mutter fuhr fort, auf ihrem Sohn herumzuhacken: »Du hast ja keine Ahnung, wie verkorkst er ist …«, und dann war David wie der Teufel aus der Kiste hinter dem Sofa hervorgesprungen und hatte fürchterlich weinen müssen. Das Mitgefühl seiner Mutter hatte sich in Grenzen gehalten. »›Der Lauscher an der Wand hört die eigne Schand‹«, hatte sie gesagt und ihn ins Bett geschickt. Und der Vater hatte nur tadelnd den Kopf geschüttelt und nichts gesagt. Gar nichts.

Nun, fünfunddreißig Jahre später, überkam ihn wieder das lähmende Gefühl von damals. Seine jüngere Schwester Corinna hatte immer alles richtig gemacht, das war wohl ihr Geburtsrecht gewesen. Folglich hatte er immer alles falsch gemacht. Und so war es geblieben.

David starrte auf das grün-graue Linoleum.

»Natürlich, mein Junge. Setz dich schon mal auf den Balkon«, hörte er Hertha sagen, und die Tür ging zu. Davids Herz begann heftig zu schlagen. Er stand auf, schlich die Treppe hinab, näherte sich Herthas Wohnung und … legte sein Ohr an die Tür.

»Aargh«, machte Theodor gerade. »Was ist denn das?«

»Ein Gemälde von David. Er hat es mir geschenkt«, rief Hertha laut und deutlich aus der Küche. »Es heißt *Hummer neben Kaffeekanne und Kerzenhalter.*«

»Kandelaber«, verbesserte David leise.

»Es ist viel zu groß!«

»Mir gefällt es so.«

David lächelte Herthas Wohnungstür an.

»Die Farben!«, hörte er Theodor meckern. »Direkt aus der Tube gedrückt!«

Davids Lächeln erlosch.

»Nun hör schon auf.« In der Küche klirrten Flaschen aneinander. Etwas raschelte. Wahrscheinlich die Tüte mit den Erdnussflips.

»David nimmt sich viel zu wichtig«, erklang wieder Theodors Stimme.

»David hat Stress«, erwiderte Hertha. Das Rascheln hatte aufgehört.

»Was meinst du, wie viel Stress ich habe, Maman? Und stell dir vor: Ich wollte mich wieder mit ihm vertragen, und er hat sich einfach nicht darauf eingelassen!«

»Habt ihr geredet?«

»Ich habe es versucht. Ich habe ihm eine SMS geschickt. Ich habe den Anfang gemacht.«

»Eine SMS?«

»Ja. Eine SMS.«

»Das ist doch kein Gespräch.«

»Genau«, flüsterte David gegen die Tür.

»Es ist immerhin ein Anfang«, rief Theodor. »Aber Monsieur wollte nicht. David ist rechthaberisch, zimperlich und kleinlich!«

»Du bist nicht viel besser!«, schimpfte Hertha. Ihre Stimme klang auf einmal ganz nah, sie musste in der Nähe der Wohnungstür stehen, womöglich mit dem Glas Fanta in der einen und dem Schälchen Erdnussflips in der anderen Hand. Nur wenige hölzerne Zentimeter von David entfernt. Sehnsüchtig schmiegte er seine Wange gegen die Tür. Hertha, liebes Herthalein, dachte er.

»Du magst die Farben nicht?«, fragte sie nun, und ihre Stimme wurde leiser. Sie war wohl auch ins Wohnzimmer gegangen.

»Zu grell, überhaupt nicht subtil«, antwortete Theodor.

»Null Kunstverständnis«, zischte David.

»Na ja«, sagte Hertha. »Die Farben mag ich gern, aber ich finde, der Hummer sieht aus wie aus Plastik.«

Ob sie gerade beide vor seinem Gemälde standen?, fragte sich David und presste sein Ohr gegen die Tür. *Plastik?* Wie bitte?

»Und der Kerzenhalter auch«, fuhr Hertha fort.

»Nein, nein. Der Leuchter ist aus Silber. David hat ihn auf einem Trödelmarkt fotografiert«, erklärte Theodor, und schmerzliche Erinnerungen an einen gemeinsamen Spaziergang über den Flohmarkt vom Ostbahnhof kamen auf. Letztes Jahr im Frühling war das gewesen. An einem sonnigen Sonntagvormittag. Sie hatten Schellackplatten und silberne Kuchengabeln gekauft und hinterher eine halbe Herrentorte in einer Konditorei. Dann waren sie nach Hause gefahren und hatten den Rest des Tages mit Kuchenessen und Grammophonmusik zugebracht. Am Abend waren sie durch den Park geschlendert, hatten *Leben ohne Liebe kannst du nicht* gesungen, *wenn man auch den Himmel dir verspricht. Alles kannst du haben und hast doch keine Ruh, denn ein bisschen Liebe gehört nun mal dazu.*

Von der vielen Torte war ihnen übel geworden, aber das konnte die Erinnerung an den schönen Tag nicht trüben. »Nie wieder Kuchen«, hatte David gestöhnt, und dann waren sie ins Restaurant gegangen und hatten Rostbratwürstchen und Sauerkraut bestellt. Und Bier …

»Und der Hummer?«, unterbrach Hertha Theodors Gedanken.

»Der Hummer ist Howard«, erklärte Theodor. »Der paddelt jetzt fröhlich im Aquarium durch die Gegend.«

»Ach ja?«

Theodor schwieg kurz, denn gerade hatte ihn die Gegenwart wieder eingeholt. Sie hinterließ einen bitteren Geschmack auf seiner Zunge.

»Ja!«, rief er. »Das ist auch so typisch David. Er macht ein Riesengewese um alles. Und letztlich ist es doch immer nur ein Sturm im Wasserglas. Ein Zwergenaufstand.«

»Wenn du das nun so gut erkannt hast«, sagte Hertha, »warum lässt du ihn nicht in Ruhe damit?«

»Weil es mich nervt!«

»Und ihn nervt, dass du immer an allem herumdoktern musst.«

»Also, bitte, Maman, das kannst du doch nicht vergleichen.«

»Warum?«

»Warum?«, flüsterte auch David.

»Weil es um etwas ganz anderes geht«, rief Theodor erregt. »Ich will mit David zusammenziehen, und er will nicht.«

»Also, wenn du da die Zusammenhänge nicht erkennst!«, schimpfte Hertha. »Das ist doch ein und dieselbe Suppe.«

David schloss die Augen und drückte sein Ohr so heftig gegen die Tür, dass sie in den Angeln knirschte.

»Ganz und gar nicht«, widersprach Theodor. »Ich bin gesprächsbereit. Er nicht. Ich biete ihm ein Heim. Er will nicht. Ich bin immer für ihn da. Er braucht Luft. Ich bin Psyhotherapeut, ich könnte ihm helfen. Er will schon wieder nicht.«

Es klang so, als ob jemand tief Luft holte. Dann ertönte Herthas Stimme: »Ich gebe dir jetzt mal einen Rat, mein Sohn: Je mehr man in der Scheiße rührt, umso mehr stinkt's.«

»Aber Maman, was ist denn das für eine Ausdrucksweise?«

»Stimmt doch.«

»Lass uns jetzt endlich auf den Balkon gehen.«

»Ja, aber es ist schon recht heiß, heute sollen es einunddreißig Grad werden, das hat alles mit der Klimaerwärmung zu tun, wenn man be…«

Und dann konnte David nichts mehr verstehen. Keuchend richtete er sich auf. Sein Kreuz tat ihm weh, sein Ohr brannte. Zwergenaufstand? Plastik? Zu grell.

Fluchtartig verließ er das Haus.

»Sieh mal, rennt da unten nicht David?«, fragte Hertha, die gerade trockene Blätter von den Geranien zupfte.

Theodor saß unterm Sonnenschirm und trank sein Glas Fanta in einem Zuge aus. »Das wäre ja was!«, sagte er dann lachend.

»Nein, wirklich, das ist er!«

»Du *glaubst*, dass er es ist, weil wir eben über ihn gesprochen haben«, erklärte Theodor und fischte sich eine Erdnusslocke aus der Schale.

»Sag deiner Mutter nicht, was sie glaubt zu sehen, wenn sie dir sagt, dass der Mann, der da gerade um die Ecke flitzt, David ist.«

»Schon gut.«

»Nichts ist gut!«, schrie Hertha. »Ihr seid beide kreuzunglücklich.«

»Bin ich nicht.«

»Bist du doch.«

»Schrei nicht so, Maman.«

»Ich schreie auf meinem Balkon, so viel ich will.« Etwas leiser fügte sie hinzu: »Du solltest dich wirklich zur Ruhe setzen, mein Junge.«

»Das hat mir gerade noch gefehlt!«, schrie nun Theodor und sprang auf. Wenig später verließ ein weiterer Mann recht eilig das Haus, in dem Hertha Silberstadt wohnte.

»Wiedersehen«, rief sie vom Balkon und wies in eine Richtung. »David ist da lang gelaufen!«

Theodor bremste ab, winkte seiner Mutter zu und ging hastig in die andere Richtung davon.

▶◀

Mit wohligem Schauder dachte Natalie an die erste Ordnungswidrigkeit ihres Lebens zurück, die sie soeben begangen hatte.

Als sie das fünfte Buch aus der Büchershow-Kiste in den Lietzensee geworfen hatte, war der Parkwächter gekommen.

»Was machen Sie denn da?«

»Ich werfe Bücher ins Wasser«, hatte sie mit überkippender Stimme geantwortet und wäre beinahe selbst in den See gefallen, wenn der Mann sie nicht am Arm gepackt hätte. Sie fühlte sich so erleichtert, befreit, geradezu euphorisch.

Es tat ihr nur leid, dass sie vielleicht versehentlich einen

Frosch unter Wasser erschlagen haben könnte, aber das Papier würde sich ganz bestimmt schnell auflösen, und die Strafe wegen »Verunreinigung einer öffentlichen Parkanlage« zahle sie natürlich auf der Stelle und liebend gern, obwohl von einer Verunreinigung eigentlich keine Rede sein konnte … All das erklärte sie etwas atemlos dem Parkwächter, der sie ansah, als hätte sie nicht alle Tassen im Schrank. »Nun gehen Sie mal hübsch nach Hause«, sagte er, »bevor sie noch was anderes im See versenken.«

Ganz kurz flammte vor Natalies geistigem Auge das Bild einer gefesselten Frau Rüttgers auf, an deren Füßen ein großer Stein befestigt war, der sie binnen Sekunden … aber nein. So etwas sollte man sich nicht ausmalen. Das war wirklich zu morbide. Mit einem Lächeln auf den Lippen verließ Natalie den Park.

Bereits eine Stunde später – auf der Terrasse des *Café Rosenstein* – war die Euphorie verflogen. Was hatte sie sich nur gedacht? Nur weil sie nicht glücklich mit der Auswahl der Titel war, konnte sie doch nicht alles hinschmeißen. Andere Frauen würden einen Mord für ihren Moderatorinnenjob begehen. Natalie seufzte. Sie sah sich selbst im sexy Kleid auf dem Gendarmenmarkt stehen, ein Mikrofon in der tadellos manikürten Hand haltend, im Hintergrund lief gerade Paul Auster durchs Bild … Sie schüttelte den Kopf. Realistisch bleiben, mahnte sie sich. Auch wenn's schwerfällt.

Wenn nun jede Kassiererin, jede Sekretärin, jede Klofrau in den Lietzenseepark käme, um ihre Kasse, ihre Schreibmaschine, den Chef oder ein Klo in den See zu schmeißen … Natalie kicherte kurz, und der Kellner warf ihr einen fragenden Blick zu.

»Noch 'n Kaffee?«, fragte er in einem Ton, der sie sofort zur Räson brachte.

»Ja. Mit weniger geschäumter Milch, bitte.«

Grübelnd saß Natalie da und fröstelte, obwohl es sonnig und warm war. Was sollte sie nur tun?

Es gab zwei Möglichkeiten. Erstens: jetzt schnell in den nächsten Laden rennen, sich die fünf blöden Bücher auf eigene Kosten neu beschaffen, so tun, als wäre nichts passiert, und hoffen, dass ihr ein raketenhafter Karriereaufstieg beim Fernsehen bevorstand. Zweitens: jetzt einfach sitzen bleiben, zum Handy greifen und der Rüttgers von der soeben durchgeführten Aktion berichten, inklusive der kleinen Gewaltfantasie am Ende.

Der Kellner kam an den Tisch, räumte ihre benutzte Tasse ab, stellte eine neue hin, auf der sich eine besonders große Menge Milchschaum befand.

»Macht Ihnen Ihr Job Spaß?«, fragte Natalie.

»Nee.«

»Wieso machen Sie ihn dann?«

»Bin Student.«

»Was studieren Sie?«

»Medien.«

Natalie seufzte und wies mit dem Zeigefinger auf die Tasse. »Dann viel Erfolg für die Zukunft, und hier ist zu viel Milch drauf.«

Er seufzte ebenfalls und verschwand. Die Tasse ließ er stehen.

Es gäbe noch eine weitere Möglichkeit, dachte Natalie. Sie könnte jetzt laut schreiend den Tisch umwerfen. Das würde zwar nichts bringen, aber Spaß machen. Sie könnte allerdings auch (Das Leben überschlug sich ja plötzlich vor munteren Möglichkeiten.) Theodor Silberstadts Notfallnummer wählen. Wenn sie mal *wirklich* nicht weiterwüsste, hatte er ihr gesagt und mit ernstem Gesichtsausdruck eine Handynummer auf ein Stück Papier geschrieben, dann würde sie ihn hier erreichen. Tag und Nacht.

Nachdenklich stieß Natalie ihren Löffel in das Milchschaumgebirge. War das jetzt ein Notfall? Das Abendessen mit Theodor Silberstadt war erst für übermorgen geplant, bis dahin konnte sie nicht mehr warten, und sie wollte dann auch nicht die Ebenen vermischen, oder wie hatte er sich ausgedrückt? Irgendwas mit Nähe und Abstand.

Meinst du vielleicht das ausgewogene Nähe-Distanz-Verhältnis, du Buttersoßenautorin?, heulte das innere Stimmchen auf, das eindeutig immer gemeiner wurde.

Natalie erstarrte vor Schreck. Der Zwerg hatte sich in ihr eingenistet und sprach zu ihr. Das war's! Sie war wahnsinnig geworden! Einfach so. Nicht, weil sie ein Genie war, wie Virginia Woolf oder Vincent van Gogh. Sie würde sich niemals irgendeinen Körperteil abschneiden, dafür fehlte ihr wirklich die Courage. Panisch begann Natalie in ihrer Handtasche (Lisa die Listige) zu wühlen. Sie würde sich auch niemals mit Steinen im Mantel in ein tiefes Gewässer begeben. Sie wäre auch niemals in der Lage … Da! Sie hatte den Zettel gefunden und drückte ihn an ihr Herz. Lisa hatte ihn netterweise bei sich behalten. Mit zitterndem Zeigefinger tippte Natalie die Nummer in ihr Handy. »Bitte geh ran«, flüsterte sie, »bitte sei da.«

»Silberstadt!«

»Gott sei Dank!«, schrie sie, und es sprudelte nur so aus ihr heraus. Von fünf peinlichen Büchern war die Rede, die auf dem schlickigen Grund eines innerstädtischen eiszeitlichen Sees ruhten. Dann ging es um Virginia Woolf, Annegret Rüttgers und Buttersoßen. Bevor sie auf Stimmen und Zwerge zu sprechen kommen konnte, unterbrach Theodor sie freundlich: »Würden Sie sich bitte kürzer fassen?«

»Was?«

»Genau. Was ist los?«

»Wenn ich das wüsste, hätte ich nicht angerufen!«

»Versuchen Sie mal, *einen* Satz zu formulieren. Wie geht es Ihnen?«

»Vor einer Stunde ging es mir wunderbar, denn da hatte ich gerade die Bücher für die Live-Sendung versenkt, aber nun sitze ich hier vor einer Tasse braunem Milchschaum, lasse mich von einem pickligen Studenten schikanieren und frage mich …«

»*Ein* Satz, Frau Schilling. Ein Satz sollte es sein.«

»Das war ein Satz, bevor Sie mich unterbrachen«, verteidigte sich Natalie. »Ein recht langer Satz, aber nichtsdestotrotz war es nur einer.«

»Worum geht es also in diesem langen Satz?«

Sie dachte nach. Ich freue mich so sehr, Ihre Stimme zu hören, wollte sie sagen, ließ es aber sein. *Haha*, krächzte das Stimmchen. *Bist du peinlich.*

»Es gibt da einen Zwerg«, flüsterte sie, »der verfolgt mich. Ich weiß, das klingt verrückt, aber es ist so. Sie haben ihn ja neulich selbst gesehen, in der Geisterbahn. Er benutzt verschiedene Kanäle. An einem Tag ist er eine singende Kindergartengruppe, ein anderes Mal ein Buchtitel oder eine stark gezuckerte Milchspeise, aber immer geht es dabei um Zwerge.«

»Es geht also um den *Begriff* Zwerg?«

»Hm. Ja.«

»Was ist ein Zwerg für Sie?«

»Klein.«

»Und was noch?«

»Eine halbe Portion?«

»Weiter.«

»Verschlagen. Hässlich. Schrumpelig.«

Hey, Moment mal, gellte das innere Stimmchen beleidigt.

»Was noch?«, fragte Theodor.

»Trotz seiner Winzigkeit bedrohlich.«

»Und was noch?«

»Mehr fällt mir nicht ein.«

»Denken Sie nach.«

»Ein Zwerg trägt oft ein peinliches Zipfelmützchen?«

Gar nicht!

»Weiter.«

»Ein Zwerg schiebt meist eine lächerliche Schubkarre?«

Theodor seufzte. »Was für einen Artikel hat das Wort Zwerg?«

»Na, *der* Zwerg.«

»Also?«

Natalie schwieg betroffen. »Männlich«, flüsterte sie nach einer Weile. »Ein Zwerg ist männlich.«

»Richtig. In Ihrem Fall sehe ich ihn als ein männliches Zerrbild. Über all die Adjektive, die Sie eben genannt haben, sollten Sie mal in Ruhe nachdenken, wobei Sie die Zipfelmütze und die Schubkarre wohl außer Acht lassen können.«

»Oh.«

»Verstehen Sie?«

Natalie nickte mit dem Handy am Ohr. »Der Zwerg lässt mich nicht in Ruhe, weil er aus der Tiefe meiner Seele kommt und mir etwas mitteilen will?«

»Gefällt Ihnen diese Formulierung?«

»Schon.«

»Erkennen Sie die Realität der Seele an?«

»Klar doch.«

»Also«, fuhr Theodor mit geduldiger Stimme fort. »Was will Ihnen dieser Zwerg, der offensichtlich nichts weiter als eine Ihrer zahlreichen Teilpersönlichkeiten darstellt, sagen?«

Natalie atmete aus. »Dass ich ein Problem mit Männern habe?«

»Kann das stimmen?«

»Na, prima«, sagte sie. »Sie haben mir ein Problem mehr verschafft, von dem ich noch gar keine Ahnung hatte.«

Theodor lachte. »Verzeihen Sie bitte.«

Ein Spatz hüpfte auf Natalies Tisch und sah sie mit schiefgelegtem Kopf an. »Wissen Sie, eigentlich ging es um etwas ganz anderes«, sagte sie und hatte das Gefühl, der Vogel höre ihr aufmerksam zu, dabei hatte er bloß einige Croissantkrümel im Visier. »Ich wollte Ihnen eigentlich erzählen, dass ich keine Lust mehr auf die Büchershow habe und dass ich mir den Live-Auftritt doch nicht so recht zutraue, schon gar nicht, wenn es darum geht, bescheuerte Bücher vorzustellen, die es gar nicht verdient haben, wo es doch so zauberhafte Bücher gibt, über die niemand spricht, und …«

»Aber, liebe Frau Schilling«, unterbrach Theodor sie feierlich. »Das ist doch sozusagen *eine* Suppe.«

»Und wo Sie schon von Suppe reden«, erwiderte Natalie, »Koch- und Lifestyle-Kolumnen mag ich auch nicht mehr schreiben.«

»Haben Sie schon einmal darüber nachgedacht, stattdessen etwas Eigenes zu schreiben?« In diesem Augenblick startete der Spatz einen Überraschungsangriff, flatterte mitten auf den Tisch, erbeutete einen großen Krümel und flüchtete.

Natalie sah ihm hinterher. »Nein«, sagte sie gedehnt. »Darüber habe ich noch nie nachgedacht.«

»Dann tun Sie das. Ich muss weiter, Frau Schilling. Wir sehen uns ja übermorgen. Essen Sie Fisch?«

»…«

»Hallo? Sind Sie noch dran?«

Vor ihren Augen drehte sich alles. Sie war wie vor den Kopf geschlagen. »Ja.«

»Also dann, machen Sie es gut. Wenn noch etwas ist, rufen Sie mich an.«

»Sie sind so lieb«, antwortete Natalie benommen.

»Auf Wiederhören.«

»Auf Wiederhören … Ich liebe Sie.«

Oh mein GOTT, hatte sie das jetzt eben wirklich gesagt? Sie lauschte ins Telefon, aber Theodor Silberstadt hatte zum Glück schon aufgelegt.

Völlig verhuscht, zischte es giftig.

»Ach, du bist noch da?«, murmelte Natalie und kramte schon wieder in Lisa, diesmal auf der Suche nach ihrem Portemonnaie.

Klar.

Natalie legte einen Geldschein auf den Tisch und stand auf. »Du bist nichts weiter als ein popeliger Teilaspekt«, sagte sie leise. »Und ich habe ein Problem mit Männern und werde einen Roman schreiben. So!«

Darauf wusste der Zwerg nichts zu erwidern.

▸◂

Am Abend leuchtete ein besonders schöner Vollmond über Berlin und ließ viele Einwohner nicht schlafen. Darunter waren auch Hertha, David, Theodor und Natalie. Sie standen an ihren Fenstern und lehnten sich dem roséfarben angehauchten Himmelskörper entgegen, der ein sehnsüchtiges Déjà-vu-Gefühl in ihnen auslöste. Hertha dachte an Serge Bertier. David dachte an Theodor, Theodor an David. Und Natalie dachte an die Mondlandung.

Um ein paar Stunden für sich zu haben, hatte David das Geld, das er am Nachmittag beim Blutspenden verdient hatte, Tim in die Hand gedrückt. »Geh Bier trinken«, hatte er gesagt und »Juchhu« geflüstert, nachdem die Ateliertür wenig später hinter Tim ins Schloss gefallen war. Dann hatte David in aller Ruhe seine E-Mails gelesen, seinen Namen gegoogelt und im

Internet nach Hinweisen auf den Neuruppiner Künstlerkreis gesucht, aber nichts von Bedeutung gefunden. Nun stand er am Fenster und starrte den Mond an.

Ich bin Maler, sagte er sich. Ich *muss* malen. Ob ich Erfolg habe oder nicht. Ob meine Mutter das total bescheuert findet oder nicht. Vielleicht sollte ich tatsächlich ein wenig an der Subtilität meiner Farben arbeiten. Theodor könnte Recht haben. Auch wenn ich das niemals zugeben würde.

Während Tim am Nachmittag in einer Ecke des Ateliers geschlafen hatte (Die Zeiten des Modellstehens waren längst vorüber.), war David bemüht gewesen, sich dem verblühten Blumenstrauß zu widmen. Er hatte Grün, Weiß und Orange vermengt, leise für *Transparenz* gebetet und immer wieder zur Küchenrolle gegriffen, um die zusammengerührten braunen Häufchen von der Palette zu wischen. Die Wut über die eigene Unzulänglichkeit hatte sich mit der Wut darüber vermischt, hektisch mit Wisch-&-Weg-Tüchern herumhantieren zu müssen, weil in spätestens zwei Stunden das Atelier nicht mehr das seine sein würde. Betrunkene Jungs würden wieder überall herumhängen, wie Wesen aus der Unterwelt Rauchschwaden ausstoßen und neben das Klo pinkeln. David musste sich also beeilen, Transparenz und Vergänglichkeit auf die Leinwand zu zaubern, aber wer kann schon malen, wenn er in Eile ist?

»Niemand!«, brüllte David und weckte damit Tim, der sich auf anmutige Weise räkelte, »Hey, Dave« murmelte und auf nackten Füßen zum CD-Player wankte.

»No!«, rief David, den Pinsel wie einen Stachel gegen Tim gerichtet. »Don't! I have to finish this first, and I would appreciate …« Der Rest seines Satzes ging in Technoklängen unter, zu denen Tim ausgelassen zu tanzen begann.

David starrte den Mond an und fühlte sich auf einmal so unerträglich klein und nichtig. Er würde gewiss keine Spuren hinterlassen, weder auf dem Mond noch auf der Erde. Denn er war jemand, der oberflächlich und flüchtig und für Schmeicheleien anfällig war, ein eitler Möchtegernkünstler, der dem Menschen, den er am meisten schätzte und liebte, aus einer Laune heraus das Herz gebrochen hatte. Er war jemand, der an Türen lauschte, der … In diesem Moment gab der Laptop einen klingenden Ton von sich. David eilte zu seinem Schreibtisch. Er hatte eine E-Mail von reuter@web.de erhalten. Sein Herz begann schneller zu schlagen. Reuters? Die internationale Nachrichtenagentur? So spät am Abend? Wollte man eine Eilmeldung über die neu entdeckten Shootingstars der Berliner Boheme bringen? Er öffnete die Mail und begann zu lesen:

> Hallo, ich habe mir heute in Neuruppin die Gemälde von Regina Riebsahl angesehen und dabei in einem Nebenzimmer Ihre Hummerbilder entdeckt, die mich über alle Massen beeindruckt haben. Hätten Sie Lust, sich mal mit mir zu treffen? Ich würde mich gern mit Ihnen austauschen.
>
> Mit freundlichen Grüssen, Rudolf Euter

Mit offenem Mund starrte David auf den Bildschirm. Nicht Reuters? Sondern Rudolf Euter? Was war denn das für ein Name? Grenzenlos enttäuscht und ein wenig hysterisch lachte David auf. Aber die Hummer hatten ihm gefallen, diesem Rudolf Euter. Und er wollte sich mit ihm treffen. Vielleicht würde er ein Bild kaufen? Vielleicht hatte er Kontakte?

Der Mond war vergessen, und David klickte auf *Antworten*.

Derweil stand Hertha am Schlafzimmerfenster, schaute in den nächtlichen Himmel und dachte an ihren Verlobten, der seit bald sechzig Jahren tot war. Wie wohl ein Leben mit ihm verlaufen wäre? Bestimmt sehr schön. Sie hatten sich so gerngehabt. Hertha gab dem Schmerz nach, der im Laufe der Zeit nie weniger geworden war. Sie hatte lediglich gelernt, damit zu leben. »Mein Serge«, seufzte sie und wischte sich über die Augen. Dann versuchte sie, an etwas anderes zu denken. Ihr fielen die Streithähne Theodor und David ein. Hertha machte schmale Lippen. Die beiden warfen sich ja genau die Charaktereigenschaften vor, die sie im Laufe der Jahre gegenseitig geschürt hatten. Das müsste Theodor als Psychologe doch eigentlich erkennen. Aber ihr Sohn war wohl betriebsblind geworden. Na ja, dachte Hertha und zupfte an der Spitzengardine herum, wenn es so einfach wäre. Das Leben ist nicht immer einfach. Eigentlich nie.

Sie ging zu Bett. Mondschein fiel auf die Decke. Hertha schloss die Augen, doch an Schlaf war nicht zu denken. Es war auch viel zu heiß. Ächzend stand sie auf, ließ die Jalousien herunter, dann legte sie sich wieder hin und starrte ins Dunkel.

Kleine Kinder, kleine Sorgen, dachte sie. Große Kinder, große Sorgen.

Zur selben Zeit stand Theodor am geöffneten Fenster und blickte auf den Lietzensee, in dem der Mond ein nächtliches Bad zu nehmen schien. Eine milde Brise wehte herein. Es duftete schwach nach Blüten. Rosen vielleicht? Liebliche Szenerie, dachte Theodor gereizt, passt überhaupt nicht zu der Scheißlaune, die ich habe. Meine Mutter quatscht mir in alles rein, ich quatsche den Leuten in alles rein. Und was bringt es? Nix. Alles Mist. Alles Murks. Das ist also die bittere Bilanz am Ende meines Lebens. Jawohl, am Ende meines Lebens. Denn wenn das Leben eine Brücke wäre, ganz egal, was für eine Brücke, dann würde ich mich ans Ende dieser elenden Brücke stellen. Ich wäre fast schon drüben. Und dort sehe ich mich stehen: gottverlassen und mutterseelenallein. Wobei, meine Mutter habe ich ja noch. Was für ein Glück. Manchmal ist sie mir allerdings ein bisschen … viel. Immer muss sie ihre Meinung sagen. Zur Ruhe setzen? Wie stellte sie sich denn das vor? Allein heute hatte das Notfalltelefon dreimal geklingelt, Heinz Schleyberger hatte einen Flirt mit einer anderen Frau begonnen (*Sibülle*), Natalie Schilling war auch noch nicht über den Berg, und ein weiterer Klient, ein Schriftsteller, litt unter Schreibblockaden und Schlafstörungen.

Es musste trotzdem wunderbar sein, einer künstlerischen Tätigkeit nachzugehen. Theodor rieb sich das Kinn. Bildhauer hätte er werden sollen oder Fotograf. Vielleicht hätte er dann schon längst seine Altbauwohnung verkauft und wäre zum Prenzlauer Berg gezogen, und vielleicht wäre es dann auch besser mit David gelaufen? Aber es *war* doch gut mit David gelaufen. Viele glückliche Jahre lagen hinter ihnen, sie hatten immer so viel gelacht. Auch gestritten, ja, das musste er zugeben. Aber irgendwie hatte es dazugehört.

»Ach«, stöhnte Theodor und erkannte, dass er irgendwann mal irgendetwas falsch gemacht haben musste. Aber er kam einfach nicht darauf, was.

Ungehalten schloss er das Fenster, schaltete den Fernseher an und zappte sich im Stehen zur wöchentlichen Büchershow durch, die schon angefangen hatte. Da war sie ja, seine Frau Schilling. Sie trug eine seidene Bluse mit pastellfarbenen Schmetterlingen darauf. Sehr geschmackvoll. Theodor lächelte, doch dann durchrieselte ihn plötzlich ein Schreck. Er hatte sie zum Abendessen eingeladen! War er verrückt geworden? Das war ein ganz großes Tabu, das er damit brach. Man lädt seine Klienten nicht zu sich nach Hause ein. *Totales No-Go*, hätte David gesagt. Und Recht gehabt.

Aber was soll's? Theodor ließ sich aufs Sofa fallen. Ich bin ja sowieso bald ein gelangweilter Rentner. Da kann ich mir einladen, wen ich will, und bin froh, wenn überhaupt einer kommt, und Natalie Schilling mag ich einfach gern. Die würde auch David gut gefallen. Er hat doch eine Schwäche für attraktive Frauen über vierzig und fachsimpelt gern mit ihnen über Botoxbehandlungen und Augenlidkorrekturen.

Theodor konzentrierte sich auf die Büchershow, in der Natalie gerade ein Buch als großen Lesespaß pries. »Wie tapfer die kleine Kreuzritterbraut allen Widrigkeiten des mittelalterlichen Lebens trotzt und wie sie sogar noch auf dem Scheiterhaufen zu ihrer großen Liebe steht«, sagte Natalie und schaute mit staunenden Augen in die Kamera. Dann war die Rede von Flammen, die an kleinen Füßen züngeln, und vom heranpreschenden Retter. Lächelnd hob Natalie das dicke Buch in die Höhe und schloss mit den Worten: »Wirklich brillant geschrieben. Eine Autorin, die sich ihrer Mittel sehr bewusst ist.«

Theodor runzelte die Stirn. Sie log ja, dass sich die Balken bogen. Sie hatte wohl wirklich keine Lust mehr auf die Büchershow. Und darum hatte sie heute fünf Bücher in den Lietzensee geworfen. Nicht schlecht. Er lächelte. Wenigstens eine, die sich helfen lässt. Ballast muss man abwerfen, richtig so. Und es geht nichts über eine symbolträchtige Handlung.

Was könnte *er* denn tun, um sich zu erleichtern? Theodor dachte nach. Das Grammophon aus dem Fenster werfen. Nein, ernsthaft. Schwitzend schaltete er den Fernseher aus und gab sich seinen Gedanken hin: Er wollte nicht wegziehen. Er wollte nicht in Rente gehen. Er wollte nicht allein sein. Er wollte nicht alt werden. Aber was wollte er denn, um Gottes willen? Was wollte er?

Er wollte, dass alles wieder so war wie vorher.

»Na, wunderbar«, murmelte Theodor und legte die Füße auf den Couchtisch. »Keinen Funken Selbsterkenntnis im Leib.«

Es schien leichter zu sein, im Leben Veränderungen zu bewirken, als … Stabilität. Oder war das die falsche Bezeichnung? War es nicht eher Stagnation? Stillstand? War es das, was er so zielstrebig angesteuert hatte? Den toten Punkt? Alle anderen entwickelten sich fröhlich weiter, nur er, Theodor Silberstadt (wohnhaft in einem Elfenbeinturm am See), wollte, dass die Zeit stehen blieb. Er, der seinen Klienten immer predigte, dass dunkle, verzweifelte Lebensphasen von großer Bedeutung seien, um deren Überwindung als stufenweisen Wachstumsprozess zu erfahren, dass Risiken, Experimente und Wagnisse wichtiger seien als psychisches Wohlbefinden, ausgerechnet er ertappte sich bei solch einer geistigen Trägheit.

»Unfassbar«, murmelte er.

Auch Natalie hatte sich gerade die Büchershow angesehen. Zumindest ihren eigenen Auftritt. Total professionell, befand sie, man merkt mir überhaupt nicht an, dass ich *Des Kreuzritters Braut* sagenhaft blöd finde. Ein wirklich souveräner Auftritt. Nur die Schmetterlingsbluse kommt ein wenig kitschig daher. Das nächste Mal ziehe ich wieder etwas Einfarbiges an.

Das nächste Mal? Das wäre dann der Live-Auftritt für *Wir lesen durch bis morgen früh*. Würde sie sich wirklich vor eine Kamera stellen und behaupten, dass *Sei glücklich – wünsch es dir jetzt!* eine »wirklich große Lebenshilfe« sei, die »in keinem Bücherregal fehlen« dürfe?

Sie hatte sich noch nicht entschieden. Nur zur Sicherheit hatte sie die fünf Bücher neu gekauft. Jetzt starrte sie den schiefen Stapel, der auf ihrem Schreibtisch stand, hasserfüllt an und spürte, wie sich ihr Magen zusammenzog, als hätte sie etwas schwer Verdauliches gegessen. Mit einem Seufzer schaltete Natalie den Fernseher aus, blieb einen Moment sitzen, dann ging sie zum Fenster und öffnete es. Wie eine leuchtende Himbeerpastille stand der Vollmond am Himmel.

Ob das ein guter erster Satz für einen Roman wäre?, fragte sich Natalie. *Wie eine leuchtende Himbeerpastille stand der Vollmond am Himmel, und eine hübsche, nicht mehr ganz junge Frau schaute nach oben. Erinnerungen an ihren Vater kamen auf. Sie würde niemals den Mond ansehen können, ohne gleichzeitig an ihren Vater zu denken, denn …*

Hey, das war ja gar nicht übel. Aber müsste es nicht heißen: »wie eine beleuchtete Himbeerpastille«? Jedes Kind wusste doch, dass der Mond von der Sonne beschienen wurde. Da wäre *leuchtend* nicht ganz korrekt. Und sie hätte gern gewusst, wie weit der Mond von der Erde entfernt war, nur so, um ein besseres Gefühl für ihre Aussagen zu erhalten. Natalie ging zu ihrem Schreibtisch, gab dem verhassten Bücherturm einen Stoß, was ihn aber nicht umkippen ließ, und fuhr den Laptop hoch. Dann tippte sie »Abstand Mond Erde« in die Suchmaschine, stieß auf unterschiedliche Zahlen, las etwas über die faszinierende Wirkung des Vollmonds auf den Menschen, erfuhr in einem weiteren Bericht, dass der Vollmond überhaupt keine Wirkung auf die Menschheit hätte, und dachte sich, dass das eigentlich alles völlig irrelevant für einen bonbonrosa Himbeermond war.

▸◂

Am nächsten Morgen eilte David durch die Torstraße. Er hatte eine Verabredung mit Rudolf Euter im *Café Montague*. Suchend glitt sein Blick über die Terrasse. Da hinten war ein hagerer, bärtiger Mann aufgestanden und winkte ihm zu.

Das muss er wohl sein, dachte David und bahnte sich einen Weg zwischen den Tischen und Stühlen hindurch. Erst im Näherkommen entdeckte er das rothaarige kleine Mädchen, das mit gelangweilter Miene am Tisch saß, eine weibliche Miniaturausgabe des Mannes, der David jetzt strahlend auf die Schulter klopfte und »Wie ich mich freue!« rief.

»Ganz meinerseits«, antwortete David und registrierte: heterosexuell, vital, sympathisch.

Rudolf Euter war gelernter Apotheker, vierundvierzig Jahre alt und geschieden. Seine Leidenschaft gehörte der Malerei und seiner kleinen Tochter Rose. Er fand, dass er Ähnlichkeit mit Vincent van Gogh hatte: derselbe kurze rote Bart, die nach hinten gekämmten Haare, markante Wangenknochen und ein intensiver Blick. Was die Malkunst anbetraf – hier war Rudolf realistisch –, gab es keine Ähnlichkeiten. Vincent war ein Gott. Er selbst war nicht begabt. Was anderen zuzufliegen schien, musste er sich hart erarbeiten. Obwohl er im Laufe seines Lebens zahlreiche Malkurse belegt hatte, war es ihm nie gelungen, auf befriedigende Weise eine Hand darzustellen. Immer sah sie unmenschlich aus, wie eine Pfote oder eine Vogelklaue, an ganz schlechten Tagen wie eine Baggerschaufel.

Seine Frau Linda hatte sich leider nicht als Muse entpuppt.

»Mach doch Fotos, das geht leichter«, hatte sie Rudolf geraten.

Im vergangenen Jahr hatte Linda die Scheidung gewollt. Kampflos hatte sie Rudolf das Sorgerecht für Rose überlassen und war mit ihrem neuen Freund, einem libanesischen Immobilienmakler, nach Bielefeld gezogen.

Rudolf Euter bestellte seiner Tochter eine weitere Holunder-Bionade und sagte: »Ihre Hummerbilder! Ich bin be-geistert. Nicht wahr, Rosie? Papi ist begeistert. Diese alles durchdringenden Farben sind geradezu hypnotisch. Mir ist tatsächlich ein ganz gewisser Grünton nicht aus dem Kopf gegangen. Und die magischen, mysteriösen, majestätischen Hummer! Wundervoll, wundervoll, *wundervoll.*« Bei jedem »wundervoll« schlug Rudolf mit der flachen Hand auf die Tischplatte. »Ich interpretiere sie als ... Rosie, lass das, nicht blubbern ...«

»Als ...?«, fragte David.

»Als Symbol für den Luxus, zu leben, zu lieben!«, antwortete Rudolf Euter eifrig. »Und jeder Gegenstand, den Sie Ihren Hummern zur Seite stellen, hat eine ganz besondere Bedeutung. Ist es nicht so? Der Boxhandschuh zum Beispiel. Steht er für maskuline Aggressivität? Die zerbrochene Madonna habe ich als Sehnsucht nach mütterlichem Trost gedeutet, die Kaffeekannen als ein Sehnen nach Häuslichkeit. Bitte widersprechen Sie mir, wenn ich mich irre.«

»Nein, nein«, antwortete David selig.

»Lassen Sie uns Champagner auf unsere Bekanntschaft trinken!«, rief Rudolf Euter. »Und dann müssen Sie mir erklären, was der tiefgekühlte Hummer auf dem Anker zu bedeuten hat. Versinnbildlicht er die Notwendigkeit, in emotionalen Situationen gefestigt zu bleiben? Oder lichten Sie bereits die Anker?«

»Nun«, sagte David und schlug die Beine übereinander. »Das kann man so oder so sehen.« Am liebsten hätte er geschnurrt.

Der Champagner kam, die Gläser wurden feierlich erhoben.

»Rudolf.«

»David.«

»Wohlsein.«

»Wohlsein.«

»Hey, und ich?«, erklang es von unten.

»Entschuldige, Rosie.« Rudolf stieß mit dem Champagnerglas gegen ihre Limonadenflasche. »Auf dein Wohl natürlich auch.«

Rosie sah David mit vorgeschobener Unterlippe an. Doch der trank bereits genießerisch einen großen Schluck Champagner. Noch nie in seinem ganzen Leben hatte er sich so verstanden gefühlt.

»Arbeitest du noch an der Hummer-Serie, David?«

»Die Hummer sind abgeschlossen. Es gibt da eine neue Inspiration, und mich würde interessieren, lieber Rudolf, was du als Kunstkenner davon hältst.«

»Muss Pipi«, sagte Rosie.

»Nicht jetzt!«, antwortete Rudolf, und an David gewandt: »Ich fühle mich geehrt.«

David berichtete von seiner Idee, verwelkte Blumensträuße in grünlich angelaufenen Wassergläsern zu malen. »Um das Welken der westlichen Zivilisation zu versinnbildlichen.«

»Originell«, lobte Rudolf.

»Pipi«, beharrte Rosie.

»Ihre verdorrte Moral«, fuhr David fort, »ihr Verblühen.«

Rudolf nickte konzentriert.

»Aber bestimmte Lebensumstände … haben es mir in letzter Zeit nicht leicht gemacht«, berichtete David und seufzte. »Und so kam ich den Farben der Flüchtigkeit nicht auf die Spur …«

»Den Farben der Flüchtigkeit«, wiederholte Rudolf träumerisch.

David bemerkte verwundert, dass das grimmige Gesicht des Kindes rot angelaufen war. Doch er kannte sich nicht aus mit kleinen Mädchen, trank seinen Champagner und fuhr fort: »Eines Tages fiel mit leisem *Plopp* der Kopf einer Margerite herunter, mitten in mein stehen gelassenes Mittagessen.«

»Ach.«

»Elf Spiralnudeln und eine Margeritenblüte ragten nun aus einer Ketchuppfütze. Zuerst deprimierte mich der Anblick zutiefst.«

»Pipi!«, schrie Rosie ungehalten.

»Gleich, Liebes«, erwiderte Rudolf. »Wenn Onkel David seine schöne Geschichte zu Ende erzählt hat.«

»Doch dann …« David senkte die Stimme. »Dann hatte ich eine Eingebung. Genau das werde ich malen. Verstehst du? Angeknabberte Hühnerkeulen, bedeckt von Kamelien. Pommes frites mit Mayonnaise und Maiglöckchen, Wiener Schnitzel an Seerosen, Ranunkeln auf Ravioli.«

Rudolf klatschte in die Hände. »Genial!«

»Findest du?« David strahlte. Und weil das Leben gerade so heiter war, bestellten die beiden noch eine Flasche Champagner. Dann wurde Rosie von ihrem Vater im Laufschritt zur Toilette gebracht. David ließ seinen Blick derweil über die sonnenbeschienenen Häuserfassaden gleiten. Er war erschöpft vom vielen Reden. Der Champagner und die Komplimente stiegen ihm zu Kopf, so dass ihm schwindelig wurde. Ach, er war so glücklich. »Fast-Food-Flowers«, murmelte er und horchte auf. Der Name war auf einmal da, als hätte er wie ein Dschinn am Boden der gerade entkorkten zweiten Champagnerflasche gehockt, der nur auf seine Befreiung gewartet hatte.

»Jetzt muss *ich* dir etwas erzählen«, sagte Rudolf, noch bevor er sich wieder hingesetzt hatte.

»Will nach Hause«, murrte Rosie.

»Wieso ist das Kind nicht in der Schule?«, fragte David.

»Hitzefrei.«

David nickte und lächelte das kleine Mädchen an, das auf seinem Strohhalm herumkaute. »Wie alt bist du denn, Rosie?«

»Sieben«, antwortete sie mit gequälter Miene.

»Also«, sagte Rudolf, »ich wollte dir Folgendes erzählen:

Auch ich habe mal gemalt. Jahrelang habe ich mich auf Porträts versteift. Doch lächelnde Münder trieben mich an den Rand des Wahnsinns. Und Ohren erst recht. Aber am allerschlimmsten waren Hände. Meinen Modellen habe ich immer Fächer oder Katzen gereicht, damit sie ihre Hände dahinter verstecken konnten. Aber das war demütigend für mich, und am Ende lag diesen Gemälden stets so ein unheimlicher Eindruck der Verstümmelung zugrunde.«

»Oh«, machte David und schenkte Champagner nach.

»Also beschloss ich, keine Hände mehr zu malen, sondern stattdessen etwas, was keine Hände besitzt. Kieselsteine zum Beispiel. Oder Wale.« Betrübt schüttelte Rudolf den Kopf. »Aber auch das war unbefriedigend. Um es kurz zu machen: Ich habe die Fronten gewechselt. Verstehst du?«

»Muss wieder Pipi.«

»Gleich!«, riefen beide Männer wie aus einem Mund.

»Jetzt!«

»Wie meinst du das?«, fragte David und sah Rudolf an.

»Ich möchte eine Ausstellung mit deinen Hummergemälden machen.«

David wollte etwas erwidern, doch sein Mund blieb offen stehen, und es kam kein Ton heraus.

»Ich gehe jetzt nach Hause Pipi machen«, sagte Rosie und glitt vom Stuhl. Rudolf hielt seine Tochter fest. »David«, murmelte er mit etwas schwerer Zunge. »Was sagst du dazu?«

»Das ist der schönste Satz, den ich in meinem Leben gehört habe«, flüsterte David ergriffen. Rosie sah erstaunt zu ihm auf.

»Wir telefonieren«, sagte Rudolf und legte eine Visitenkarte auf den Tisch. »Und noch etwas: Ich möchte gern ein Hummerbild kaufen. Den Tiefkühlhummer auf dem Anker.«

David erhob sich. Er schwankte ein wenig. »Rudolf«, antwortete er feierlich. »Ich schenk ihn dir.«

»Das kommt gar nicht in Frage. Aua, Rosie, du reißt mir gleich den Finger ab!«

»Nach Hause, nach Hause, nach Hause.«

»Ich bestehe darauf.«

»Aber nein.«

»Pipi machen.«

»Rudolf«, sagte David und blinzelte. »Hat dir schon mal jemand gesagt, dass du aussiehst wie Vincent van Gogh?«

Es war der Beginn einer langen Freundschaft.

▶◀

»Guten Abend. Wie geht's dem Zwerg?«

»Er hält sich zurück.«

»Umso besser. Kommen Sie herein. Schön, dass Sie da sind.«

Natalie trat in Theodor Silberstadts beeindruckende Altbauwohnung und überreichte ihm einen Strauß Sonnenblumen. »Vielen Dank für die Einladung.«

»Bitte hier entlang.«

Natalie ließ sich in ein großes Wohnzimmer führen, das man besser als Salon bezeichnet hätte. Mit dem Parkettboden und der hohen Stuckdecke machte es einen höchst eleganten und erlesenen Eindruck auf Natalie. »Sie wohnen wunderschön«, sagte sie und ging zum Fenster. »Mit Blick auf den Lietzensee, besser geht es in ganz Berlin nicht.«

»Nicht wahr?«, rief Theodor und kam mit einer gläsernen Vase herein, in der die Sonnenblumen standen. »Ich möchte niemals von hier weg.«

»Warum sollten Sie auch?«

»Ach.« Theodor machte eine wegwerfende Handbewegung. »Trinken Sie ein Glas Sherry?«

»Gern.«

Während Theodor einschenkte, sah sich Natalie unauffällig

um. Dieser Mann ist wirklich stilsicher, dachte sie. Die wenigen, wie zufällig hingestreuten Möbel ordnete Natalie dem Art déco zu. Es wirkte modern und trotzdem auf charmante Weise ein wenig vergangen. Auf einer Kommode stand ein Grammophon mit schimmerndem Trichter.

Theodor reichte ihr das Sherryglas. »Auf Ihr Wohl, Frau Schilling.«

»Auf das Ihre, Herr Silberstadt.«

»Wie förmlich.« Er lachte und trank einen Schluck. Dann setzten sie sich aufs Sofa.

»Ich habe Sie gestern in der Büchershow gesehen.«

Natalie lächelte schwach.

»Sie wirkten … angespannt.« Mir fiel auf, dass Sie mit wenig Überzeugung ein Buch anpriesen, in dem es um die Braut eines Kreuzritters ging.«

»Oh«, machte Natalie betroffen. »Sie haben mir angesehen, dass ich das Buch doof fand?«

»Vielleicht liegt es daran, dass ich Sie inzwischen ein bisschen besser kenne?« Theodor lächelte sie an. »Aber Ihre Bluse war zauberhaft.«

»Wie habe ich mich verraten?«

»Ihre Körpersprache war kraftlos, die Stimme schleppend, die Augen stumpf.«

»Ach du liebe Güte!« Natalie zog den Kopf ein.

»Sehen Sie nur: Sie nehmen eine Schutzhaltung ein, weil Sie sich durchschaut fühlen. Und was sagten Sie neulich am Notfalltelefon zu mir? Sie haben die fünf Bücher für die Live-Sendung in den Lietzensee geworfen?«

Natalie nickte betreten.

»Das ist eine sehr bildhafte Aktion.«

»Ich habe sie mir neu gekauft«, flüsterte Natalie und trank den Sherry aus.

»Ach.« Theodors Stimme klang enttäuscht. »Und nun? Was gedenken Sie zu tun?«

Ich gedachte eigentlich einen netten Abend zu verbringen, lag es Natalie auf der Zunge, aber sie wollte nicht unhöflich sein. Deswegen zuckte sie bloß mit den Schultern und versuchte das Thema zu wechseln. »Gestern war Vollmond«, sagte sie. »Haben Sie ihn gesehen? Er war viel größer als sonst und ganz rosa.«

Theodor nickte. »Ja, sehr hübsch. Können Sie denn den Mond betrachten, ohne an Ihren Vater zu denken?«

Natalie starrte ihn an. »Manchmal machen Sie mir Angst«, sagte sie leise. »Ich habe den Eindruck, Sie schauen in meinen Kopf hinein.«

Theodor lehnte sich zurück, und ein selbstzufriedener Ausdruck huschte über sein Gesicht. »Haben Sie mal mit Ihrem Vater über diese Mondlandungsszene und sein damaliges Verhalten gesprochen?«

»Mein Vater ist schon lange auf und davon.«

Theodors Gesichtsausdruck veränderte sich auf der Stelle. Er runzelte die Stirn, denn ihm war gerade klar geworden, dass er Natalies Vater schon viel früher zur Sprache hätte bringen müssen. »Wo ist er hin?«

»Keine Ahnung. Kurz nachdem er die Gardinen aus den Schienen gerissen hatte, verließ er meine Mutter und mich und kam nie wieder.«

»Warum weiß ich davon nichts?«, rief Theodor alarmiert.

»Sie haben nie danach gefragt.«

»Und Ihre Mutter?«

»Tot.«

Wie vom Donner gerührt saß Theodor da und starrte in sein leeres Sherryglas.

»Macht ja nichts, Herr Silberstadt«, versuchte Natalie zu

trösten, »wir sind doch heute bloß zusammengekommen, um gemeinsam zu essen und ein wenig zu plaudern.«

»Mir unterlaufen zu viele Fehler in letzter Zeit«, murmelte er und stand auf. »Ich dekantiere mal eben den Wein, bin gleich wieder da.« Er eilte hinaus.

»Puh.« Natalie schloss kurz die Augen.

»Dieser Zwerg«, rief Theodor aus der Küche, und das ploppende Geräusch eines aus der Flasche gezogenen Korkens war zu hören. »Haben Sie ihn noch mal irgendwo gesehen?«

»Heute nicht.«

»Auch nicht gehört?«

Hehehe.

»Um Gottes willen, hören Sie bloß auf, mich daran zu erinnern!«

Natalie war aufgestanden und dem Gläserklirren und Tellerklappern gefolgt. Jetzt lehnte sie in der Küchentür und beobachtete, wie Theodor sich über ein Tablett beugte. »Mini-Blinis mit Lachsschaum«, erklärte er. »Als Amuse-Gueule. Wir wollen uns ja nicht den Appetit verderben, es ist wirklich nicht mehr als eine Zwergenportion, oh … ich …« Betroffen schaute er auf. »Das war jetzt nicht mit Absicht.«

Natalie lächelte ein wenig schmal. »Schon gut. Hübsche Küche haben Sie. Ich liebe diesen wuchtigen Retro-Kühlschrank.«

»Es war reiner Zufall, dass ich das so formuliert habe.« Theodor hatte sich wieder seinen Blinis zugewandt, auf die er jetzt frische Dillspitzen legte. »Sie reagieren nur immer heftig auf alles, was mit Zwergen zu tun hat.«

»Ich bin ganz ruhig.«

»Wir sollten mal darüber nachdenken, ob es eine Verbindung zwischen Ihrem flüchtigen Vater und Ihrer dominanten Teilpersönlichkeit *Zwerg* gibt, denn …«

»Herr Silberstadt, bitte.«

»Dort, wo es unangenehm wird, ruht das Potenzial, und …«

»Herr Silberstadt!«, schrie Natalie auf. »Ich darf Sie daran erinnern, dass Sie Feierabend haben!«

»Wie meinen Sie das? Und warum schreien Sie so?«

»Sie rotieren wie ein Zahnarztbohrer in meiner ohnehin porösen Seele.«

»Ach so?«

»Wollen wir uns nicht einfach nett unterhalten? Wie neulich im *Lentz*?«

Theodor goss Wein in zwei Gläser. »Sie geben Ihren Abwehrmechanismen nach. Merken Sie das?«

»Und Sie geben auch irgendwelchen Mechanismen nach«, rief Natalie aufgebracht. »Ich kenne bloß den Fachbegriff nicht, aber Sie sind so etwas wie ein Trüffelschwein, das einfach niemals Ruhe geben kann.«

Erschrocken sah sie ihn an.

»Ich bin ein Schwein, sagen Sie?« Er erwiderte ihren Blick.

»Nein, nein, so habe ich es nicht gemeint, ich wollte nur sagen, dass Sie das Gegrabe und Geschnüffel niemals abstellen.«

Wie um ihre Aussage zu bekräftigen, schnupperte Theodor am Wein. Dann reichte er ihr ein Glas, hob das eigene und begann plötzlich gackernd zu lachen. »Vom Zahnarztbohrer zum Trüffelschwein, das nenne ich eine Karriere. Darauf trinken wir.«

Erleichtert fiel Natalie in sein Lachen ein, das sie bezaubernd fand. Noch niemals hatte sie jemanden so lachen hören: polternd, schnaubend, ein bisschen rau und sehr sexy.

»Verzeihen Sie!«, rief sie. »Ich wollte Sie nicht beleidigen, Sie sind ein großartiger Therapeut, aber Sie scheinen niemals eine Pause zu machen. Sie analysieren sich durch alles und jeden.«

Theodor war wieder ernst geworden. Wie oft hatte David ihm das schon gesagt?

»Und ich bin sicher …« Natalie hatte sich in Fahrt geredet, »dass Sie Ihre Nachbarschaft, den Freundeskreis, selbst die Damen am Bankschalter und die von der Wursttheke bereits nach ihren Träumen und Ängsten befragt haben, nach ihren Müttern und Vätern, nach …«

Na, Dummerchen? Plapperst dich mal wieder um Kopf und Kragen?

Betroffen verstummte Natalie. Jetzt hatte sie es wirklich übertrieben.

»Touché«, sagte Theodor. »Sie haben nur den Friseur vergessen.« Und dann lachte er wieder auf so umwerfende Weise, dass Natalies Knie ganz weich wurden.

Sie gingen zu Tisch.

»Was halten Sie von den Blinis mit Lachsschaum?«, fragte Theodor. »Ihre Meinung interessiert mich.«

»Köstlich.«

»Wirklich?«

»Absolut.«

»Nicht, dass ich demnächst in einer Kolumne von Ihnen lesen muss: *Und dann wurden mir pappige Mini-Eierkuchen vorgesetzt, die sich mit fischigem Schleim vollgesogen hatten, und zu allem Überfluss hockte auf jedem ein Büschel Dill, und ich kann Ihnen versichern, dass ich Dill auf den Tod nicht ausstehen kann.*«

»Aber nein«, rief Natalie und lachte glockenhell. Sie konnte Dill tatsächlich nicht leiden, aber das behielt sie jetzt besser für sich.

»Ich halte nicht jede Lüge für verwerflich«, sagte Theodor und stellte eine dampfende Auflaufform mit geschmortem Fenchel und Pangasiusfilets auf den Tisch. Schon wieder schien er in ihren Kopf geschaut zu haben.

»Das sieht ja köstlich aus«, lobte sie.

»Ein Glück, dass Sie Dill mögen, denn Fenchel und Dill liegen ja eng beieinander. Genau wie Anis und Lakritz.«

Mag ich auch alles nicht, dachte Natalie und nickte Theodor lächelnd zu.

»Manchmal lügt man, um den anderen zu schonen«, fuhr Theodor fort und häufte Natalie besonders viel Fenchel auf den Teller.

»Danke, danke, das reicht.«

»Haben Sie schon einmal in Ihrem Leben gelogen?«, fragte er.

»Sie fangen schon wieder an«, antwortete Natalie.

»Womit?«

Natalie machte ein grunzendes Geräusch.

»Ah ja! Sie haben Recht. Entschuldigen Sie. Es scheint stärker zu sein als ich. Trinken Sie einen leichten Roten zum Fisch, oder bleiben Sie ganz klassisch bei Weißwein?«

»Wenn Sie daraus keine Rückschlüsse auf meine charakterlichen Schwächen ziehen, würde ich gern Weißwein trinken.«

»Sehr gern.« Er erhob sich, kam um den Tisch herum und schenkte Natalie nach. Ein Hauch von *Pour Monsieur* streifte sie.

»Wissen Sie …«, sagte sie. *Denk nach, bevor du sprichst*, meckerte das Stimmchen. »Sie stecken in einem Teufelskreis.«

Theodor setzte sich wieder auf seinen Stuhl. »Wenn Sie mir das freundlicherweise erklären würden?«

Sie begannen zu essen.

»Durch Ihre Angewohnheit, *allen* Leuten, die sie treffen, in die Köpfe zu schauen«, erklärte Natalie, »und immerzu Gesten und Verhaltensweisen zu analysieren, haben Sie sich erschöpft und keine Kraft mehr, sich auf Ihren Beruf zu konzentrieren. Sie haben verlernt, eine Grenze zu ziehen, verstehen Sie?«

Theodor blickte sie kauend an. Weil er nichts erwiderte, fuhr sie fort: »Sie haben es doch eigentlich selbst so formuliert. Die Sache mit dem Filter und dem Irrsinn der anderen, wissen Sie nicht mehr?«

Endlich hatte er runtergeschluckt. »Ich erzählte Ihnen ja schon, dass meine Mutter meint, ich sollte mich zur Ruhe setzen.«

»Machen Sie immer, was Ihre Mutter Ihnen sagt?«

»Eigentlich schon.«

»Was würden Sie einem Klienten raten, der Ihnen das erzählt?«

Theodor grinste. »Dass er eine übertrieben starke Mutterbindung hat.«

»*Möchten* Sie sich denn zur Ruhe setzen?«, fragte Natalie und steckte sich ein winziges Stück Fenchel in den Mund.

»Darüber habe ich noch gar nicht richtig nachgedacht.«

Sie verzog das Gesicht. »Also, Herr Silberstadt.«

»Wollen wir zum Nachtisch übergehen? Ich merke doch, dass Ihnen der Fenchel nicht schmeckt.«

»Warum sind Sie sich da so sicher?«

»Ich sehe es Ihnen an.«

»Sie glauben, es mir anzusehen.«

Er lächelte über den Tisch hinweg. Ein klein wenig überheblich, fand Natalie. »Sie müssen es Ihrem Gast schon selbst überlassen zu entscheiden, was ihm zusagt und was nicht«, sagte sie. Es klang zickiger, als es gemeint war.

»Oh, ich bitte Sie. Lassen Sie es sich schmecken.« Schon wieder dieses Lächeln. Jetzt begann es sie zu ärgern.

»Sie behaupten also zu wissen, dass ich keinen Fenchel mag?« Natalie sah fest in seine Augen, was ihr nicht leichtfiel, denn sie waren mandelförmig und dunkelsamtig und machten keinerlei Anstalten, sich zu senken.

»Ich behaupte gar nichts«, antwortete er und schien amüsiert. »Ich glaube lediglich erkannt zu haben, dass Sie keinen Fenchel mögen.«

»Das kommt wohl auf dasselbe heraus, oder?« Natalies Augen begannen zu brennen, sie blinzelte heftig, und obwohl sie es nicht wollte, blickte sie kurz nach unten und fühlte sich geschlagen. »Sehen Sie«, sagte sie matt. »Sie machen es wieder und wieder, Sie merken es schon gar nicht mehr.«

»Was?«

»Na, was wohl? Grunzgrunz-Grunz. Das!«

Betroffen sah er sie an.

»Das nervt! Herr Silberstadt, das nervt! Ich warte schon die ganze Zeit darauf, dass Sie auf Ihre Uhr schauen und ›Die Zeit ist um‹ sagen.«

Theodor schwieg und beobachtete Natalie, die mit Todesverachtung ihre Riesenportion Fenchel verspeiste.

Mein armer David, dachte er. Wie anstrengend muss es für ihn gewesen sein. Und ich habe mich gewundert, dass er nicht bei mir einziehen wollte. Blind und taub bin ich gewesen. Ein ignoranter, selbstgefälliger Trottel.

»Köstlich«, sagte Natalie und legte ihr Besteck auf den leer gegessenen Teller.

»Das freut mich.«

»Sehen Sie, schon viel besser.«

»Sie meinen, ich bin lernfähig?«

»Natürlich.«

Er blickte sie traurig an. »Ich glaube, ich habe in der Vergangenheit viele Fehler gemacht.«

»Fehler kann man wiedergutmachen«, erwiderte Natalie und trank einen großen Schluck Wein. Am liebsten hätte sie sich den Mund damit ausgespült und gegurgelt, um den ekelerregenden Fenchelgeschmack loszuwerden.

»Sind Sie bereit für ein Dessert?«

»Nichts lieber als das.«

»Mögen Sie Schokolade?«

»Ich *liebe* Schokolade!«

Sie aßen Theodors selbst gemachten *moelleux au chocolat*, das Natalie über alle Maßen lobte, und tranken Rotwein dazu, der erstaunlich gut damit harmonierte, obwohl Natalie erst skeptisch gewesen war. Sie sprachen über Istanbul und den Großen Bazar, über Kochrezepte und Kinofilme, sie waren sich einig, wie zauberhaft Julie und Julia gewesen war, und stellten fest, dass sie dieselben Filme liebten und auf DVD besaßen: *Jenseits von Afrika*, *Grüne Tomaten*, *Purple Rose of Cairo*, *Harry und Sally* und *Scoop*.

Sie hörten Schellackplatten und sangen leise mit: »›Die Rosen, die am schönsten blühn, sind die, die über Nacht verglühn.‹«

Und dann war es auf einmal zwei Uhr nachts.

»Ich muss gehen«, sagte Natalie.

»Ich rufe Ihnen ein Taxi.« Die beiden standen auf. Natalie bemerkte die drei leeren Weinflaschen auf dem Esstisch. Sie fühlte sich gar nicht betrunken, nur ein wenig beschwipst und außerordentlich heiter. »So ein schöner Abend«, sagte sie und wusste nicht, ob sie Theodor zum Abschied die Hand geben sollte, was ihr zu förmlich erschien, aber sie konnte ihm doch nicht um den Hals fallen, obwohl sie es wirklich gern getan hätte. Sie hätte ihm auch einfach auf die Schulter klopfen und ganz lässig sagen können: *Hey, das war echt …*

»Das Taxi kommt sofort«, sagte Theodor gerade und legte den Hörer eines altmodischen Bakelit-Telefons auf die Gabel zurück. Dann brachte er sie zur Wohnungstür.

»Herr Silberstadt …«

»Vielen Dank für Ihren Besuch, ich habe viel gelernt heute Abend«, unterbrach Theodor sie, beugte sich hinab und umarmte sie.

Vor Schreck machte sich Natalie ganz steif, ihr stockte kurz der Atem, ihr schwanden die Sinne, lautstark sog sie den einmaligen *Pour Monsieur*-Silberstadt-Duft tief in ihre Lunge hinein, und gerade wollte sie ihre Arme um Theodors schmale Taille schlingen, sich an ihn pressen, ihm sagen, wie sehr sie ihn begehrte und liebte, da ließ er sie schon wieder los.

»Ich …« Natalie schwankte, sah zu ihm auf, direkt in seine dunkelbraunen Augen hinein, und dann konnte sie nicht an sich halten und stellte sich auf die Fußspitzen, um ihm einen Kuss auf den Mund zu hauchen. Nur leider hob er just in diesem Moment den Kopf leicht an, so dass Natalie lediglich sein Kinn erreichte, was ihr ein wenig albern vorkam.

»Gute Nacht«, sagte er ruhig, als wäre er es gewohnt, nachts von betrunkenen Frauen aufs Kinn geküsst zu werden.

»Gute Nacht. Vielen Dank.« Natalie huschte hinaus und öffnete hastig die Fahrstuhltür. Das war ja eine misslungene Abschiedsszene gewesen. Sie hatte einfach keine Übung in diesen Dingen. Verlegen winkte sie Theodor zu, dann sank der Fahrstuhl mit ihr in die Tiefe.

Das Taxi stand vor der Haustür.

»In die Schloßstraße 34, bitte«, sagte Natalie.

»Steglitz?«

»Charlottenburg.«

Der Fahrer drehte sich zu ihr um. »Ditt lohnt sich ja janich.«

»Ist nicht weit, ich weiß.«

»Ditt können Se doch wohl loofen. Dafür brauchen Se mich nich anzurufen.«

»Soll ich mich entschuldigen?«

»Hilft mir ooch nich.«

»Hören Sie«, sagte Natalie. »Ich habe gerade einen richtig schönen Abend verbracht und überhaupt keine Lust, mich mit Ihnen herumzustreiten.«

»Jetz komm Se mir noch dämlich, oder watt?«

Das ist so typisch für dich, Natalie-Schnattalie. Alles läuft glatt, und ganz am Ende vermasselst du es, küsst völlig unerotische Körperteile und diskutierst mit Taxifahrern.

»Halt den Mund, Zwerg«, rief sie ungehalten.

»Na, hören Se mal, ditt reicht jetzt aba. Raus mit Ihnen, sonst ruf ick die Bullen!«

Der Taxifahrer öffnete seine Tür und stieg aus, und Natalie verstand auf der Stelle, warum er sich angesprochen gefühlt hatte. Der Mann war winzig, nicht größer als Edith Piaf, er war in der Tat ein … Zwerg.

Bevor er auf seinen kurzen Beinen um das Taxi herumgelaufen war, hatte Natalie ihre Tür aufgerissen und die Flucht ergriffen. Sie rannte mitten in den spärlich beleuchteten Lietzenseepark hinein und verlangsamte ihren Schritt erst, als sie merkte, dass der Taxizwerg ihr nicht gefolgt war.

Als Frau mitten in der Nacht allein (und vielleicht doch nicht mehr ganz nüchtern) in einem Stadtpark herumzurennen schien keine gute Idee zu sein. Aber immer noch besser, als mit einem Zwerg Auto zu fahren. Kichernd setzte sich Natalie auf eine Bank. Von hier aus konnte sie Theodor Silberstadts beleuchtetes Wohnzimmer sehen. Ob er gerade den Tisch abdeckte, die Kerzen ausblies? Ob er an sie dachte? Ob er den Kuss auf seinem … Kinn noch spürte?

Theodor spürte vor allem ein lästiges Kratzen im Hals, das im Laufe des Abends immer schmerzhafter geworden war. Beim Auspusten der Kerzen bekam er einen Hustenanfall, und dann begann seine Nase zu laufen. »Mist«, murmelte er, und anstatt aufzuräumen, ließ er alles stehen, machte das Licht aus und ging zu Bett, wo er an gar nichts mehr dachte und sofort einschlief.

Da! Natalie sah auf. Jetzt war das Licht ausgegangen. Auf unformulierbare Weise bedauerte sie dies. Dass das Licht in Theodors Wohnzimmer gerade in dem Moment ausgegangen war, als sie so intensiv an ihn gedacht hatte, trübte ihre Stimmung. Ob es ein Zeichen war? Natalie fühlte sich auf einmal so allein. Ein Gefühl der Leere schien aus dem dunklen See aufzusteigen und in sie einzusickern.

Und wo war überhaupt der schöne Mond von gestern geblieben? Der Himmel war ja voller Wolken. Ein weiteres ungutes Zeichen. Vielleicht würde es regnen, und das wäre dann das Ende des Sommers. Als hätte er sich verausgabt und alles in eine einzige große Hitze investiert und wäre nun schon wieder dabei, sich zurückzuziehen, würde bis in den August hinein jeden Tag grau und windig werden lassen. Das wäre dann mal wieder ein richtig deutscher Sommer, und ganz besonders tückisch kamen Natalie die Berliner Sommer vor. Berlin, das lag ja schon fast in Sibirien. Ernüchtert stand sie auf, sah noch einmal nach oben, aber da war alles dunkel, und eiligen Schrittes, sich immer wieder ängstlich umsehend, eilte sie nach Hause.

▸◂

Der nächste Morgen war sonnig und wolkenlos.

»Sonniger Tag, wonniger Tag«, sang Hertha, die schon lange wach war. Wenn die Sonne schien, konnte sie einfach nicht im Bett bleiben. Sie hatte Theodors Hemden gebügelt und die Fenster geputzt. Inzwischen war es zehn Uhr, und es wurde allmählich heiß. »Puh«, machte Hertha und spannte den Sonnenschirm auf dem Balkon auf. Gleich würde David kommen, um ihr etwas *Umwerfendes* zu berichten. Am Telefon hatte er nichts weiter erzählen wollen.

Sie war gespannt. Ob Theodor und David sich wieder vertragen hatten? Das hätte ihr Theodor doch sofort erzählt. Er hatte aber heute noch gar nicht angerufen. Irgendetwas stimmte da nicht. Theodor rief jeden Morgen um Punkt acht Uhr an, um ihr einen schönen Tag zu wünschen. Und ein zweites Mal meldete er sich meistens gegen zehn Uhr.

Hertha trank eisgekühlten Hagebuttentee und bemerkte, wie nervös sie war. Etwas war im Busch. Als es endlich klingelte, sprang sie auf und rannte, so schnell sie konnte, zur Tür. Entgegen ihrer Gewohnheit, zuerst ein resolutes »Hallo?« in die Sprechanlage zu rufen, drückte sie sofort den Öffner, riss die Wohnungstür auf und vernahm ein scharrendes Geräusch, das immer näher kam. Hertha stutzte. Was war das? Es klang wie … das Kratzen von Krallen auf Linoleum. Jetzt wurde noch ein asthmatisches Keuchen hörbar, und dann kam ein kleines, fettes Tier mit schwarzem Gesicht die Treppe hochgewetzt. Bevor sich Hertha wundern konnte, folgte ein rothaariges Mädchen, das »Feivel, hierher«, kreischte, und dann kam David hinterher, ein rosa Lacktäschchen am Arm, in Begleitung eines bärtigen Mannes.

»Darf ich vorstellen?«, rief David, der bester Laune zu sein schien. »Das sind mein Galerist und lieber Freund Rudolf Euter, seine Tochter Rosie und der Mops Feivel.«

Rudolf Euter reichte Hertha die Hand und verbeugte sich galant, was ihr gut gefiel. Kind und Hund waren gerade im Schlafzimmer verschwunden, was ihr weniger gut gefiel.

»Du magst doch kleine Mädchen«, sagte David, »und da wollte ich dich fragen, ob du mal kurz auf Rosie aufpassen könntest. Rudolf und ich, wir fahren gleich nach Neuruppin, um meine Bilder abzuholen, denn die Hummer-Hommage-Vernissage soll schon bald stattfinden und …«

»Luft holen, David«, erinnerte ihn Hertha.

»Wir wären Ihnen sehr verbunden, gnädige Frau«, sagte Rudolf, während David folgsam einatmete.

Hertha bemerkte, dass die Sonne durch Herrn Euters roten Bart schien. Es sah aus, als stünde sein Gesicht in Flammen. Hertha unterdrückte ein Kichern (War *Euter* überhaupt ein Name?) und machte eine wedelnde Handbewegung. »Natürlich, natürlich.«

David strahlte und breitete die Arme aus.

»Nicht wieder hochheben!«, rief Hertha warnend.

»Schon gut.«

»Herzlichen Dank für Ihre Hilfe, Frau Silberstadt«, sagte der Mann mit dem unmöglichen Namen und dem brennenden Bart und küsste ihren Handrücken. »Tschüss, Rosie«, rief er, dann waren sie schon wieder auf dem Weg nach unten.

»David!«, rief Hertha durchs Treppenhaus und dachte sich, dass Frau Wiesel aus dem Erdgeschoss bestimmt schon hinter der Gardine bereitstand.

»Ja, Herthalein?« Er sah zu ihr hoch.

»Was ist mit dem dicken Hund?«

»Darf der auch kurz bleiben?«

»Ist er stubenrein?«

»Klar.«

»Also gut.«

»Danke, Herthalein.«

»Vielen Dank, Frau Silberstadt.«

»Und … David!«

»Ja?«

»Du siehst albern aus mit der rosa Umhängetasche.«

David galoppierte den Treppenabsatz wieder nach oben

und überreichte Hertha die glitzernde Lillifee-Tasche. »Die gehört Rosie.«

»Ach so. Ich dachte schon …« Hertha grinste.

»Tschüss, jetzt.«

»Tschüss. Gute Fahrt.«

Hertha schloss die Wohnungstür und ging ins Schlafzimmer. Dort lag Rosie auf dem Bett, auf ihrem Bauch hatte es sich der Mops bequem gemacht.

»Hallo, kleines Mädchen«, sagte Hertha.

»Hallo, alte Frau.«

»Ist dir der Hund nicht zu warm?«

»Das ist kein Hund, das ist ein Mops.«

»Wenn du meinst.«

Rosie nickte. Der Mops hatte seinen hässlichen Kopf unter ihr Kinn geschoben und schnarchte.

»Hast du Hunger?«, fragte Hertha.

»Nö.«

»Willst du Gummibärchen?«

»Ja.«

»Dann komm.«

Kind und Mops folgten Hertha in die Küche. Dort aßen sie alle drei eine Tüte Tropifrutti leer. »Ich mag die roten am liebsten«, sagte Hertha kauend. »Ich die gelben«, erwiderte Rosie.

Der Mops Feivel schien keine Vorlieben zu haben.

Dann kehrte Rosie mit ihm auf Herthas Bett zurück, schüttete den Inhalt ihrer rosa Tasche aus und begann mit winzigen Plastikfigürchen zu spielen.

Hertha ging ins Wohnzimmer und rief Theodor in der Praxis an. Das hatte er gar nicht gern, aber sie machte sich allmählich wirklich Sorgen. Niemand nahm ab, nur der Anrufbeantworter sprang an. Hertha legte auf und wählte mit zitternder Hand die Nummer seiner Wohnung. Auch hier ging bloß ein Anrufbeantworter an. Dann versuchte Hertha, Theodor auf dem immer eingeschalteten Notfall-Handy zu erreichen. »Hier ist der Anschluss von Theodor Silberstadt, hinterlassen Sie bitte nur in dringenden Fällen eine Nachricht. Ich rufe Sie, so schnell es geht, zurück.« Piiiiep.

Hertha flüsterte: »Wo bist du?« Ihr war übel, nicht nur von den Tropifruttis. Urplötzlich überschwemmte sie ein fürchterliches Gefühl. Wie damals, als sie so lange nichts mehr von Serge gehört hatte. Und dann war die Nachricht von seinem Absturz gekommen. Wenn nun auch noch ihr Sohn … ihr Ein und Alles. Hertha keuchte, sie bekam keine Luft mehr und rang lautstark nach Atem.

»Was ist?«, fragte das Kind. Der Mops stand hinter ihr und wedelte mit dem Ringelschwanz.

Hertha versuchte sich zusammenzureißen, aber es gelang ihr nicht. »Mein Sohn«, schluchzte sie. »Ich glaube, er ist tot.«

»Och«, machte Rosie beeindruckt. »Echt?«

Hertha schlug sich beide Hände vors Gesicht.

»Wir können ihn ja besuchen gehen«, schlug Rosie vor. »Dann sehen wir, ob er tot ist oder nicht.«

Hertha sah sie durch ihre gespreizten Finger hindurch an und schniefte. »Du bist ein kluges kleines Mädchen.«

»Weiß ich. Komm, Feivel, Gassi.«

Kurz darauf marschierte Hertha mit Rosie an der Hand und dem Mops an der rosa Leine den Kaiserdamm entlang. Sie liefen auf der schattigen Seite. Trotzdem hatte Hertha ihren geblümten Regenschirm aufgespannt.

Nach einer Viertelstunde erreichten sie den Lietzenseepark, und fünf Minuten später klingelten sie bei Theodor Sturm.

Niemand öffnete.

Hertha begann wieder zu schluchzen. »Schließ auf«, sagte Rosie ungeduldig.

Sie fuhren mit dem Fahrstuhl nach oben. Hertha klingelte, Rosie klopfte, Feivel bellte. In der Wohnung blieb alles still.

Mit zitternder Hand sperrte Hertha die Tür auf. »Theodor?«, rief sie leise und trat ein. Es roch nach Fisch. Auf dem Esstisch standen leere Weinflaschen und heruntergebrannte Kerzen. »Theodor?«

Rosie lief den Korridor hinab. »Thedodo!«

Hertha ging in die Küche, in der es chaotisch aussah. Auf dem Herd standen schmutzige Töpfe und Teller, ein klebriger Ofenhandschuh lag auf dem Fußboden und wurde gerade von Feivel angekaut.

»Thedodo!«, erklang es aus der Tiefe der Wohnung. Und dann kam Rosie angerannt und berichtete: »Da liegt einer im Bett.«

Hertha fasste sich ans Herz, das völlig außer Kontrolle geraten war. Sie hatte Recht gehabt. Etwas ganz Schlimmes war passiert. So schlimm, so unaussprechlich … Ihre Knie gaben nach. »Ich kann da nicht reingehen«, flüsterte sie und setzte sich auf einen Küchenstuhl.

»Der atmet aber noch«, versicherte Rosie und griff nach Herthas Hand. »Komm.«

Hertha ließ sich in Theodors Schlafzimmer führen. Da war er ja, ihr Junge. So groß und dünn und leichenblass, aber Rosie hatte Recht: Das Laken, unter dem er lag, hob und senkte sich. Hertha beugte sich über ihn. »Kannst du mich hören?«, schrie sie. »Hier ist deine Mutter!«

Theodor öffnete die Augen.

»Du hast ja Fieber!« Hertha wich zurück. »Ich rufe den Notarzt!«

»Cool«, sagte Rosie.

»Nein, nein.« Theodor hob eine schlaffe Hand. »Paracetamol wäre vollkommen ausreichend.«

Rosie schob die Unterlippe vor. »Menno.«

»Komm, Kind, hilf mir«, rief Hertha und eilte geschäftig ins Badezimmer. Feivel war schneller, aber keine große Hilfe. Interessiert beobachtete er, wie Hertha mehrere Handtücher in die Badewanne warf und den Kaltwasserhahn aufdrehte. »Wadenwickel«, erklärte sie ihm. Dann legte sie die ausgewrungenen Tücher in Rosies Arme und ging mit ihr zurück ins Schlafzimmer. Feivel trottete hinterher.

»Ich brauche wirklich bloß ein paar Tabletten«, protestierte Theodor. »Scheint eine Sommergrippe zu sein.« Dass die beträchtliche Menge Alkohol der vergangenen Nacht eine weitere Ursache für sein diffuses Leiden sein könnte, verschwieg er wohlweislich.

Hertha legte seine Füße frei.

»Und was ist das überhaupt für ein Kind«, fragte Theodor, »das da am Bettrand steht und meine Füße anstarrt?«

»Sind die riesig«, murmelte Rosie.

»Das, mein lieber Theodor, ist meine treue Freundin Rosie. Und sie war mir heute Vormittag die Stütze meines Lebens.«

»Die Stütze meines Lebens«, wiederholte Rosie und nickte ernsthaft.

Dann kamen die Wickel an die Reihe.

»Kalt«, meckerte Theodor, »und viel zu nass. Ihr ruiniert mir ja den Parkettboden.«

»Psst.«

Endlich steckten bleiche Waden in kalten Umschlägen. Theodor lächelte schwach. »Merci, Maman.«

Hertha stemmte die Fäuste in die Hüften. »Bedank dich bei Rosie.«

Doch die hatte sich inzwischen mit Feivel auf den Weg gemacht, um die große Wohnung zu erkunden. Staunend stand sie gerade vor dem Grammophon.

»Wo hast du sie her?«, fragte Theodor.

»Wo ich sie *herhabe*?«

»Ja. Hast du sie ausgebrütet, oder ist sie aus deinem Kleiderschrank gefallen? Wieso tauchst du hier mit einem kleinen Mädchen auf, das ich noch nie gesehen habe?«

Hertha sah streng auf ihren Sohn herab. »Rosie ist die Tochter von Davids neuem Freund Rudolf Euter, der eine Galerie hat und die Hummer ausstellen will. Die beiden fahren gerade nach Neuseeland, um die Gemälde abzuholen.«

»Was?« Theodor richtete sich auf. »Das ist doch nicht möglich!«

»Stimmt, es war Neuruppin.«

»Ah ja. Was für ein Freund soll denn das sein?«

»Na, nur so.«

»Ach was?«

Hertha zuckte mit den Schultern. »Das Leben geht halt weiter.«

»Aber …«

»Nichts aber!«, rief sie ungehalten. »Käsig im Bett herumliegen und nicht anrufen, das hab ich gern! Und wie sieht es hier überhaupt aus? Hast du eine Orgie gefeiert?«

»Ich kann doch nichts dafür, dass ich über Nacht die Grippe bekommen habe!«, verteidigte sich Theodor. »Vielleicht ist es eine neue Art von Schweinegrippe, so plötzlich, wie sie über mich gekommen ist?«

»Glaub ich nicht.« Hertha winkte ab. »Du hast mich jedenfalls zu Tode erschreckt. Wenn Rosie nicht da gewesen wäre, hätte ich einen Herzinfarkt bekommen.« Sie schnaufte. »Ich brauche jetzt einen Schnaps!«

»Ich auch.«

»Du kriegst Wasser.«

»Maman!«

»Schluss jetzt.«

Hertha ging in die Küche, traf dort Feivel, der wieder am Ofenhandschuh kaute, und Rosie, die ihre Finger in die Reste vom *moelleux au chocolat* gesteckt hatte.

»Schmeckt's?«, fragte Hertha und goss sich einen Kräuterschnaps ein.

»Geht so«, antwortete Rosie mit braun verschmiertem Mund. »Mag lieber Milky Way.«

»Wollen wir was Schönes machen, Rosie?«

»Au ja.«

»Maman!«, rief Theodor leidend aus der Ferne.

Hertha kippte schnell den Schnaps, dann füllte sie ein Glas mit Leitungswasser und marschierte ins Schlafzimmer zurück. »Hier.« Sie stellte das Glas auf dem Nachttisch ab. »Dir geht's ja jetzt besser, oder?«

»Ja, schon, aber würdest du mir einen Gefallen tun?«

»Was denn?«

»Könntest du ein Schild an die Tür meiner Praxis kleben?« Theodor hustete. »Wegen Krankheit kurzfristig geschlossen.«

»Natürlich, Theodor.«

»Und würdest du die Küche ein wenig aufräumen? Dieser Fischgeruch geht mir auf die Nerven.«

»Dafür habe ich leider keine Zeit mehr, mein Junge. Ich gehe jetzt mit Rosie in den Zoo.«

»Mit Rosie in den Zoo?«, wiederholte Theodor ungläubig.

»Vorher essen wir natürlich ein Eis.«

»Was ist hier eigentlich los?« Theodor fuhr sich über das stoppelige Kinn. »Ich liege mit Grippe im Bett, und du führst kleine Mädchen in Berlin spazieren?«

»Du bist erwachsen.«

»Das ist ja etwas ganz Neues!« Wütend strampelte Theodor die feuchten Tücher von seinen Beinen.

»Tschüss, Thedodo«, rief Rosie, die in der Tür stand und Feivel angeleint hatte.

»Der Mops!« Hertha fasste sich an den Kopf. »Der darf bestimmt nicht in den Zoo.«

»Oooch.« Rosies himmelblaue Augen füllten sich mit Tränen.

»Nicht weinen, Liebes«, tröstete Hertha. »Der Feivel bleibt einfach hier beim kranken Onkel Theodor und leistet ihm Gesellschaft, stimmt's, Feivelchen?«

»Wie bitte?« Mit hochgezogenen Augenbrauen sah Theodor seine Mutter an.

»Jetzt müssen wir aber los, sonst halten die Tiere im Zoo alle ihren Mittagsschlaf.« Hertha nickte ihm kurz zu. »Und geh dir mal die Zähne putzen, Theodor, dein Atem riecht, als hättest du ein ganzes Wirtshaus verschluckt.«

Dann nahm sie Rosie an die Hand, und plaudernd machten sich die beiden auf den Weg. Kurz darauf knallte die Wohnungstür ins Schloss. Theodor zuckte zusammen.

»Großartig«, murmelte er. »Mein Exlebenspartner macht Karriere, sobald er nichts mehr mit mir zu tun hat, und meine Mutter hat sich ein Enkelkind gezaubert und lässt mich hier fiebernd und vernachlässigt herumliegen. Einfach großartig.«

Frustriert blickte Theodor in das düstere Gesicht des Mopses. »Und sie hat mir nicht mal eine Paracetamol gebracht.«

▶◀

FENCHELFREUDEN

Ja, sie ist wirklich etwas ganz Besonderes, diese weiße Knolle, die ursprünglich aus dem Mittelmeerraum und dem Orient stammt. Einst soll der König von Kuschara dem König von Hattusch die Stadt zerstört und verflucht haben. Aus mir unverständlichen Gründen hat er dann auf die Trümmer noch

Fenchel gesät. Aber das darf uns den Appetit auf den knackigen Doldenblütler nicht nehmen. Er ist magenberuhigend und strotzt nur so vor ätherischen Ölen und den Vitaminen A und C. Früher wurde er in Deutschland »Köppernickel« genannt, was wirklich nett klingt, finden Sie nicht? Der Fenchel ist ein jahrhundertealtes Gemüse, das inzwischen zu jeder Jahreszeit zu haben ist. Nicht nur Tees, Bonbons und Schnäpse bereichert er mit seinem außergewöhnlichen Geschmack, auch roh im Salat ist er eine aromatische Wohltat. In Salzwasser gedämpft, passt er hervorragend zu Fisch. Sogar braten kann man ihn, in Olivenöl zum Beispiel und mit Knoblauch.

Ihrer Fantasie sind keine Grenzen gesetzt. Lassen Sie den Köppernickel in Ihre Küchen und Kochtöpfe hinein, und er wird Ihre Herzen im Sturm erobern.

Natalie massierte sich die Schläfen. Sie hatte Kopfschmerzen.

»Wieder zu viel Wein getrunken, altes Mädchen«, sagte sie schnell zu sich selbst, bevor der Zwerg irgendetwas sagen konnte.

Sie stand auf und streckte sich. Nachher würde sie Theodor wiedersehen. Als ihren Therapeuten. Natalie lächelte, sie wusste, dass sie sich vollkommen auf seine Professionalität verlassen konnte. Mit ein bisschen Glück hatte er sogar den Kinn-Kuss vergessen.

Heute würde sie gern mit ihm über die Büchershow reden. Sollte sie weitermachen oder aufhören? Sollte sie *Wir lesen durch bis morgen früh* noch moderieren, in der Hoffnung, dass es ihr etwas bringen würde? Sollte sie wirklich? Obwohl sie die fünf abgeleiertsten Bücher der Welt anzupreisen hatte?

Unschlüssig kratzte sich Natalie den Kopf.

Ein Spaziergang wäre jetzt genau das Richtige. Und sie würde *nicht* in den Lietzenseepark gehen und dort wie eine manische Stalkerin zu Theodor Silberstadts Wohnzimmerfenster hochstarren. Nein, sie würde ganz zivilisiert in den Schlosspark gehen, der ja auch nicht weit entfernt lag, ein wenig in die Springbrunnen und Blumenbeete träumen, und derartig erfrischt und ausgeglichen könnte sie dann in Theodors Praxis gehen und präzise formulierte Sätze hervorbringen. Und im Anschluss würde sie ihn zum Abendessen bei sich zu Hause einladen.

»Was ziehe ich an?« Natalie öffnete den Kleiderschrank.

Die seidene Schmetterlingsbluse hatte ihm gut gefallen, also würde sie die tragen und dazu ganz lässig einen Jeans-Minirock und hohe Absätze. Nicht zu hoch, denn sie wollte ja vorher durch den Schlosspark spazieren. Aber ein Jeans-Minirock ohne Absätze sah einfach nicht gut aus. *Was vielleicht an deinen Beinen liegt und nicht am Rock*, gab die Zwergenstimme in ihrem Kopf zu bedenken.

»Mag sein«, murmelte Natalie und dann packte sie die Absatzschuhe in eine Plastiktüte, zog flache Ballerinas, den Minirock und die Schmetterlingsbluse an, schminkte sich, schluckte eine Migränetablette und eilte aus der Wohnung. Sie hatte vergessen, sich die Haare zu kämmen.

Wenig später lief Natalie, mit der Plastiktüte und Lisa der Listigen am Arm, in Richtung Schloss. Es war ein herrlicher Vormittag. Wo waren sie hin, all die Wolken der letzten Nacht? Auf und davon. Der Park präsentierte sich in gleißendem Sonnenschein, war bevölkert von Kinderwagen schiebenden jungen Frauen, rüstigen Rentnern, Joggern und fotografierenden Japanern. Natalie schlenderte zum Springbrunnen und weiter bis zum Ententeich. Dort taten ihr die Füße weh. Die Ballerinas waren zwar flach, aber ganz schön hart und eng. Natalie blickte auf die Uhr. Noch zwei Stunden bis zum Termin. Sie seufzte. Vielleicht sollte sie jetzt schon mal *ganz langsam* zum Ausgang zurückgehen, sich am Spandauer Damm ein Taxi nehmen und es einen Umweg über den Ernst-Reuter-Platz fahren lassen, damit sie a) nicht zu früh in der Praxis eintraf, b) nicht wieder Ärger mit einem unfreundlichen Berliner Taxizwerg bekam und c) ihre Füße nicht anfingen, auf unappetitliche Weise zu bluten und Blasenflüssigkeit abzusondern.

Ja, das klang doch alles recht vernünftig, fand Natalie und humpelte los …

Der Taxifahrer, der sie, bereitwillig und ohne Fragen zu stellen, mehrere Male um den Ernst-Reuter-Platz chauffierte, war ein riesengroßer, glatzköpfiger Pole mit breitem Lächeln. Einerseits war Natalie erleichtert, keinem weiteren Zwerg ausgesetzt zu sein, andererseits fragte sie sich im Stillen, ob wohl die gesamte Märchenwelt auf die Berliner Taxifahrerszene losgelassen worden war, denn der Mann erinnerte sie an Shrek.

»*Do widzenia*, du lustig Frau!«, rief er wenig später mit dröhnendem Bass, nachdem er in der Leonhardtstraße vor dem Haus gehalten hatte, in dem sich Theodors Praxis befand. Natalie zahlte und stieg aus. Sie war immer noch über eine geschlagene Stunde zu früh dran, ihre Schmetterlingsbluse war verschwitzt und knitterig, ihre Füße schmerzten. Ein wenig absurd kam ihr ihr Vormittagsprogramm plötzlich vor. Sie hätte die Zeit besser nutzen und eine Kolumne über Schokoladendesserts schreiben oder mal im Wohnzimmer Staub wischen können.

Hupend fuhr der polnische Shrek davon. Sie winkte ihm hinterher, bis er um die Ecke gebogen war, und als sie den Arm sinken ließ, merkte sie, dass sie die Plastiktüte mit den 500-Euro-Absatzschuhen auf der Rückbank liegen gelassen hatte. Sie wollte schon losrennen, winkend und rufend dem Taxi hinterher, aber ihre Füße taten viel zu weh. Hektisch kramte sie in Lisa der Listigen herum, um die Taxizentrale anzurufen. Aber entweder lag ihr Handy zu Hause auf dem Küchentisch, oder Lisa hatte es in den Schlosspark gespuckt. Natalie konnte es nicht finden.

»*Do widzenia*, Jimmy Choo«, murmelte sie leise und blinzelte gegen die aufsteigenden Tränen an. »Da freut sich bald eine polnische Ehefrau ganz doll.«

Was nun? Natalie erwog, ins *Dollinger* zu gehen oder ins *Leonhardt*, aber sie hatte eigentlich gar keine Lust auf Kaffee. Und auf weitere qualvolle Schritte schon gar nicht. In diesem Moment trat jemand aus der Tür. Natalie nutzte die Chance und schlüpfte in den Hausflur. Drinnen war es kühl. Sie würde sich jetzt einfach oben auf die Treppe setzen, warten und das Ganze als meditative Übung betrachten. Mit schmerzverzerrtem Gesicht begann Natalie ihren Aufstieg. Eine weitere Übung … im Ertragen irdischer Pein.

Nach wenigen Stufen zog Natalie die Ballerinas aus und atmete auf. Warum leiden, wenn man nicht muss? Barfuß kam sie vor der Praxis an und legte ihr Ohr gegen die Tür. Sie hörte zunächst gar nichts und dann die fiese innere Zwergenstimme: *Ist nicht möööglich, Natalie-Knattalie! Ist dir eigentlich gar nichts peinlich?*

Wie ertappt fuhr sie zurück. Dann setzte sie sich auf den Treppenabsatz und versenkte sich in den Anblick ihrer Füße. Fersen und Ballen waren stark gerötet. »Aua«, flüsterte Natalie und streichelte ihre großen Zehen.

Plötzlich horchte sie auf. Da kamen Leute die Treppe hoch. Was sollte sie tun? Einfach sitzen bleiben, beschloss sie. Sie tat ja nichts Verbotenes. Keine weitere Ordnungswidrigkeit.

Eine kleine alte Frau mit zusammengefaltetem Regenschirm tauchte auf, gefolgt von einem rothaarigen Mädchen, dessen Gesicht von Sommersprossen übersät war.

»Jetzt reißt du ein Stück Tesafilm ab und klebst es hier auf das Papier«, sagte die Frau zu dem Kind. Dann erblickte sie Natalie.

»Huch, haben Sie mich erschreckt!«

Natalie zog die Beine an. »Entschuldigung.«

Die Frau lehnte ihren Schirm gegen die Tür von Theodor Silberstadts Praxis. »Fein, Rosilein. Aber das nächste Stück muss nicht so lang sein.«

»Die Frau hat keine Schuhe an.«

»Das sehe ich.«

»Warum hat die Frau keine Schuhe an?«

»Weil sie sie ausgezogen hat.«

»Warum?«

»Vielleicht haben sie ihr wehgetan.«

»Warum?«

»Ich weiß es nicht.«

»Warum?«

»Rosie, hör schon auf.«

»Deine Oma hat Recht«, sagte Natalie. »Meine Schuhe haben mir tatsächlich so wehgetan, wie der bösen Stiefschwester die Schuhe vom Aschenbrödel wehgetan haben müssen. Nicht, dass ich etwas mit Aschenbrödels böser Stiefschwester zu tun habe! Ich hätte niemals versucht, meiner Schwester einen Prinzen auszuspannen, ich habe leider auch gar keine Schwester, ich wollte eigentlich nur sagen …«

»Sind Sie eine Klientin von Doktor Silberstadt?«, unterbrach Hertha.

Natalie nickte. »Ja, bin ich.« Sie hätte dem kleinen, ernst schauenden Mädchen gern noch erzählt, wer sie eben im Taxi hergefahren hatte, aber unter dem strengen Blick der alten Frau traute sie sich nicht.

»Das habe ich mir gedacht«, murmelte Hertha.

»Wieso?«

»Mein Sohn ist erkrankt.« Hertha wedelte mit den Händen, als wollte sie ganze Schwärme lästiger Fliegen verscheuchen. »Sie sollten sich demnächst einen neuen Termin geben lassen.«

»Ihr *Sohn*?«

»Jawohl.«

»Dann sind Sie seine Mutter?«

»Allerdings.« Mein armer Junge, mit was für Bekloppten er zu tun hat, dachte Hertha und widmete sich dem Ankleben des Zettels, den sie vorhin beschrieben hatte: *Wegen schwerer Krankheit leider auf unbestimmte Zeit geschlossen.* Rosie hatte darauf bestanden, Blumen unter das Wort *Krankheit* zu malen und fünfundzwanzig »Hello Kitty«-Sticker auf dem Blatt zu verteilen.

»Sehr hübsch«, hatte Hertha gelobt, und dann waren sie hergekommen.

»Fertig«, sagte Rosie gerade.

»Was hat denn Herr Silberstadt?«, wollte Natalie wissen.

»Er hat Fieber und große Füße«, erklärte Rosie.

»Schlimm?«

Rosie nickte und breitete die Arme aus. »Sooo groß!«

Hertha verstaute die Tesafilmrolle in ihrer Handtasche und griff nach dem geblümten Schirm. Theodor hatte nicht viel Ähnlichkeit mit seiner Mutter, fand Natalie. Die Nase von Frau Silberstadt war klein und knollig, ihre Augen waren blau. Doch ihr Blick war genauso fest wie der seine.

»Das wird der Arzt klären«, gab sie reserviert Antwort. »Auf Wiedersehen.«

»Aber was mache ich denn jetzt?« Natalie sprang auf. »Ich muss etwas sehr Wichtiges mit ihm besprechen! Es geht um eine lebenswichtige Entscheidung. Wissen Sie, ob er das Notfalltelefon eingeschaltet hat?«

»Junge Frau«, erwiderte Hertha. »Sie werden Ihre Entscheidungen bis auf Weiteres hübsch alleine treffen. Mein Sohn ist nämlich *krank.*«

»Thedodo ist nämlich *krank*«, echote Rosie und versuchte Herthas Altfrauentimbre zu imitieren, was ihr erstaunlich gut gelang.

»Aber gestern Nacht ging es ihm doch noch hervorragend.«

»Ach, woher wissen Sie denn das?«, fragte Hertha.

»Ich habe ihn in seiner Wohnung besucht, und er hat für mich gekocht, und wir haben gegessen und gelacht und gesungen und so viel Spaß gehabt.«

»Was sind denn das für Geschichten?«, murmelte Hertha und kratzte sich irritiert am Kinn.

»Sie haben einen außerordentlich netten Sohn, Frau Silberstadt«, sagte Natalie feierlich, »er ist charmant, klug und freundlich. Ich habe selten, nein, ich habe noch *nie* einen Mann kennengelernt, der so … so …« Sie brach ab.

»So was?«, wollte Rosie wissen.

»So wundervoll ist«, sprudelte es aus Natalie heraus. »Und gut aussehend und …«

»Sagen Sie mal, Fräulein«, unterbrach Hertha, »haben Sie Drogen genommen, oder sind Sie immer so?«

Natalie wusste nicht, was sie sagen sollte. Sie war nur froh, dass sie sich eben mit ihrer Taxifahrer-Märchenwelt-Theorie zurückgehalten hatte. Sie musste wirklich lernen, nicht jeden erstbesten Gedanken, der ihr in den Sinn kam, auszusprechen. Das schien ihre Mitmenschen zu irritieren.

»Sie sind doch nicht etwa in meinen Sohn verliebt?«, fragte Hertha und beobachtete fasziniert, wie Natalie bis in den Haaransatz hinein dunkelrot anlief und »Iiiich? Was für eine Idee!« schrillte.

»Das würde nämlich nicht viel bringen«, fuhr Hertha fort, und dann fiel ihr Blick auf Natalies Füße. »Du liebes bisschen!

Da haben Sie aber einen ordentlichen Hallux valgus! Das sollten sie sich bald mal operieren lassen. Sonst latschen Sie in ein paar Jahren nur noch in Gesundheitsschlappen rum.«

Das kleine Mädchen nickte bestätigend.

»Komm, Rosie, wir gehen jetzt in den Zoo.« Hertha stach zum Abschied mit dem Blümchenschirm in die Luft. »Alles Gute für Sie!« Dann griff sie nach Rosies Hand, und wenig später waren die beiden verschwunden.

»Tschüss!«, rief Natalie in die Tiefe, erhielt aber keine Antwort mehr.

Wie betäubt setzte sie sich wieder auf die Stufe.

Das war also die Mutter gewesen. Was für ein Auftritt! Eine famose Person hatte Theodor sie genannt und betont, dass sie eigentlich immer Recht habe. Natalie betrachtete ihre Füße und stöhnte.

Diese Frau Silberstadt war ein Phänomen. Resolut, bestimmt und gnadenlos ehrlich. Auf gewisse Weise war sie ihr sympathisch. Sie strahlte etwas Beruhigendes aus. Wenn man in ihrer Nähe war, konnte einem einfach nichts Schlimmes passieren. Aber wehe, man hatte seine Schulaufgaben nicht gemacht. Dann würde es keinen Nachtisch geben. Natalie lächelte versonnen vor sich hin. Und das kleine Mädchen war niedlich gewesen …

Willst du hier Wurzeln schlagen, oder was?, grantelte die innere Stimme.

Natalie stand auf. Ihr Termin war also ausgefallen, und ihre Entscheidungen würde sie, laut Frau Silberstadt, bis auf Weiteres *hübsch* alleine treffen müssen. In Gedanken versunken, machte sich Natalie auf den Weg nach unten. Dort quetschte sie ihre Füße wieder in die Ballerinas und öffnete mit schmerzverzerrtem Gesicht die Haustür. Heiße Luft schlug ihr entgegen.

Die erste Entscheidung, die Natalie gerade (ganz allein) getroffen hatte, war folgende: den nächstbesten Asia-Import-Laden ansteuern und sich dort Flip-Flops kaufen. Ihre Fersen waren inzwischen bestimmt rohes Fleisch. Ganz langsam ging Natalie los und versuchte, mit zusammengebissenen Zähnen über den Begriff *Schmerz* zu meditieren. Leider fiel ihr nichts Erhabenes ein. Sie humpelte weiter durch die Mittagshitze und begann, sich den Kopf darüber zu zerbrechen, ob sie weiterhin in der Büchershow bescheuerte Bücher vorstellen wollte. War das nicht eigentlich durch und durch verlogen? Ja geradezu betrügerisch? Schnaufend lehnte sie sich kurz in den Schatten einer Hauswand und fragte sich, warum sie so häufig absurden Lebenssituationen ausgesetzt war. Auf geheimnisvolle Weise schien sie Misslichkeiten anzuziehen. Warum fuhren ihre Jimmy-Choo-Schuhe gerade im Taxi spazieren? Warum küsste sie ihren Therapeuten aufs Kinn? Warum tippelte sie bei dreißig Grad wie eine chinesische Konkubine mit Lotusfüßen durch die Kantstraße? Der erste von unzähligen Asia-Shops tauchte auf, und hier würde von Tiefkühlshrimps über thailändische Glücksgöttinnen bis zu Qi-Gong-Kugeln fast alles zu bekommen sein.

Wenig später steckten Natalies geschundene Füße in neonfarbenen Flip-Flops. »Die leuchten im Dunkeln«, wurde ihr von einer winzigen Verkäuferin erklärt.

»Wie praktisch«, erwiderte Natalie strahlend. Sie hätte am liebsten gesungen, so wunderbar war es, schmerzfrei zu sein. Vor lauter Glück und um ihrer Dankbarkeit Ausdruck zu verleihen, kaufte sie noch ein Paar Ohrringe aus Jade. Und einen Fächer. Und einen Taschenspiegel. Und einen Satin-Kimono. Und ein Notizbüchlein. Und eine Schachtel Glückskekse. Und einen seidenen Schal.

Und eine Teekanne.

»Oooh«, die kleine Asiatin an der Kasse machte trotzdem ein bekümmertes Gesicht. Sie hatte gerade auf Natalies Füße geblickt. Wehe, sie sagt jetzt etwas über meinen Hallux vulgas … vulgaris, dachte Natalie gereizt.

Doch die Frau deutete auf die Ballerinas, die immer noch unbeachtet auf dem Fußboden herumlagen. »Oh-oh«, sagte sie, »Blut ist im Schuh.«

Rucke-di-gu, wollte Natalie antworten, verkniff es sich aber im letzten Moment. »Nicht so schlimm«, sagte sie stattdessen und zahlte. Dann flip-flopte sie mit ihren Einkaufstüten nach draußen.

Sie hatte es plötzlich eilig, denn sie hatte Entscheidungen zu treffen.

▸◂

Während Hertha und Rosie am Geländer des Seehundgeheges standen und der Fütterung zuschauten, luden David und Rudolf gerade das letzte Hummergemälde in einen Kleinlaster, und Theodor hatte soeben die dritte Paracetamol geschluckt. Er lag im Bett und starrte in die Stuckrosette an der Zimmerdecke. Neben ihm lag der Mops Feivel, der unter Darmwinden litt.

Strafend sah Theodor ihn an. »Schäm dich, hässlicher Hund.«

Daraufhin senkte Feivel den dunklen Kopf und starrte so zerknirscht auf seine zusammengerollten Pfoten, dass Theodor schnell »Schon gut« murmelte und ihm den Rücken tätschelte. »Aber mach es nicht wieder.«

»Wollen wir was essen gehen?« Rudolf knallte die Tür des Lasters zu.

»Gibt es in diesem Dorf so etwas wie ein *Restaurant*?«,

wandte sich David an Schweineaugen-Schrader, die daraufhin ihre Augen noch schmaler werden ließ und ans Ende der Straße deutete.

»Griechisch«, sagte sie knapp und verschwand ohne ein weiteres Wort im Haus.

»Auf Nimmerwiedersehen«, murmelte David grinsend. Dann lud er Rudolf zu einem griechischen Mittagessen in Neuruppin ein.

Die Robben im Berliner Zoo hatten derweil ihr Mittagessen beendet und schwammen nur noch grunzend herum, was Rosie langweilig fand, deswegen ging sie mit Hertha zu den Elefanten zurück. Und dann aßen die beiden Wiener Würstchen und zum Nachtisch Eis.

Auch Natalie hatte Hunger bekommen. Sie war inzwischen auf dem Kurfürstendamm angekommen. Doch der Anblick einer zertrümmerten Kirche war nicht der richtige, um *Entscheidungen* zu treffen. Sie ließ die Gedächtniskirche hinter sich, flip-flopte ein wenig durch H&M. Ihr Kaufrausch war allerdings verflogen, und die Tüten aus dem Asia-Laden hingen ihr schwer am Arm. Sie beschloss, mit der U-Bahn nach Hause zu fahren.

Inzwischen waren auch Hertha und Rosie auf dem Heimweg. Sie nahmen den Bus. »Oben und vorne«, entschied Rosie und hüpfte die schmale Treppe hinauf. »Wo denn sonst?«, erwiderte Hertha, und als sie keuchend oben angekommen war, war es schon wieder Zeit auszusteigen.

Theodor hörte seine Mutter auf der Mailbox des Notfall-Handys »Wo bist du?« flüstern. Das war heute Morgen um

Viertel nach zehn gewesen. Sonst hatte niemand eine Nachricht hinterlassen. Er schloss die Augen und versuchte zu schlafen, aber der Mops schnarchte zu laut.

David und Rudolf standen auf der Autobahn im Stau. David, der am Steuer saß, lag das Tsatsiki ein wenig im Magen, Rudolf hatte einen Schwips vom Ouzo, aber die beiden waren bester Stimmung. Bis eben hatten sie ihr gemeinsames Hummer-Hommage-Vernissage-Projekt besprochen und waren voller Zuversicht. Und beide waren auch voller Sehnsucht. Der eine nach seiner kleinen Tochter, der andere nach seinem Exlebenspartner.

»Rudolf«, sagte David und schaltete den Motor aus. Seit einer Viertelstunde hatte sich auf der A24 nichts mehr bewegt. »Rudolf, ich möchte dich gern um einen Rat bitten.«

Rudolf schreckte auf. »Hm?«, machte er schläfrig.

»Wenn man jemanden verlassen hat und merkt, dass das eine große Dummheit gewesen ist, und man aber irgendwie den Zugang zu dem anderen nicht mehr findet und man befürchtet, dass sowieso der ganze Beziehungsstress wieder von vorne losgehen wird, man aber trotzdem vor Liebe vergeht und nichts lieber möchte, als …«

»Wie heißt sie denn?«, unterbrach Rudolf lächelnd.

»Theodor.«

Rudolf schwieg kurz. »Dann würde ich ihm sagen, dass ich ihn vermisse, und gut zuhören, was er antwortet.«

David starrte auf das Lenkrad und hörte das wilde Hupen hinter sich nicht. »Rudolf Euter«, sagte er mit zitternder Stimme. »Du bist der beste Freund, den ein Mensch haben kann.«

»Dito, lieber David. Dito. Und jetzt fahr mal ein Stück vor, sonst werden wir gleich vom Mob gelyncht.«

Natalie saß auf einer Bank und wartete auf die U-Bahn. Angenehm kühl war es hier, wenngleich es nicht besonders gut roch. Sie kramte in ihren Tüten, strich über die Fransen des seidenen Schals, dann stießen ihre Finger gegen die Schachtel mit den Glückskeksen, und Natalie konnte nicht widerstehen. Sie riss die Packung auf, zerrte gierig einen Keks aus seiner goldenen Hülle, brach ihn in der Mitte durch und holte das längliche Papierchen heraus. Dann stopfte sie sich die beiden Kekshälften in den Mund. Kauend blickte sie sich um. Ob jemand sie beobachtet hatte? Aber niemand schaute zu ihr hin. Natalie las die Keksbotschaft. *Wer gefunden werden will, muss sich verstecken.*

»Aha«, machte sie ratlos. Wie war das jetzt zu verstehen?

Es konnte doch kein Zufall sein, dass ausgerechnet diese alte Weisheit sie jetzt und hier erreichte. Natalie schloss die Augen, um besser nachdenken zu können, bekam nur am Rande mit, dass die U-Bahn ein- und wieder ausfuhr, und beschloss, einen weiteren Keks zu öffnen (und zu essen), der ihr vielleicht einen Hinweis geben könnte. Krachend zerbiss sie das krosse Gebäck und las: *Nicht jeder Ratschlag hat Hand und Fuß.*

»Hm?«

Nicht einmal der inneren Zwergenstimme wollte dazu etwas einfallen. Es war doch wie verhext. Ärgerlich steckte sich Natalie einen dritten Keks in den Mund, vergaß, ihn vorher durchzubrechen, und spuckte die Botschaft hastig wieder aus.

Die Feder ist mächtiger als das Schwert.

Natalies Herz begann schneller zu schlagen. Na, das war doch endlich mal was. Das war doch so klar wie …

Kloßbrühe, schlug der Zwerg vor.

Zu trivial, befand Natalie. Diese Glückskeksbotschaft war ein himmlisches Zeichen. Sie, Natalie Schilling, würde selbst zur Feder greifen und all die rasselnden Säbel und klirrenden Schwerter aus den Mittelalterromanen zum Teufel schicken. Dazu hatte ihr Theodor Silberstadt doch auch schon geraten. Und ihren ersten Satz hatte sie neulich bei Vollmond bereits formuliert.

Um die göttliche Botschaft zu besiegeln, vertilgte Natalie einen vierten Keks, der so etwas wie eine Bestätigung von oben sein sollte.

Wer in die Fußstapfen anderer tritt, hinterlässt keine Spuren.

»Genau«, murmelte Natalie mit vollem Mund und glaubte zu spüren, wie ein Hauch von Magie sie streifte. Vielleicht war es auch nur der Fahrtwind der U-Bahn, die gerade wieder davonfuhr.

Natalie hatte also noch Zeit für einen abschließenden Glückskeks. *Wer den Kern essen will, muss die Nuss knacken.*

Nun, damit konnte sie jetzt so spontan nichts anfangen, aber man musste den Botschaften ja auch Zeit lassen, ein wenig zu wirken. Wieder wehte ein zauberischer Wind.

Wenig später kam die nächste U-Bahn, und diesmal stieg Natalie ein.

▸◂

»Ich vermisse dich«, sagte David. »Ich vermisse dich.«

Und gleich noch einmal: »Ich vermisse dich so sehr.« Er sagte es seinem Spiegelbild. Wie blöd er dabei aussah. Genervt drehte er sich um und sprach in Richtung des Atelierfensters. »Ich vermisse dich.« Seine Stimme sollte sich sanft, aber nicht fordernd anhören, eher bescheiden. Es sollte eine schlichte Feststellung sein, voller Wärme und Güte. Wie Musik. *Ich vermisse dich.* Ganz *sotto voce*. Er griff zum Telefon. Seine Hand zitterte. Seine Stimme hoffentlich nicht. Es klingelte.

Theodor nahm ab. »Hallo?«

»Ich ver… verdammte Scheiße! Wir müssen endlich reden! Das ist doch alles hirnverbrannte Kinderkacke!«, schrillte David, und es klang überhaupt nicht bescheiden und schlicht.

»Hast du dich verwählt?«, giftete Theodor.

»Ja, genau, ich wollte eigentlich Prinz Kaspian von Narnia anrufen.«

»Und was verschafft mir die Ehre?«

David schwieg.

»Was soll das, David? Du rufst hier an, quakst vorwurfsvoll ins Telefon, wirst unsachlich, und dann schweigst du dich aus. Wenn ich dich erinnern darf: Du hast mich verlassen.«

»Ich wusste, dass du mir das bis an mein Lebensende aufs Brot schmieren wirst.«

»Ich schmiere dir gar nichts aufs Brot.«

»Sondern?«

»Ich kann nicht begreifen, wie man nach so vielen Jahren alles hinschmeißen kann, David. Für eine kleine Laune, für eine Kapriole.«

»Darum rufe ich ja an.«

»Um mir was zu sagen?«

»Mach es mir doch nicht so verdammt schwer!«

»Im Gegenteil, David. Ich frage nur ganz genau nach. Was willst du mir also sagen?«

»Dass es mir leidtut.«

»Was tut dir leid?«

»Na, was wohl?«

»Wenn du es mir freundlicherweise sagen würdest, David? Ich bin nämlich krank, ich zittere vor Fieber und Erschöpfung, und du stammelst herum. Weiß der Kuckuck, was in deinem Leben gerade schiefläuft. Als ich dir neulich eine SMS geschrieben habe, da hast du dich noch ganz anders angehört, da brauchtest du noch *Zeit*, David, *Zeit*. Aber jetzt auf einmal darf es wieder in deinem Tempo vorangehen, ja? Es ist doch un-glaub-lich, wie du immer wieder …«

Es machte klick.

»David! David?«

Die Leitung war tot.

»Scheiße«, fluchte Theodor. »Verdammte Scheiße!«

David hatte aufgelegt und war türenknallend aus dem Atelier gerannt. Er würde sich jetzt in aller Ruhe irgendwo betrinken. Warum konnte es im Leben nicht einfach mal glattgehen? Irgendwo hakte es immer, irgendwo war immer der Wurm drin. Zwischenmenschlich, karrieremäßig, gesundheitlich, sexuell, finanziell. Warum war das so? Das würde er jetzt gleich mal den netten Barkeeper in der *Bombay Bar* fragen und hoffen, dass er ihm nicht mit irgendwelchen buddhistischen oder hinduistischen Weisheiten käme, denn dafür hatte David gerade überhaupt keinen Nerv.

Das Türenknallen ließ Tim aufhorchen. Auf dem Klodeckel sitzend, hatte er gerade seinen »Blue-Hour-Joint« zu Ende geraucht. »Dave?«, rief er und erhielt keine Antwort. Er kicherte. Es war ein lustiges Geräusch gewesen, dieses kleine Knallen, und da kam ja jetzt ein weiteres hinzu! Klingeling, so hörte es sich an. Tim wollte sich ausschütten vor Lachen. Dann begann er eine Melodie zu summen, die ihm in den Kopf gekommen war. »*I'm a bitch, I'm a lover* …« Kannte er aus der Karaokebar. Von Meredith Brooks.

Es klingelte wieder. Oder immer noch? Tim stand auf und tänzelte ins Atelier. Durch die Fenster schimmerte das abendliche Berlin. *I'm a child, I'm a brother* …

Klingeling.

»Hello?«, rief Tim ins Telefon, ein wenig unwirsch, unterbrochen worden zu sein.

»Es tut mir so leid, David. Ich mache immer wieder dieselben Fehler, irgendetwas unterbewusst Dominantes beherrscht mich, aber ich verspreche dir, dass ich daran arbeiten werde, du musst nur ein wenig Geduld mit mir haben, David, mein lieber, lieber David. Mir tun alle Knochen weh vor Sehnsucht nach dir, ich bin sogar krank geworden deswegen, reines Nervenfieber, du hättest dich totgelacht, wenn du mich heute Nachmittag gesehen hättest, wie ich mit einem pupsenden Mops im Bett gelegen habe! Ach, David, lass uns Frieden machen, ja? Ich gelobe, ich werde außerhalb der Sprechzeiten nichts und niemanden mehr analysieren, ich werde nicht …«

»Who the fuck are you?«, unterbrach Tim den unverständlichen Redefluss, der voller Zischlaute war und sich anhörte, als würde sich jemand unentwegt räuspern.

»David?«, rief Theodor schockiert.

»Is not here.«

Nun räusperte sich Theodor tatsächlich. »And who are *you*?«, fragte er.

»I'm his lover«, antwortete Tim kichernd. Dann gab es in seinem Kopf einen mittelschweren Vulkanausbruch. »*I'm a bitch, I'm a lover, I'm a child, I'm a mother, I'm a sinner, I'm a saint, I do not feel ashamed, I'm your hell, I'm your dream, I'm nothing in between …*«, sang er völlig überwältigt ins Telefon. Dass er sich auf einmal an den ganzen Text erinnern konnte! *Awesome!* Da sollte ihm noch mal jemand sagen, Hasch wäre schlecht fürs Gehirn.

Zufrieden legte Tim auf. »I'm an angel undercover.«

▶◀

Natalie hatte zwei Glückskekse für Theodor zurückgelegt, die sie ihm bei nächster Gelegenheit schenken wollte. Am Abend wählte sie seine Notfallnummer und redete drauflos, sobald er abgenommen hatte.

»Sie haben was?«, unterbrach er.

Theodor hatte Gliederschmerzen. Die Erkenntnis, dass David ohne ihn bestens im Leben zurechtzukommen schien, nicht nur Freundschaften mit den richtigen Leuten schloss, sondern offensichtlich auch einen *lover* hatte, traf ihn tief. Außerdem quälte ihn ein Husten. Sinnend lag er im Dämmerlicht auf dem Sofa. Die Fenster im Wohnzimmer waren weit geöffnet, Geräusche aus dem Park drangen zu ihm in die Höhe: Lachen, das Klicken von Boule-Kugeln, Vogelgesang.

Die ganze Welt ist himmelblau, dachte er grämlich.

Hertha hatte vorhin das Gröbste in der Küche aufgeräumt und den Mops abgeholt. Eilig hatte sie es gehabt, denn Rosie müsse ins Bett gebracht werden, erklärte sie. Ein Butterbrot, eine Kanne Salbeitee und Codeintropfen hatte sie ihm noch hingestellt, dann war sie schon wieder weg. Ein Hauch ihres Parfüms blieb in der Luft hängen. *L'Air du Temps*. Es roch so sehr nach seiner Maman, die sich am heutigen Tag dermaßen unmütterlich verhalten hatte, dass Theodor sich in das fünfzehnte Tuch einer Küchenrolle schnäuzen musste. Was war das bloß für ein verhexter Tag, der einfach nicht zu Ende gehen wollte?

Nun gab ihm Natalie Schilling den Rest.

»Ich habe Entscheidungen getroffen«, rief sie aufgeregt ins Telefon, »ganz alleine, musste ich ja, Sie waren ja krank.«

»Was denn für Entscheidungen?«

Natalie seufzte. »Warten Sie, ich versuche, es der Reihe nach zu erklären.«

Dann begann sie von einer Erleuchtung in der U-Bahn zu reden, die mit Flip-Flops und Fußstapfen zusammenhing. »... und ich begriff, wie sehr mich der Büchershow-Job abstößt«, sagte Natalie atemlos. Bevor Theodor nachfragen konnte, fuhr sie mit zitternder Stimme fort: »Ich möchte keine Mitschuld an der Verblödung Deutschlands tragen, und da habe ich mir gedacht, dass ich das Moderieren ja auch einfach sein lassen kann. Live oder nicht live. Ich sehe mich außerstande, jemals wieder ein Buch in die Kamera zu halten, in dem es um das große Gratis-Glück oder um Hauruck-Wunscherfüllung geht. Oder um Hebammen auf dem Holzweg und Vampire auf dem Selbstfindungstrip. Oder um eine Jungfer im Jasmin oder …« Natalie holte tief Luft. »Es kann mich ja keiner zwingen. Was meinen Sie?«

Theodor hustete eine Weile, dann rief er mit krächzender Stimme: »Sie werden doch Ihren fabelhaften Job nicht an den Nagel hängen! So eine Chance bekommen Sie nie wieder!«

»Ihre Mutter sagte mir, ich soll meine Entscheidungen mal hübsch alleine treffen und …«

»Meine Mutter?« Theodor fuhr in die Höhe, verrenkte sich dabei den Hals und schnappte nach Luft.

»Ich traf sie heute Vormittag vor der geschlossenen Praxistür mit einem kleinen Mädchen«, erklärte Natalie. »Sie ist eine sehr nette Frau, voller Energie, und was sie sagte, gab mir zu denken. Es klang so schlicht und gleichzeitig so wahr: Entscheidungen *hübsch* alleine treffen, als wäre es das Einfachste auf der Welt, und etwas Schönes noch dazu. Und wissen Sie was? Das war es auch. Als ich die erste Entscheidung getroffen hatte, rollte die nächste einfach hinterher, wie … ein Schneeball einen Berg hinabrollt, und auf einmal war da eine ganze Lawine. Ja! Das ist das richtige Bild. Lawinenhaft. Donnernd. In die Tiefe stürzend.«

Theodor hörte sich mit den Zähnen knirschen. Es war ein grässliches Geräusch. Und dann musste er wieder husten. Als er fertig war, trank er einen Schluck Salbeitee. »Sie richten also den weiteren Verlauf Ihres Lebens nach der unbedachten Bemerkung einer Zufallsbekanntschaft und treffen in der Berliner U-Bahn wahllos und kunterbunt lauter Entscheidungen, ohne Rücksprache mit mir zu halten? Was sind denn das für Entscheidungen, wenn ich fragen darf?«

»Sie reduzieren zu sehr«, widersprach Natalie. »So wie Sie es formulieren, klingt es ja, als hätte ich einen Knall! Ich bin lediglich dabei, Eigenverantwortung zu übernehmen.«

Wie abgedroschen, dachte Theodor, das kann sie nur aus einem ihrer »Hilf dir selbst und sei frei«-Bücher haben. Er schloss die Augen und knetete seine Nasenwurzel.

»Herr Silberstadt? Sind Sie noch dran? Nehmen Sie es bitte auf keinen Fall persönlich, ich versuche nur auszudrücken, dass das, was Ihre Mutter zu mir sagte, einen großen Eindruck auf mich gemacht hat.«

»Hat irgendetwas von dem, was *ich* in der vergangenen Zeit zu Ihnen gesagt habe, auch einen großen Eindruck auf Sie gemacht?«

Natalie dachte nach. Ein wenig zu lange, fand Theodor.

»Ja, natürlich«, antwortete sie schließlich.

»Was denn?«

»Ach, wissen Sie«, brach es aus ihr heraus, »das kann doch kein Zufall gewesen sein, dass ich Ihre Mutter heute traf. Meinen Sie nicht? Es gibt keine Zufälle!«

»Das habe ich mit Sicherheit niemals gesagt«, erwiderte Theodor kühl.

»Nein?«

»Nein.«

Natalie schwieg einen Moment, dann schien ihr etwas eingefallen zu sein: »Sie sagten aber mal, dass man sich seinen Ängsten stellen soll, wissen Sie noch? Damals in der Geisterbahn.«

»Hm. Ja.«

»Herr Silberstadt?«

»Was?«

»Wollen wir nicht noch irgendwo etwas trinken gehen? Es ist so ein herrlicher Sommerabend. Und dann berichte ich Ihnen von meinen weiteren Entscheidungen. Eine davon betrifft übrigens auch Sie.«

Theodor unterdrückte ein Stöhnen. Nie wieder, nie wieder, nie wieder bringe ich Privates und Berufliches durcheinander, schwor er sich. »Nehmen Sie es mir bitte nicht übel, aber es geht mir wirklich nicht gut.«

»Ach ja! Sie sind ja krank. Was haben Sie denn überhaupt?«

»Die Grippe vermutlich.«

»Sie Ärmster!«, rief Natalie bestürzt. »Da geht es Ihnen die ganze Zeit über schlecht, während ich völlig egozentrisch rede und rede und rede. Immer waren Sie für mich da, Herr Silberstadt, und jetzt, wo Sie mal nicht auf der Höhe sind … Es tut mir so leid. Kann ich irgendetwas für Sie tun?«

Theodors Augen wurden feucht. Ja, so war es wirklich: Er litt, und eigentlich interessierte sich niemand dafür. Nicht einmal seine eigene Maman. Er schnäuzte sich die Nase.

»Herr Silberstadt«, sagte Natalie sanft. »Sie schlafen jetzt am besten. Und morgen früh bringe ich Ihnen ein spätes Frühstück vorbei. Mögen Sie Croissants? So gegen zwölf Uhr? Und dann setzen wir uns gemütlich zusammen, trinken Kaffee, und Sie schütten mir mal Ihr Herz aus? Was meinen Sie?«

»Ich will Sie nicht bemühen«, widersprach Theodor und fasste sich an den heißen Kopf. Jetzt ging wirklich alles durcheinander. Wie konnte ihm sein Leben so dermaßen entgleiten, dass ihm seine Klienten inzwischen Hilfe anboten und sich munter selbst therapierten, als wäre es das Einfachste auf der Welt? Sogar der Schriftsteller hatte angeblich auf einmal keine

Blockaden mehr, was er allerdings seinen Hatha-Yoga-Stunden zuschrieb, mit denen Theodor nichts zu tun gehabt hatte.

»Das geht doch wirklich nicht«, sagte er mit belegter Stimme, obwohl ihm die Vorstellung, Natalie von Davids singendem *lover* zu erzählen, mehr als gefiel. Er war schließlich auch bloß ein Mensch, er musste sich irgendwo mal aussprechen dürfen. Besonders jetzt, wo seine Mutter auf dem Oma-Trip war.

»Doch, doch, das geht ganz wunderbar, Herr Silberstadt«, rief Natalie, und er konnte das Strahlen in ihrer Stimme hören, »aber das erzähle ich Ihnen morgen. Ich bin nämlich nicht länger Ihre Klientin, ich bin jetzt Ihre … Freundin.«

»Wie meinen Sie das?«

Aber sie hatte schon aufgelegt.

▸◂

»Niemand kann über seinen Schatten springen«, sagte Rudolf, der mit David und Rosie auf einer Decke im Strandbad Wannsee saß. »Nimm es deinem Theodor nicht so übel. Das bringt der Beruf mit sich. Angehörige von Köchen kriegen bestimmt auch unentwegt neue Kochkreationen vorgesetzt, ob sie wollen oder nicht.«

»Das ist ein anderes Fachgebiet«, widersprach David und griff in die Kühltasche, um eine von Herthas selbst gemachten Buletten zu essen. »Und bekocht zu werden«, sprach er mit vollem Mund weiter, »ist sehr viel angenehmer, als analysiert zu werden.«

Rudolf nickte verstehend.

»Außerdem«, fuhr David fort, »kann ich mir vorstellen, dass Jamie Oliver sich auch mal eine Pizza kommen lässt.«

»Ich weiß nicht. Gibst du mir bitte noch eine Bulette, David?«

»Aber gern. Du auch, Rosie?«

»Nö.«

Rudolf blickte seine Tochter streng an. »Das heißt ›Nein danke‹.«

»Nö.«

»Rosie!«

David lachte. »Lass sie doch.«

»Immer wenn sie von ihrer Mutter aus Bielefeld kommt, ist sie so aufsässig.« Rudolf biss in die Bulette. »Köstlich.«

»Sie testet Grenzen aus«, erklärte David.

Rosie schaute grimmig auf den blauen Wannsee hinaus. »Mama kriegt ein Baby.«

»Was?«, rief Rudolf und spuckte dabei ein Fleischbröckchen auf die karierte Decke. »Von dem Libanesen?«

Rosie nickte.

»Siehst du«, sagte David. »Rosie macht gerade eine schwere Zeit durch.«

»Oh.« Rudolf sah betroffen aus. »Ich gebe wirklich mein Bestes.«

»Aber du bist ihr Vater. Du kannst ihr die Mutter nicht ersetzen.«

»Rosie, geh dir mal ein Eis kaufen«, sagte Rudolf.

»Nö, ich will hören, was ihr redet.« Rosie rückte näher an die Männer heran.

»Sie braucht eine Mutter«, fuhr David mit gedämpfter Stimme fort, »jeden Tag, nicht nur jedes dritte oder vierte Wochenende. Eine Mutter, die sich um sie kümmert. Sie ist doch noch so klein. Hast du denn keine Freundin, Rudolf? Du bist doch ein schicker Typ.«

»Ich bin fertig mit den Frauen.«

David lachte. »Solltest du eines Tages homosexuell werden, mein Lieber, dann ruf mich an.«

Rudolfs Augen weiteten sich entsetzt. »Oh! Nein!« Er schüttelte sich. »Ich habe wirklich nichts gegen Schwule, aber … ich … mir … Das wäre das Letzte auf der Welt. Ich mag Frauen, David, ich liebe Frauen, und ich habe immer Pech mit ihnen gehabt, aber lieber bleibe ich bis an mein Lebensende allein, als dass ich mich mit einem … Mann einlassen würde, das ist mir …« Das Grauen stand Rudolf ins Gesicht geschrieben.

David klopfte ihm lachend auf die Schulter. »Schon gut, Rudolf, es war doch nur ein Scherz.«

Sie schwiegen, ließen ihre Blicke über den gut besuchten Strand schweifen, der im Laufe des Vormittags immer voller geworden war.

»Meinst du wirklich, dass Jamie Oliver sich Pizza kommen lässt?«, fragte Rudolf nach einer Weile.

David gab einen schnaubenden Laut von sich. »Wahrscheinlich nicht. In Jamies Küche gibt es nur selbst gemachten, frischen Bio-Hefeteig, den er höchstpersönlich geknetet hat.«

Lachend goss Rudolf Orangensaft in drei Plastikbecher. »Und er nervt seine Frau und die vielen Kinder«, fuhr er fort, »weil in seiner Nähe kein einziger industriell hergestellter Keks geduldet wird.«

»Genau so einer ist das!«, sagte David grinsend. »Ein bisschen Wodka in den Saft?«

»Wir sind ja mit der S-Bahn hier.«

David trank einen Schluck und bohrte seine Zehen in den Sand. »Ach, ist das nicht ein herrlicher Tag?«, murmelte er. »Aber so sonnig er auch sein mag, niemand kann über seinen Schatten springen. Jamie nicht, du nicht, ich nicht. Und mein Theodor auch nicht.«

»Das hast du schön gesagt, David.«

»Danke. Selbst Angela Merkel wird schon beim Frühstück laut über Politisches nachdenken.« David verstellte seine Stimme: »Reichst du mir mal die Erdbeermarmelade rüber, Joachim, und was mach ich heute bloß mit den doofen Steuern?«

Rudolf lachte laut auf. »Was ist mit den Gynäkologen?«, fragte er. »Meinst du, dass sie nach Feierabend die weibliche Verwandt- und Nachbarschaft behelligen?«

»Ganz sicher.« David kicherte. »Und die Urologen?«, prustete er.

Rosie sah von David zu ihrem Vater, der vor Lachen bebte.

»Besonders schlimm sind bestimmt die …« David krümmte sich vor lauter Belustigung. »… die Proktologen.«

Wiehernd schlug sich Rudolf auf die nackten Schenkel.

»Was ist ein Poktologe?«, fragte Rosie.

»Das willst du nicht wirklich wissen!«, rief David.

»Doch.«

»Nein, Rosie.«

»Du liebe Güte, ist das Kind überhaupt eingecremt?« Rudolf, der sich eben noch darüber gewundert hatte, warum das Schlagen auf seine Schenkel so schmerzhaft gewesen war, stellte fest, dass er einen Sonnenbrand bekommen hatte. »Ach, wir Rothaarigen …«, murmelte er und stülpte Rosie ein Sonnenhütchen auf den Kopf.

»Ich geh jetzt ins Wasser«, entschied Rosie und setzte den Hut wieder ab.

»Nein, tust du nicht. Es ist gleich zwölf Uhr mittags.« Rudolf wühlte in der Strandtasche. »Wo ist der verdammte Sunblocker?«

»Tschüss!«

»Rosie! Erst die Schwimmflügel und vorher die Sonnencreme und das Hütchen auf. Kommst du her!«

Kichernd hüpfte Rosie davon. David sprang auf und hatte

sie in drei Sätzen wieder eingefangen. Sie schrie empört. Einige Leute blickten auf.

»So, du Lullu-Fee, jetzt gehen wir uns mal abkühlen!«, rief David, klemmte sich das kleine Mädchen unter den Arm und galoppierte brüllend in den Wannsee hinein.

»Die heißt Lilli-Fee«, kreischte Rosie und wusste gar nicht, ob sie wütend oder begeistert sein sollte, denn schon stand ihr das Wasser bis zum Hals, und der merkwürdige Freund ihres Vaters war prustend unter ihr verschwunden. Dann tauchte er wieder auf. »Halt dich an meinem Rücken fest, ich bin jetzt dein Dampfer.«

Zögernd legte Rosie ihre Hände auf Davids breite Schultern.

»Kannst du überhaupt schwimmen?«, fragte er.

»Logo.«

»Na, dann los!« David machte lang gezogene Hupgeräusche, und schon bald hatten sie all die anderen Schwimmer hinter sich gelassen. »Ist das schön«, murmelte David etwas atemlos. Sie blickten über blau glitzerndes Wasser zurück zum Strandband Wannsee mit seinen vielen weißen Strandkörben, und David gab ein lautes, glückliches »Huuup-huuup!« von sich.

»Guck mal, Rosie, da hinten steht dein Papa und winkt ganz aufgeregt. Ist der klein! Huhu, Rudolf! Wer ist denn der Typ neben ihm, mit dem Megaphon?«

»Das ist der Bademeister«, antwortete Rosie.

»So, so. Kennst du den Film *Titanic*?«, fragte David, den das Auf-der-Stelle-Schwimmen mit Rosie an seinem Hals etwas zu ermüden begann.

»Nö«, antwortete sie.

»Da spielt eine wunderschöne Frau mit, die heißt auch Rose, und sie fährt auf einem Dampfer, huuup-huuup, genau wie du gerade.«

»Und dann?«

»Dann rammt der Dampfer einen Eisberg.«

»Im Wannsee gibt es keine Eisberge«, gab Rosie zu bedenken.

»Nein. Im Moment nicht.«

»Was passiert mit Rose?«

»Sie wird gerettet.«

»Das ist die Hauptsache.«

»Stimmt.«

»Und der Dampfer?«

»Na, der geht unter.«

»Oh«, machte Rosie betroffen.

»Ich frage mich nur, was der Bademeister da die ganze Zeit in sein Megaphon plärrt«, sinnierte David. »Es hört sich an wie: *Zu weit draußen. Achtung! Achtung!* Na, so ein Wichtigtuer. Huuup!«

»Soll ich dir was sagen?«, fragte Rosie.

»Huuup! Was denn? Hup-huuuup.«

»Ich kann gar nicht schwimmen.«

»Huu…! Was?«, rief David entsetzt. Dabei geriet jede Menge Seewasser in seine Luftröhre. Er hustete, ruderte wild mit Armen und Beinen, und Rosie klammerte sich noch fester an ihn, so dass er überhaupt keine Luft mehr bekam. Kurz erfasste ihn Panik. Er würde doch jetzt nicht mit einem fliegengewichtigen kleinen Mädchen am Hals im Wannsee ertrinken? Nein, das ergab einfach keinen Sinn. David riss sich zusammen. Ruhig bleiben, sagte er sich und lockerte Rosies Griff. Dann atmete er durch und schwamm ganz behutsam in Richtung Strand zurück. »Ich wäre doch niemals mit dir so weit hinausgeschwommen, wenn ich gewusst hätte, dass du gar nicht schwimmen kannst«, schimpfte er.

»Ja eben«, meckerte Rosie in sein rechtes Ohr.

»Du hast gelogen.«

Sie antwortete nicht.

Kurz darauf stellte David erleichtert fest, dass er wieder Boden unter den Füßen hatte. Sie erreichten den Strand, wo sie von einer Menschentraube, drei gut gebauten DLRG-Rettungsschwimmern und einem erbosten Bademeister empfangen wurden. Auch Rudolf war da, mit Handtüchern, Sonnenhütchen, Sunblocker und drei Eis am Stiel beladen.

»Ich habe mir Sorgen gemacht!«, rief er. »Ihr wart ja ganz schön weit draußen, und Rosie hatte ihre Schwimmflügelchen gar nicht um, sie muss jetzt auch dringend in den Schatten, und das Eis schmilzt schon, am besten fahren wir so langsam nach Hause, es wird einfach zu heiß hier ohne Sonnenschirm, und …«

»Keine Panik auf der *Titanic.*« Schwer atmend ließ David zuerst Rosie in den Sand fallen und dann sich selbst auf die karierte Decke plumpsen. Die Menschenmenge verstreute sich, vorwurfsvoll murmelnd.

»Ist noch Wodka übrig?«, fragte David und schloss die Augen.

»Was ist denn nun ein Pokto-Dingsbums?«, ertönte Rosies helles Stimmchen.

David riss die Augen wieder auf. »Du hältst jetzt mal fünf Minuten den Schnabel, verdammt noch mal!«, herrschte er sie an.

»Hey«, erwiderte sie pikiert, während ihr Vater ihr das Gesicht eincremte, »du weißt doch, dass ich gerade eine schwere Zeit durchmache.«

▶◀

»Le scha, la wasch, la fromasch, nee, le fromasch.«

Hertha kratzte sich am Kopf.

Sie saß am Couchtisch (auf dem Balkon war es viel zu heiß)

und schrieb eifrig in ein Heft. »Da staunst du, Feivel. Was in so einen alten Kopp noch alles reinwill. Le fromasch heißt der Käse. Und Hund heißt … Moment mal.« Hertha blätterte in einem Buch. »Hier: le sch… wie spricht man das denn aus? Schien? Ich werde mal Theodor fragen.«

Sie griff zum Telefonhörer, drückte eine Taste, wartete. »Bonschur, Theodor, wie spricht man Hund auf Französisch aus?«

»Wieso willst du das wissen?«

»Weil ich es eben wissen will.«

»Le chien.«

»Bist du sicher?«

»Natürlich.«

»Und Mops?«

»Carlin.«

»Mein Sohn ist schlau.«

»Na ja.«

»Wie geht es dir heute?«

»Viel besser.«

»Ich komme dich heute Abend besuchen. Für Feivel ist das heiße Straßenpflaster nichts, er hechelt dann immer so grässlich, dass ich Angst habe, er fällt im nächsten Moment tot um.«

»Wieso ist der Mops schon wieder bei dir?«, regte sich Theodor auf.

»David, Rudolf und Rosie sind am Wannsee. Aber ich wollte nicht mit, und einer muss ja auch auf den Hund aufpassen. Also habe ich den jungen Leuten Buletten mitgegeben und bin zu Hause geblieben.«

»Du lässt dich ausnutzen.«

»Unsinn. Ich mag Feivel. Wir sitzen hier ganz gemütlich. Im Fernsehen läuft eine lustige Talkshow, in der sich alle streiten, und ich lerne Französisch.«

»Warum denn?«

»Na ja. Das wollte ich eigentlich schon immer. Schließlich hätte ich beinahe einen Franzosen geheiratet.« Hertha seufzte. »Im dritten Stock ist die alte Frau Stabenow gestorben, und jetzt wohnt da eine Französischlehrerin, und ich habe mir gedacht, jetzt oder nie. Das ist doch Synchronizität, mein Junge, oder?«

»Bei einer Synchronizität«, widersprach Theodor, »handelt es sich um ein akausales, aber aufschlussreiches Zusammentreffen von Ereignissen …«

»Ist ja auch egal, was es ist«, unterbrach ihn Hertha. »Ich lerne jetzt jedenfalls Französisch. Comment tü va?«

»Mieux.«

»Wie bitte?«

»Besser, wie bereits gesagt.«

»Fein, bis später dann.«

Und schon hatte sie aufgelegt.

Theodor starrte den Hörer an. »Synchronizität?«, murmelte er gereizt. »Wie kommt sie denn darauf? Aber eigentlich … doch, das passt schon: ein inneres Ereignis, zum Beispiel eine Vision oder eine Idee, und ein zeitlich darauf folgendes äußeres Ereignis, das wie eine … Spiegelung als Antwort im Außen auf den inneren, seelischen Zustand wirkt …«

Wie eine weitere Antwort im Außen begann das Telefon, das Theodor immer noch in der Hand hielt, zu klingeln.

»Ja?«

»Hallo, Herr Silberstadt, mögen Sie lieber *Pain au Chocolat* oder Marzipan-Croissants?«

»Ähm.«

»Gut, dann kaufe ich beides *und* Aprikosentörtchen. Sie können schon mal Kaffee kochen, bis gleich.«

Es machte *klick.*

Wieso legten die Leute neuerdings eigentlich immer den Hörer vor seiner Nase auf? Wieso verhielten sich alle so respektlos? Was strahlte er aus, um so behandelt zu werden? Seufzend schlurfte Theodor in die Küche und nahm einen großen Löffel codeinhaltigen Hustensaft zu sich, obwohl er kaum noch hustete. Dann kratzte er festgebackene Pangasiusreste in den Mülleimer und gab heißes Wasser und viel zu viel Spüli in die Auflaufform. Es roch nach Zitrone. Ich sollte duschen, dachte Theodor, und mich rasieren. Und anziehen.

Er war gerade fertig, als es an der Haustür klingelte. Wenig später stand Natalie Schilling vor ihm, atemlos, beladen mit kleinen, braunen, fettfleckigen Tütchen. Ihre Augen strahlten. »Guten Morgen, Herr Silberstadt. Geht es Ihnen besser? Darf ich reinkommen, ich platze förmlich vor … Ungeduld, ach, alles ist so … Ich …« Sie verstummte und umarmte ihn.

»Stecken Sie sich bloß nicht an.« Theodor schob Natalie sanft von sich. Mit verklärtem Blick sah sie zu ihm auf. Wieder verströmte er diesen kernig-charmanten Duft. Sein zurückgekämmtes Haar war noch feucht. Wie *hinreißend* er aussah! Selbst seine rote, wundgeschnaubte Nase, die in diesem Zustand noch größer wirkte, konnte Natalies Begeisterung nicht schmälern.

»Treten Sie ein«, sagte Theodor, der es nicht mochte, so intensiv angeschaut zu werden. Ganz kurz kam ihm Feivel in den Sinn. Natalies Augen waren zwar katzenhaft und die des Mopses kreisrund, trotzdem war der starrende Ausdruck derselbe.

Wenig später saßen sie im Salon. Theodor schenkte Kaffee ein.

»Sie kommen jetzt wohl öfter?«, scherzte er und wunderte sich, dass Natalie hektisch an ihrem Blusenkragen herumzupfte.

»Hierher liebend gern.« Ihr Dekolleté blühte.

Wieso ist sie denn so nervös?, fragte sich Theodor. Dann begutachtete er die Croissants. »Die sehen ja köstlich aus«, murmelte er. »Es geht doch nichts über ein richtig gutes Croissant am Morgen, nicht wahr?«

»Herr Silberstadt, ich will nicht gleich mit dem Haus in die Tür fallen, aber …« Sie räusperte sich. »Ich muss Ihnen etwas erzählen.«

Schmunzelnd biss Theodor in sein Croissant, dass es nur so splitterte. »Ist es privater Natur?«, fragte er mit vollem Mund.

»Nein. Doch … Ja. Wie man es nimmt, von allem ein bisschen.«

»Das habe ich befürchtet. Könnte das Nicht-Private vielleicht bis morgen warten? Bis dahin bin ich wieder gesund, und Sie haben einen Termin um elf Uhr dreißig in der Leonhardtstraße.«

»Es gibt kein Morgen.« Wieder starrte Natalie wie der Mops, diesmal allerdings in ihre Kaffeetasse.

Oh Gott, dachte Theodor, sie wird sich doch nicht umbringen wollen? Diese Frau hat einen Hang zum Dramatischen.

»Na gut«, sagte er und versuchte seiner Stimme einen beiläufigen Klang zu geben. »Dann schießen Sie mal los.«

»Ich breche die Therapie ab.«

»Was?« Betroffen ließ er das Croissant sinken, auf das er gerade Marmelade streichen wollte. »Aber warum denn?«

Natalie lächelte versonnen. »Weil ich meinen inneren Zwerg überwunden habe.«

»Sie meinen, Sie haben Distanz zu Ihrer Teilpersönlichkeit Zwerg gewonnen?«

»Ja.«

»Ganz allein?«

»Ja, gestern Abend.«

»Und nun brauchen Sie mich nicht mehr?«

»Nicht als meinen Psychologen.«

Theodor räusperte sich. Wo kommen wir denn hin, wenn sich keiner mehr von seinen Teilpersönlichkeiten dominieren lässt, dachte er verzweifelt, wenn sich niemand mehr von seinen Empfindungen absorbieren lässt? Wenn mich keiner mehr braucht?

»Aber Ihr Vater!«, rief er. »Über den müssen wir noch einige Stunden lang reden! Wie er sich einfach aus dem Staub gemacht hat, wie er sich seiner väterlichen Verantwortung entzogen hat, und was die Mondlandung damit zu tun hat, und …«

»Mein Vater, mein Vater«, unterbrach Natalie ihn ungeduldig. »Das ist lange her. Warum immer in der Vergangenheit rumstochern?«

»Gemachte Erfahrungen müssen geistig nachvollzogen werden!«, rief Theodor und hob den Zeigefinger.

Natalie zuckte mit den Schultern. »Das Leben geht doch weiter.«

Theodor horchte auf. Das hatte seine Mutter neulich erst zu ihm gesagt. Ob sie sich alle gegen ihn verschworen hatten? Wie in der *Truman Show*? Und sein ganzes Leben war eigentlich nichts weiter als eine live übertragene Fernsehserie? Er ließ den Finger sinken und trank einen Schluck Kaffee. Prima. Jetzt wurde er also auch noch paranoid.

»Tut es das?«, fragte er. »Geht es weiter, das Leben?«

»Es kann nicht anders.«

»Meins steht still.«

»Das kann nicht sein.«

»Doch. Das ist so, wenn der Kreis sich schließt.« Er fuhr sich über die Augen. »Am Ende eines Lebens. Am Ende einer Brücke.«

»Aber Herr Silberstadt, sie hören sich ja total deprimiert an.«

»Bin ich auch.«

»Warum denn? Sie haben doch alles im Leben.«

»Ich?«, rief er etwas zu schrill. »Im Gegenteil, ich verliere gerade alles. Was ich berühre, zerfällt zu Asche.«

»Lieber Herr Silberstadt«, sagte Natalie sanft und feierlich. »Wollen wir nicht *du* zueinander sagen?«

In diesem Moment klingelte das Telefon. »Entschuldigen Sie bitte.« Theodor stand schnell auf.

»Hallo?«

»Wie spricht man Sonne aus?«

»Was?«

»Das heißt ›Wie bitte?‹«

»Wie bitte, Maman?«

»Sonne. Wie wird das ausgesprochen auf Französisch?«

»Soleil.«

»Aber da ist doch ein l hintendran.«

»Das spricht man nicht.«

»Bist du sicher?«

»Ja doch.«

Hertha kicherte. »Diese Franzosen.«

»Ja, die haben es gern kompliziert. Warte, bis du erst den Subjonctif durchnimmst.«

»Ich schaue mit Feivel gerade eine völlig verrückte Sendung«, sagte Hertha. »Die heißt *Wer ist der Vater?*. Eine junge Frau, ein Baby und vier Männer werden aufeinander losgelassen, und keiner weiß, wer der Vater sein könnte, weil dieses blonde Flittchen mit allen vieren … also wirklich! Das ist doch skandalös! Wenn das arme Baby mal groß ist und sich die Sendung anschaut und herausbekommt, was für ein Früchtchen seine Mutter gewesen ist, und dass vier Männer als Vater in Frage gekommen sind. Warte mal … womöglich gibt es sogar einen fünften.« Theodor hörte seine Mutter empört nach Luft schnappen. »Also!«, rief sie. »Das ist doch … Die Vaterschaftswahrscheinlichkeit liegt bei null Prozent!«

»Hör mir auf mit den Vätern!«, rief Theodor genervt. »Ich muss jetzt Schluss machen. Ich habe Besuch.«

»Wer denn?«

»Kennst du nicht.«

»Ein Mann oder eine Frau?«

»Eine Frau.«

»Wer soll denn das sein?«

»Ich sagte doch, du kennst sie nicht, wobei …« Theodor ging ein Licht auf. »Doch, du kennst sie sehr wohl. Sie heißt Natalie Schilling, und du hast sie vor meiner Praxistür getroffen. Du musst ihr irgendetwas Einschneidendes gesagt haben. Vielen Dank dafür, Maman. Merci beaucoup. Wegen dir habe ich gerade eine Klientin verloren!«

»Ach, die Frau mit dem Hallux valgus?«

»Weiß ich doch nicht.«

»Vor der solltest du dich in Acht nehmen.«

»Maman, ich muss jetzt wirklich weiter. Der Kaffee wird kalt.«

»Hör mir zu, mein Junge, die Frau mit den schlimmen Füßen …«

Klick.

»… ist bis über beide Ohren in dich verliebt. Theodor? Theodor! Na, dann eben nicht.«

Theodor hatte der Versuchung, endlich einmal schneller als sein Gesprächspartner aufzulegen, nicht widerstehen können.

Hertha legte das Telefon beiseite und gab sich kopfschüttelnd wieder ihrer Fernsehsendung hin. »Jetzt heult das dumme Ding, schau dir das an, Feivelchen. Also, früher hat es so was nicht gegeben. Im Fernsehen jedenfalls nicht.«

Ein wenig kindisch, mein Verhalten, gab Theodor in Gedanken zu, aber ungemein erhebend. Plötzlich besserte sich seine Stimmung.

Ob es das Zuviel an Codein ist, das mich so merkwürdig heiter und gelassen sein lässt?, fragte er sich. Man könnte sich daran gewöhnen. Sollen sie doch alle ihrer verdammten Wege gehen. Ich werde meinen schon finden.

Umwege erweitern die Ortskenntnis, hatte er neulich auf einem Autosticker gelesen. »Haha.«

Grinsend kam er an den Tisch zurück, wo Natalie gerade auf anmutige Weise ihre Tasse zum Mund führte.

»Wo waren wir stehen geblieben?«, fragte Theodor und griff zur Kaffeekanne.

»Sie sagten, dass alles, was Sie berühren, zu Asche wird, und dass Sie sich am Ende Ihres Lebens befinden, und dass …«

»Schon gut, schon gut«, unterbrach Theodor hastig.

Natalie traute sich nicht, ihm noch einmal das Du anzubieten. Er hatte es wohl überhört. Vielleicht wollte er ja nicht? Fragend sah sie zu ihm hin. In aller Seelenruhe schenkte er Kaffee nach, verspeiste dann sein Croissant und schien gedanklich weit von ihr entfernt zu sein.

»Und von dem Ende einer Brücke sprachen Sie auch.« Natalie war versucht, ihre Hand auf Theodors Unterarm zu legen, aber in diesem Moment wischte er energisch einige Croissantkrümel vom Tisch.

»Meine Expartnerschaft ist wieder neu liiert«, sagte er.

»Nein!« Natalie riss die Augen weit auf. Sie versuchte möglichst schockiert auszusehen und zu verbergen, wie diebisch sie sich freute. »Das ging aber schnell!«, rief sie. »Da lässt ja jemand nichts anbrennen.«

»Ach, wissen Sie…«, Theodor hatte plötzlich den Eindruck, David in Schutz nehmen zu müssen, »…ich überinterpretiere das nicht. Dieser neue *lover* scheint außerordentlich dämlich zu sein. Ich hatte ihn aus Versehen am Telefon. Er stand unter Drogen, sang ein Lied und traf keinen Ton.«

»Vielleicht ist er gut im Bett?«, streute Natalie ein wenig Salz in die Wunde.

Theodor zuckte mit den Schultern. »Solange er dabei nicht singt.«

»Und das macht Sie nicht rasend vor Zorn?«, schürte sie.

»Irgendwie nicht. Ich habe den Eindruck, dass sich hinter dem Ganzen eine Lektion verbirgt.«

»Herr Silberstadt, lassen Sie sich bloß nicht an der Nase herumführen.«

Er schnäuzte sich. »Groß genug ist sie ja«, sprach er ins Taschentuch. »Aber jetzt zu Ihnen. Was ist mit der Büchershow?«

»Darüber muss ich noch nachdenken.« Natalies Gesicht verschloss sich. »Ich habe keine endgültige Entscheidung getroffen.«

»Denken Sie doch an die vielen Möglichkeiten, die sich durch eine so große Fernsehpräsenz ergeben können«, fuhr Theodor fort. »Und denken Sie auch ans Geld.«

»Ja, ja. Haben Sie die Aprikosentörtchen schon probiert?«

»Sie wollen nicht darüber sprechen?«

»Nein. Aber danke für das Angebot.«

Theodor lächelte und beugte sich über den Tisch. »Was ich aber noch erfahren möchte: Wie ist Ihnen die Loslösung Ihrer Zwergen-Identifikation so schnell gelungen?«

»Ich habe ihn ermordet«, flüsterte Natalie.

»Wie bitte?« Theodor zuckte zurück. War er so betriebsblind geworden, dass er nicht mitbekommen hatte, wie gestört Frau Schilling eigentlich war? Er schluckte.

»Also, hören Sie zu«, sagte Natalie, die seinen Adamsapfel hüpfen sah. »Aber bitte nicht unterbrechen.«

Und dann erzählte sie, wie sie am Vortag mit wunden Füßen und zahlreichen Tüten aus dem Asia-Laden nach Hause gekommen war. »Ich nahm eine Dusche, klebte mir Pflaster auf die Füße, legte eine Miles-Davis-CD ein, dann aß ich eine halbe Wassermelone. Aber das tut eigentlich nichts zur Sache, ich hätte auch Mozart hören und eine Ochsenschwanzsuppe essen können, wichtig ist bloß, dass ich mich dazu ans Küchenfenster gestellt hatte und in den Hof hinuntersah. Plötzlich fiel mein Blick auf einen … Zwerg. Ich erstarrte. Es war ein Gartenzwerg, einer von der besonders verachtenswerten Sorte, mit einem Fliegenpilz in seiner Schubkarre. Ein Nachbar musste ihn zwischen den Buchsbäumen aufgestellt haben, und ich hatte auch einen Verdacht, wer das sein könnte. Herr Danzfuß! Der hat nämlich auch so grässliche Kakteen auf der Fensterbank. In mir gab es … eine Explosion. Das nehme ich nicht länger hin, dachte ich, nicht mit mir. Ihr spinnt ja alle … nein, bitte, Herr Silberstadt, keine Zwischenfragen jetzt. Was? Nein, natürlich habe ich Herrn Danzfuß *nicht* ermordet. Das ist ja lächerlich. Aber ich wusste, dass ich etwas tun musste. Zwerge vermehren sich wie Karnickel. Achten Sie mal darauf, zuerst ist nur einer da, und dann kommt über Nacht ein weiterer hinzu, meist mit einem Spaten bewaffnet, und dann fehlt noch der mit dem Rehkitz, und ehe man sich's versieht, steht eine ganze Armee vor der Haustür, und dann gnade uns Gott.

Ich habe gewartet, bis es dunkel war. Dann bin ich in den Hof geschlichen, habe mir den Zwerg geschnappt, obwohl es mich wirklich Überwindung gekostet hat, ihn zu berühren, das können Sie mir glauben, und dann bin ich …«, Natalie schluckte, »… mit ihm in den Keller gegangen. Ich stieg die Treppe hinunter. Da lag übrigens immer noch die Nudelmaschine und hatte Spinnweben angesetzt. Ich zündete eine Kerze an und schaltete das Licht … aus. Sie wissen doch noch, dass ich Angst im Dunkeln habe? Und Angst im Keller. Ich war wild entschlossen, mich all diesen Ängsten zu stellen. Da stand ich also in der Finsternis, und mir wurde übel, doch dann sah ich, dass meine Flip-Flops tatsächlich im Dunkeln leuchteten, und das erschien mir wie ein Zeichen. Alles ergab einen Sinn. Ich lief los, die Kerze in der Hand, den Zwerg unter dem Arm, den langen, dunklen Gang entlang. Ich wollte zu meinem Bretterverschlag ganz hinten links. Das flackernde Kerzenlicht ließ das Dunkel noch undurchdringlicher erscheinen. Ich hatte das Gefühl, in einer kleinen Blase aus Licht voranzutreiben, wie ein Fischlein in der Tiefsee. Plötzlich hörte ich ein huschendes Geräusch, und meine Nackenhaare stellten sich auf. Da war sie wohl, die erste Ratte, sagte ich mir, aber ich ging weiter, immer weiter, in meinen Neon-Flip-Flops durch die Finsternis. ›Da staunst du, was?‹, flüsterte ich hasserfüllt und hielt die Kerze an das Zwergengesicht. Das grinste einfach blöd weiter, als ob nichts wäre. ›Hohlkopf!‹, zischte ich, und das klang so böse, dass ich Angst vor mir selbst bekam. Was um alles in der Welt tat ich hier? Nur weil mein Therapeut eine Stunde ausfallen ließ, tappte ich wie eine Irre durch dunkle Keller und beschimpfte einen Gartenzwerg. *Völlig ausgeflippt*, hörte ich ein Stimmchen, dann gab es ein knackendes Geräusch. Ich schrie auf, beinahe wäre mir die Kerze ausgegangen, und ich wusste, dass das auf gar keinen Fall geschehen durfte, denn dann wäre es aus mit mir. Ich würde hysterisch brüllend zurückrennen, mir den Schädel an einem Heizrohr zertrümmern, hinfallen, ohnmächtig liegen bleiben, und die Ratten würden den Rest erledigen. Mein bis auf die Knochen abgenagter Kadaver … Herr Silberstadt, Sie haben versprochen, mich ausreden zu lassen … mein bis auf die Knochen abgenagter Kadaver würde erst in vielen Wochen entdeckt werden. *Mysteriöser, tragischer Fall:*

Skelett von Berliner Singlefrau liegt wochenlang neben grinsendem Gartenzwerg in Heizungskeller. So würde die Schlagzeile der Bildzeitung lauten. Doch zum Glück blieb die Kerze an, und das Schicksal konnte einen anderen Verlauf nehmen. Ich erreichte meinen Verschlag, stellte den Zwerg ab und schloss auf. Die Tür machte ein schreckliches Geräusch, als ich sie öffnete. Wieder flackerte die Kerze, und dann sah ich sie … die Axt. Schimmernd, in düsterem, mörderischem Glanz lehnte sie an der Wand, als hätte sie viele Jahre nur auf diesen einen Moment gewartet. Ich hatte sie mal gekauft, weil ich mir einen Weihnachtsbaum im Wald schlagen wollte, was ich natürlich nie getan habe, aber egal. Das tut nichts zur Sache. Ich zitterte, und ein völlig neues Gefühl durchströmte mich. Meine Fußsohlen kribbelten, was aber auch an den latexhaltigen Flip-Flops liegen konnte. Ich reagiere da allergisch drauf. Wie auch immer: Das Kribbeln stieg an, rumorte in meinem Bauch und fuhr mir wie ein Wirbelsturm ins Gehirn. Und dann … griff ich nach der Axt, holte weit aus und ließ sie genau über der roten Zipfelmütze niedersausen. Es gab ein reißendes Geräusch, dann fiel der gespaltene Zwerg in zwei Teilen auseinander. Aber das reichte mir noch lange nicht, das sollte erst der Anfang sein, ich holte wieder aus, wäre dabei beinahe nach hinten gekippt, schlug noch mal zu und noch mal, und bunter Kunststoff flog mir wie Konfetti um die Ohren. Sie können sich gar nicht vorstellen, wie gut mir das tat. Wie von Sinnen hackte ich immer weiter. Die Holztür bekam auch ein bisschen was ab. Schließlich stand ich in einem Haufen Plastikschnipsel und hörte mich auf schauderhafte Weise lachen. Ich weiß schon, dass das total kindisch gewesen ist, aber irgendetwas hat sich seitdem in mir gelöst. So leicht habe ich mich in meinem ganzen Leben noch nicht gefühlt. Ich höre keine Stimmen mehr und bin sicher, dass kein einziger Zwerg dieser

Welt es noch wagen würde, mich zu verfolgen.« Natalie holte tief Luft. »Das Thema ist durch.«

»Interessant«, sagte Theodor lahm, weil ihm nichts einfallen wollte.

»Und deswegen brauche ich nicht mehr zu Ihnen zu kommen«, fuhr Natalie mit glühenden Wangen fort. »Ich habe irgendetwas Vergessenes, Verdrängtes, Vorsprachliches auf den Mond geschickt.«

»So ist es wohl.«

»Haha!«, lachte sie. »Das ist gut, auf den Mond, hahaha. Bestimmt habe ich mit meinem Zwergen-Massaker auch jede Menge Wut auf meinen Vater aufgelöst.«

»Trotzdem haben Sie sich strafbar gemacht«, sagte Theodor, »Diebstahl und Vandalismus.«

Natalie zuckte mit den Schultern. »Damit kann ich leben.«

»Was tun Sie, wenn Herr Danzfuß einen weiteren Zwerg in den Hof stellt? Werden Sie den auch im Keller zerhacken? Den Zwerg?«

»Ich glaube nicht.«

»Sie glauben?«

»Na ja, ich betrachte die Aktion als einmalig, ich wollte ein Exempel statuieren, verstehen Sie?«

»Gewiss.«

Sie schwiegen.

Theodor sah aus dem Fenster.

Natalie kramte in ihrer Handtasche. »Hier.« Sie reichte ihm zwei Glückskekse. »Die sind für Sie.«

»Vielen Dank.« Theodor holte einen Keks aus der knisternden, goldenen Hülle, brach ihn in der Mitte durch und las: *»Holz in den Wald zu tragen ist töricht.«*

Fragend sah er auf. »Was soll denn das heißen?«

Natalie dachte nach. »Es könnte bedeuten, dass … man

Dinge nicht dorthin bringen sollte, wo es sie schon vielfach gibt.«

»Hm«, machte er ratlos.

»Es ist dasselbe wie Eulen nach Athen tragen!«, rief sie und hätte sich im nächsten Augenblick am liebsten die Hand vor den Mund geschlagen, als sie Theodors Gesichtsausdruck sah.

»Wunderbar«, sagte er eisig. »Ich mache mich in meiner eigenen Praxis also zum Gespött der Klienten, die meine Ratschläge gar nicht brauchen. So wie Sie ja auch nicht. Alle kommen wunderbar alleine klar, während ich Wasser in die Spree schütte und Stöckchen in den Grunewald trage.«

»Nun dramatisieren Sie doch nicht gleich. Machen Sie lieber den zweiten Keks auf«, riet Natalie.

»Nein, vielen Dank.«

Das Notfall-Handy klingelte.

Theodor griff danach, ging eilig hinaus und schloss die Tür hinter sich.

»Puh«, machte Natalie. Das war ja nicht so optimal gelaufen. Sie hörte Theodor mit gedämpfter Stimme sprechen.

Er sollte unbedingt noch eine himmlische Botschaft empfangen, dachte sie, aber eine positive. Die nächste *muss* optimistischer Natur sein.

Mit schiefgelegtem Kopf starrte Natalie auf den noch verpackten Keks, der neben Theodors Teller lag. Das Seelenheil eines Menschen stand auf dem Spiel, und sie, Natalie Schilling, würde jetzt einfach mal die Orakelfee spielen. Sie griff nach dem Keks, packte ihn so leise wie möglich aus, brach ihn entzwei und las: *Ein Unglück kommt selten allein.* Das hätte gerade noch gefehlt. Was für ein Segen, dass sie ihrer Intuition nachgegeben hatte. Und kein Zwerg hatte dazwischengeplärrt. Vor lauter Erleichterung legte sich ein zufriedenes Grinsen auf Natalies Lippen. Doch wohin jetzt mit der dämlichen Botschaft? Wohin mit dem Keks und seinem goldenen Einwickelpapier? Fieberhaft dachte sie nach …

Theodor hatte derweil sein Telefonat mit Heinz Schleyberger beendet. »Bin jetzt in einer Internet-Partnerschaftsbörse eingeschrieben und habe aufgrund des großen Interesses an meiner Person die Beziehung zu *Sibülle* abgebrochen«, hatte dieser Bericht erstattet und mit den Worten geendet: »Wer will denn in einen kalten Ofen blasen, Herr Doktor.«

»Niemand will das«, hatte Theodor gemurmelt und sich schnell verabschiedet. Dann war er ins Bad gegangen, um sich sein verschwitztes Gesicht mit kaltem Wasser zu waschen. Ihm war schwindelig.

»Zu viel«, murmelte er. »Es ist einfach alles zu viel.«

Nun öffnete er gerade wieder die Tür zum Salon und beobachtete erstaunt, wie Natalie Schilling versuchte, einen zerbrochenen Glückskeks in das Einwickelpapier zurückzuschieben.

»Was machen Sie denn da?«, fragte Theodor.

Ihr Kopf fuhr in die Höhe. »Oh, da sind Sie ja schon wieder. Ich … habe Ihnen nur schon mal den Keks aufgemacht.« Sie lächelte ihn an. »Damit Sie gleich weniger Arbeit damit haben.«

»Wie aufmerksam.« Theodor ließ sich auf seinen Stuhl fallen.

»Wollen Sie nicht wissen, was drinsteht?«

»Nicht unbedingt.«

»Dann lese ich es Ihnen vor.«

Theodor lächelte matt. »Sie werden sich spontan irgendetwas aus den Fingern saugen, nur damit es sich gut für mich anhört, ich kenne Sie doch, Frau Schilling.«

»Würde ich niemals tun«, widersprach sie und schob den ramponierten Keks quer über den Tisch. »Bitte.«

Theodor seufzte. Es ging ihm gar nicht gut. Ob es das fettige Croissant war oder die Überdosis Codein? Oder beides zusammen? Vielleicht bekam er auf seine alten Tage einen empfindlichen Magen? Er stieß auf. »Pardon.« Dann fischte er eine Kekshälfte aus dem Tütchen.

»Das kommt schon mal vor, dass so ein Keks zerbrochen ist«, sagte Natalie eifrig, »der Teig ist ja auch recht dünn.«

Theodor las: *»Wer den Kern essen will, muss die Nuss knacken.«*

»Na, so etwas!«, rief Natalie erstaunt.

Was für ein Segen, dass sie ihre fünf Glücksbotschaften gestern in Lisa (die Listige) gelegt hatte. Und was für ein noch größerer Segen, dass Lisa sie nicht auf ihre gefräßige Handtaschenart irgendwohin verdaut hatte. So hatte Natalie die schlechte Nachricht *Ein Unglück kommt selten allein* blitzschnell gegen eine ihrer eigenen Botschaften vom Vortag ausgetauscht.

»Das sagt mir nichts«, maulte Theodor. »Und außerdem bin ich allergisch auf Haselnüsse.«

Besser eine unverständliche Nachricht als eine schlechte, dachte Natalie und sagte: »Sie müssen das bildhaft sehen.«

Er hustete so heftig, als ob bereits der Gedanke an Nüsse eine allergische Schockreaktion ausgelöst hätte.

»So!« Natalie erhob sich. »Ich räume Ihnen jetzt mal eben die Küche auf. Und Sie legen sich wieder hin. Sie sind ja ganz hellgrün im Gesicht.«

»Das müssen Sie wirklich nicht tun, ich …«

»Abmarsch.« Natalie machte eine wedelnde Handbewegung, die sie sich von Hertha abgeschaut hatte, und zu ihrem großen Erstaunen trollte sich Theodor wortlos in sein Schlafzimmer.

Die Tür klappte hinter ihm zu.

Alles war still.

Natalie sah sich um. Eine Traumwohnung, dachte sie und zog ihre Schuhe aus. Über honigfarbenes Parkett, das in der Sonne schimmerte, ging sie barfuß zum Fenster. Wie ein Mini-Eiffelturm hob sich der Funkturm gegen den blauen Himmel ab. Natalie musste an das Fernsehbärchen ihrer Kindheit denken, und dann fiel ihr die Büchershow ein. Ihr Magen krampfte sich zusammen. In der Wohnung schlug irgendwo eine Uhr. Es schien von weit weg zu kommen.

Natalie begann den Tisch abzuräumen. Sie gab sich große Mühe, nicht mit dem Geschirr zu klappern.

So ist es vielleicht, wenn man verheiratet ist, dachte sie und ging auf Zehenspitzen in die Küche. Dann gehört man zusammen, dann sorgt man füreinander, dann bespricht man sich. Sie begann die Auflaufform abzuwaschen. Ach, womöglich war ihr doch etwas entgangen? Das Zusammenleben mit einem Mann konnte vielleicht ganz nett sein. Vor allem mit einem so hinreißenden wie Theodor Silberstadt. Keuchend schrubbte Natalie an den Fischresten herum. Sie hatte wohl nie die richtigen Signale gesendet. Empfangen hatte sie allerdings auch nie welche. Die Männerwelt war für sie ein Mysterium. Vielleicht … erschrocken sah sie auf, vielleicht hatte sie schon wieder nichts kapiert, und Theodor lag nebenan im Schlafzimmer und wartete auf sie? Womöglich … nackt? Woher sollte sie das wissen? Und wenn sie nicht käme, würde er glauben, dass sie nichts von ihm wollte? Oh, die Liebe war kompliziert. Warum waren ihr die Spielregeln nie erklärt worden? Natalie drehte den Heißwasserhahn zu, lehnte sich gegen den Kühlschrank und grübelte: *Wer gefunden werden will, muss sich verstecken*, hatte einer ihrer himmlischen Hinweise geheißen. Theodor hatte sich also im Schlafzimmer versteckt (im übertragenen Sinne) und wartete darauf, dass sie ihn fand.

Und sie, Natalie, war die Nuss (auch wieder bildhaft natürlich). Sie war die Nuss, die er zu knacken hatte, um an ihren (Sie kicherte schulmädchenhaft.) Kern zu kommen.

Ihr Herz schlug schneller.

Wann hatte sie eigentlich das letzte Mal Sex gehabt?

Silvester 2007/08?

Ja.

Sie war auf einer Party gewesen, die die Bekannte einer flüchtigen Bekannten gegeben hatte, und Natalie war einfach mitgenommen worden. Alle Leute waren ihr fremd. Sie saßen in der Küche um einen Tisch herum, aßen Nudelsalat und sprachen über ihre Bestandsimmobilien. Bestimmt würden sie nachher noch Blei gießen und sich spitze Partyhütchen aufsetzen. Im CD-Spieler lief *In The Air Tonight*. Nichts gegen Phil Collins, dachte Natalie, aber dieses Lied ist einfach zu lange her. Unmut erfasste sie. Hier stimmte einfach gar nichts, fehlte nur noch der Katzenkratzbaum im Wohnzimmer. Suchend sah sie sich um. Ihr Blick blieb an einem wulstigen, braunen Kunstledersofa hängen. So etwas Hässliches hatte sie noch nie gesehen. Dieses Möbelstück war ja geradezu obszön.

Dass sie wenig später ausgerechnet auf diesem Alptraumsofa Sex haben würde, konnte sie noch nicht wissen. Und hätte sie es auch nur geahnt, wäre sie laut schreiend nach Hause gerannt.

Als *In The Air Tonight* verklungen war, kam Frank-Uwe Finkensteiner auf sie zu und reichte ihr ein gefülltes Sektglas, was Natalie nett fand. Sie war froh, dass überhaupt jemand mit ihr redete, und die Süße des Sektes, selbst Frank-Uwes gelbe Zähne störten sie nach dem fünften Glas gar nicht mehr so doll.

Um Mitternacht gingen alle hinaus, nur Natalie und Frank-Uwe blieben auf dem monströsen Sofa sitzen. »War nett, dich kennengelernt zu haben«, sagte Natalie und gähnte. »Ich geh gleich nach Hause.«

Daraufhin rutschte er heran und küsste sie. Durch Frank-Uwe Finkensteiners Brillengläser hindurch starrte Natalie auf seine geschlossenen Augen und dachte sich, dass sie locker bleiben und nicht länger über besiedelte Mundhöhlen nachdenken sollte. Sie machte die Augen zu, fühlte zunächst überhaupt nichts und dann den Bügel von Frank-Uwes Brille, der über ihre Wange schrammte, was sie nicht besonders erotisierend fand.

Heftig atmend fingerte Frank-Uwe unter ihrem Pullover herum, bekam den BH-Verschluss nicht auf, konzentrierte sich dann auf den Knopf ihrer Jeanshose, und Natalie sagte sich, dass Sexualität schließlich ein menschliches Grundbedürfnis sei, dem sie mal wieder nachgeben sollte. Wenn sie erst dabei wäre, würde es ihr schon Spaß machen.

Machte es aber nicht.

Peinlich berührt schaute Natalie beiseite, als Frank-Uwe ein Kondom auspackte, wenig später quietschte das kunstlederne Alptraumsofa unter ihrem Gesäß, schließlich gab Frank-Uwe ein ähnlich quietschendes Geräusch von sich, und dann … war es vorbei.

Natalie fuhr mit dem Taxi nach Hause und wünschte sich selbst ein »Frohes neues Jahr«, welches für sie allerdings mit einer heftig juckenden Latexallergie im Intimbereich begann.

Ja, das war Silvester 2007/08 gewesen.

Natalie lehnte immer noch an Theodors Kühlschrank, und trotz der sommerlichen Temperaturen schauderte sie. Nicht mehr an Frank-Uwe Finkensteiner denken, dachte sie und schüttelte sich.

Sie sollte hier nicht länger herumstehen und Theodor warten lassen. So ein Mann war es bestimmt nicht gewohnt zu warten. In Gedanken überprüfte Natalie ihre Unterwäsche. Ein weißer BH von *La Perla*. Vollkommen in Ordnung. Ein leicht angegrauter Slip von C&A. Nicht besonders sexy. Aber das war jetzt nicht zu ändern. In einer Aufwallung von Verwegenheit zog sie ihre Bluse aus, ließ sie auf den Küchenfußboden fallen, der Rock folgte, und dann schlich Natalie mit wild schlagendem Herzen zur Schlafzimmertür von Theodor Silberstadt.

▸◂

»Ob fünfundzwanzig Hummer für die Vernissage ausreichen, was meinst du?« Fragend sah David Rudolf an.

Die drei waren vom Wannsee zurückgekehrt und saßen nun sonnensatt auf einer Hollywoodschaukel, die gerade mal so auf Rudolfs Balkon passte. Man durfte nur nicht zu doll schaukeln.

»Hm, na ja.« Rudolf machte ein nachdenkliches Gesicht. »Ich weiß nicht, das sind eher zu viele.«

»Mir juckt der Kopf«, sagte Rosie.

»Wieso?«

»Na, weil es eben juckt.«

»Ich meinte nicht dich, Rosie, ich meinte deinen Vater.«

Rudolf räusperte sich. »Der Raum ist nicht so groß.«

»Deine Galerie hat nur einen Raum?«

»Das macht mich verrückt.« Rosie kratzte sich mit beiden Händen hinter den Ohren.

»Liebes Kind«, sagte David streng. »Gewöhn dir bitte ab, immer dazwischenzuquatschen, wenn Erwachsene reden.«

Rosie grinste ihn an. Sie wusste, dass David sie anbetete. Er hatte sich in der Mädchen-Ecke bei *Spiele Max* ausführlich beraten lassen und brachte ihr jetzt immer etwas mit: Barbies Glitzerkamm, rosa Haarspängchen, Zubehör für den Kaufmannsladen. Neulich hatte er ihr den Disney-Prinzessinnen-Regenschirm geschenkt, den sie sich sehnsüchtig gewünscht hatte, denn sie wollte zukünftig ihren eigenen Schirm über sich halten, wenn sie mit Hertha unterwegs war.

Obwohl es heiß und eng in der Schaukel war, blieb Rosie zwischen Rudolf und David sitzen. Sie mochte ihre tiefen Stimmen.

Die beiden sprachen mal wieder über die Hummer. Rosie wunderte sich, dass Erwachsene so beharrlich über ein einziges Thema reden konnten. Doch gerade eben war etwas Neues gesagt worden, das die ganze Atmosphäre veränderte: »Ja, nur ein Raum.« Und plötzlich ruckte ihr Vater unruhig mit dem Hintern hin und her, was zur Folge hatte, dass die Schaukel wimmernd auf und nieder wippte. Das hätte sie mal wagen sollen! Dann hätten alle wieder gemeckert, sie wäre schlimmer als ein Sack Flöhe. Aber Erwachsene durften so etwas. Erwachsene durften alles: ruckeln und zappeln und lügen und vor dem Fernseher ungesunde Sachen essen. So wie ihre Mutter in Bielefeld. Die löffelte ein Glas Nutella leer und aß dazu Wasabi-Chips. Bloß weil sie ein Baby bekam.

Rosie wurde von dem Geschlinger in der Hollywoodschaukel ein bisschen seekrank, sie erwog, aufzustehen und mit Feivel im Kinderzimmer zu spielen. Vorher wollte sie aber noch wissen, wie es hier weitergehen würde, denn irgendetwas war auf einmal anders.

»Aber du hast doch eine Galerie, Rudolf?«, fragte David gerade. »Die hast du doch, oder?«

»Natürlich«, antwortete Rosie, weil ihr Vater schwieg. »Gleich neben dem Teeständer.«

»Teeständer?« David sah sie verwundert an.

»Ja, neben dem Teeständer«, wiederholte sie ungeduldig, und dann juckte es sie am Hinterkopf.

»Ich verstehe nicht, was ein Teeständer in einer Kunstgalerie verloren hat«, sagte David. »Ich glaube, ich weiß nicht einmal genau, was ein Teeständer überhaupt sein soll.«

Rosie verdrehte die Augen und stöhnte. »Du weißt doch wohl, was Tee ist.«

»Ja, schon.«

»Und du weißt auch, was ein Ständer ist.«

»Hm.«

»Also ist ein Teeständer ein Ständer, auf dem Tee steht. Kapiert?«

»Ist das Kunst?«, fragte David an Rudolf gewandt.

»Da lief gerade ein kleines Tier über Rosies Scheitel«, sagte Rudolf.

»Ob der Teeständer Kunst ist, will ich gern wissen.« David schien seine Geduld zu verlieren. »Und jetzt hör endlich mit dem verdammten Gezappel auf, Rudolf, und sag mir, was hier gespielt wird!«

»Pediculosis capitis!«

»Was?«

»Rosie hat Läuse!«, rief Rudolf, woraufhin Rosie in gellendes Geschrei ausbrach und damit alle weiteren Fragen zu Galerieräumen und Teeständern unmöglich machte.

»Neiiiiiiiin!«, brüllte sie. »Das ist ja so widerlich!«

»Papi rennt ganz schnell rüber in die Apotheke und holt ein sehr wirkungsvolles Mittel für Rosilein!«

»Ich wiiill keine Lääause haaaabeeeen!«

»Entschuldige, David«, rief Rudolf gegen das Gebrüll seiner Tochter an und erhob sich eilig. »Bin gleich wieder da. Würdest du so lange bei Rosie bleiben?«

»Klar, doch«, antwortete David, der in seinem Leben noch keine Laus gesehen hatte. »Zeig mal, Rosie.«

»Geh weg.« Sie schlug nach ihm.

»Ich will doch nur mal sehen, ah ja, tatsächlich, da rennt eine. Die ist aber ordentlich groß!«

Rosie begann wieder zu kreischen, was Feivel anlockte. Aus kreisrunden Augen glotzte er seine tobende Herrin an. Dann ging er wieder.

»Jetzt hör schon auf«, sagte David und klopfte Rosie vorsichtig auf den Rücken. »Die Nachbarn werden die Polizei rufen, weil sie glauben, dass ich dich foltere.«

Sie schniefte.

»Ich frag mal Hertha.« David holte sein Handy aus der Brusttasche.

Während er auf der Tastatur herumtippte, kratzte sich Rosie wie rasend den Kopf. Wenigstens hatte sie aufgehört zu schreien.

»Was tut man, wenn man Läuse hat, Herthalein?«

»Du hast viel zu wenige Haare dafür.«

»Ich frage ja auch nicht für mich«, gab David verstimmt zurück. Den Verlust seiner Lockenpracht hatte er nie richtig verwunden.

»Wir haben das früher mit Mayonnaise gemacht. Das erstickt die Viecher, und die Nissen lassen sich leicht herauskämmen. Für das Haar ist es auch nicht schlecht. Aber heutzutage würde ich lieber etwas mit richtig viel Chemie nehmen. Das ist sicherer. Was macht denn mein Rosilein?«

»Um die geht es.«

»Ach, du grüne Neune. Gib sie mir mal.«

David reichte den Hörer weiter und stand auf. Mayonnaise? Er kicherte. Selbst geschlagen? Mit einem Hauch Curry und frischer Zitrone? So bereitete Theodor sie zu, und niemals in seinem ganzen Leben hatte David eine bessere Mayonnaise gegessen als diese. Er sollte sich die Erinnerung daran nicht mit der Vorstellung qualvoll erstickender Blutsauger verderben.

»Bu-hu«, machte Rosie ins Handy.

David ging ins Wohnzimmer. Über Rudolfs Schreibtisch hing das Gemälde *Tiefkühlhummer auf Anker*, das er ihm geschenkt hatte. Mit verschränkten Armen blieb er davor stehen. Ein warmes Gefühl durchströmte ihn. Habe *ich* gemalt, dachte er. Sieht toll aus auf der dunkelgrün gestrichenen Wand. Dieser Rudolf hat doch wirklich Kunstverstand.

David wollte gerade weiter durch die geschmackvoll eingerichtete Wohnung schlendern, da zog Rosie von hinten an seinem Hemd. »Hertha sagt, es ist nicht so schlimm«, verkündete sie und gab ihm sein Handy zurück. »Das wird gleich ein großes, grässliches Massensterben auf meinem Kopf.«

»Wenn dir die Vorstellung gefällt.« David lächelte.

Rosie nickte.

»Wie war denn das nun mit dem Teeständer?«

»Fängst du schon wieder damit an?«, fuhr Rosie ihn mit funkelnden Augen an. »Ich habe gerade wirklich keine Nerven dafür.« Das sagte ihre Mama auch immer zu ihr.

»Verstehe.« David nickte.

»Also gut«, Rosie schaute mitleidig zu ihm auf. »Es ist ein Ständer …«

»Das meine ich gar nicht«, unterbrach David und sah ein ameisenähnliches Insekt über Rosies Schläfe spazieren. Ich sage jetzt lieber nichts, dachte er sich, sonst schreit sie wieder. »Ich wollte nur wissen, was das für eine Galerie ist, die dein Papa hat.«

»Du meinst, da, wo die Bilder hängen?«

»Ja.« Davids Augen glommen.

»Das ist die Wand neben dem …« Rosie holte tief Luft. Heute war wohl mal wieder so ein Tag, an dem sich die Erwachsenen besonders dumm anstellten, »… neben dem Ständer mit dem Tee«, beendete sie seufzend ihren Satz.

»Die *Wand*?«, rief David.

»Ja-ha. In der A-po-the-ke.«

»Dein Vater stellt Bilder in einer Apotheke aus?«, kreischte David und war erstaunt, wie hoch seine Stimme klingen konnte.

Rosie strahlte. »Toll, was? Und du darfst auch mal.«

»Aber … aber … Ich dachte, er hätte eine richtige Gemäldegalerie.« Davids Knie fühlten sich ganz weich an.

»Hat er doch.«

»Er hat eine *Wand*, Rosie, eine verdammte *Wand*.«

»Na, sollen deine Bilder auf dem Boden liegen, oder was?« Mit beiden Fäusten schrubbte sich Rosie gereizt die Schläfen.

»Ich fasse es nicht«, murmelte David. »Rudolf ist kein Galerist, sondern Apotheker.«

Rosie nickte heftig mit dem Kopf. »Und Papa sagt, wenn ich artig bin, dann kriege ich im Herbst auch meine eigene Ausstellung in der Apotheke.« Sie räusperte sich und machte ein altkluges Gesicht. »Ich arbeite nämlich an einer Serie, die sich *Fliegende Krokodile* nennt. Und Papa ist begeistert.« Wie rotes Stroh standen ihr die Haare vom Kopf ab.

»Dann sind wir ja Kollegen, Rosie.« David musste sich auf den Fußboden setzen.

»Ja.« Lächelnd sah sie ihn an.

In diesem Moment wurde die Wohnungstür aufgeschlossen, und Rudolf war wieder da. »Rettung naht!«, rief er.

Mühsam rappelte sich David auf. »Ich gehe dann mal.«

»Nee!«, schrie Rosie. »Du sollst nicht gehen. Willst du nicht beim großen, grässlichen Massensterben mitmachen?«

»Eigentlich nicht.«

Rudolf war ins Bad geeilt. »Kommt, es geht los! Jetzt wird dieses Mittel einmassiert, man lässt es dreißig Minuten wirken, und dann …«

»Rudolf«, sagte David matt. »Du hast gelogen.«

Rudolf saß auf dem Badewannenrand, hielt eine kleine Sprühflasche in den Händen und sah schuldbewusst auf.

»Ich habe ja nie gesagt, dass ich eine *Galerie* hätte«, murmelte er undeutlich.

»Willst du mich verarschen?«, brüllte David.

»Hui, böses Wort.« Rosie setzte sich auf den geschlossenen Toilettendeckel.

»Nein, wirklich nicht, David!«, rief Rudolf. »Ich möchte deine Hummer ausstellen, weil ich sie göttlich finde.«

»In einer beschissenen Apotheke? Neben einem beschissenen *Teeständer*?«, brüllte David, immer lauter werdend, und seine Hände ballten sich zu Fäusten, die er Rudolf am liebsten ins Gesicht geschlagen hätte.

»Hey, die Apotheke von meinem Papa ist gar nicht beschissen!«, protestierte Rosie vom Klodeckel aus.

»Ich wollte dir nur anbieten, was in meiner Macht steht«, flüsterte Rudolf. »Das war viel zu wenig, ich weiß, aber ich hatte irgendwie keine Gelegenheit gefunden, dir zu sagen, dass …« Er ließ den Kopf hängen. »Es tut mir leid.«

»Und mir erst!«, tobte David, und bevor er mit seinen Fäusten Unheil anrichten konnte, drehte er sich um und rannte laut schreiend aus der Wohnung.

Eine Vernissage in einer Apotheke am Rüdesheimer Platz? Dagegen war ja Neuruppin glanzvoll gewesen! Wie ein ausgerasteter Stier galoppierte David mit gesenktem Kopf, den Siegfriedbrunnen missachtend, zur U-Bahn.

Er stolperte die Treppen hinab, sah noch die Rücklichter seiner Bahn im Tunnel verschwinden, dann brach er keuchend auf einer Wartebank zusammen und stützte den Kopf in beide Hände. Was war er doch für ein Narr gewesen!

Er hätte viel früher stutzig werden müssen: Rudolfs wirres Gerede über Farben und Formen, sein Schwärmen für van Gogh (*Sternennacht* hing als gerahmtes Poster in Rudolfs Küche.), sein Fachsimpeln mit Hertha über Arthrose und Harnröhrenentzündungen, das passte doch alles nicht zusammen, das war doch Bockmist, nicht mehr als das geckenhafte Geschwätz eines … Schmetterlings. Ein treffenderer Begriff wollte David nicht einfallen, denn soeben kam mit viel Getöse die U-Bahn. David stieg ein, fand keinen Sitzplatz und ärgerte sich bis zum Hohenzollerndamm maßlos über sich selbst (wie dumm war er gewesen, wie blind, wie dämlich), an der Spichernstraße übermannte ihn Selbstmitleid, und am Wittenbergplatz beschloss er auszusteigen, um sich im KaDeWe etwas Gutes zu tun. Er würde sich irgendetwas sündhaft Teures kaufen, was er sich gar nicht leisten konnte. Wenn er schon untergehen sollte, dann wenigstens stilvoll.

Wie ein russischer Graf.

Na, dachte David, das passt doch: ein russischer Graf im KaDeWe.

Um die Verkäuferin in der Taschenabteilung ein wenig zu ärgern, begrüßte er sie mit *Dobre djin*, was er für Russisch hielt und woran er sich aus Fliegereitagen erinnerte. Die Frau erwiderte seinen Gruß mit einem unverständlichen, zwitschernden Wortschwall, und wenig später hatte David ein Reise-Necessaire für 365 Euro erstanden. Er fühlte sich um keinen Deut besser. Jetzt wollte er ein Glas Champagner auf seinen Untergang trinken.

Mit dem Fahrstuhl fuhr er in den sechsten Stock, setzte sich neben drei beschwipst kichernde Touristinnen an die Veuve-Clicquot-Bar und begann zu grübeln. Er hatte zwei gemalte Hummer verschenkt, keinen einzigen verkauft, dafür einem echten das Leben gerettet. Der Champagner wurde vor ihn hingestellt. David trank durstig und versank dann wieder in düsterem Zwiedenken.

Er hatte außerdem seine Beziehung vermasselt, sich einen degenerierten Amerikaner angelacht, der ihm wie eine Zecke an der Wade hing, und er hatte bis vor einer halben Stunde jemandem vertraut, der ihn doch bloß auf den Arm genommen hatte. Ach, Rudolf. Er würde ihn wohl nie wiedersehen. David schluckte. Jetzt bloß nicht anfangen zu heulen, dachte er. Das hätte gerade noch gefehlt. Doch dann fiel ihm Rosie ein, seine süße kleine, rosa Lullu-Fee, und es gab kein Halten mehr. Tränen, die er fortwischte, perlten immer wieder nach, liefen über sein Gesicht und tropften auf seine Hose. Eilig stand er auf, warf einen Geldschein auf den Tresen und ging … Wohin?

Nach Hause, er wollte nach Hause. Doch wo war das?

▶◀

Natalie erwog, auch noch ihren BH auszuziehen. Damit ihr Anliegen unmissverständlich war. Und dieser verwaschene Slip musste auch weg. Den Rest würde sie Theodor überlassen. Und dann könnte man sich vielleicht auch endlich duzen.

Sie legte eine Hand auf die Klinke und ein Ohr an die Tür. Alles war totenstill. Ob er schlief? Ob er las? Vielleicht wälzte er sich auch voller Verlangen hin und her? Aber das würde sie doch hören. Hinter dieser Tür wälzte sich niemand hin und her. Vielleicht hatte er seine bohrende Leidenschaft ganz allein niederringen müssen und lag nun verschwitzt in zerwühlten Laken, immer noch halb wahnsinnig vor Verlangen nach ihr? Natalie verzog das Gesicht. Sie hatte definitiv zu viel miese Bücher vorgestellt, in denen muskulöse Männer reizende, reuige Rebellinnen bezähmten und ihnen verruchte Küsse von den sündigen Mündern stahlen und …

Also los jetzt, feuerte sich Natalie an, schlüpfte aus dem Slip und öffnete ihren BH.

Theodor lag tatsächlich in zerwühlten Laken, was weniger mit Natalie zu tun hatte als mit den vielen Gedanken, die ihn quälten.

Wieder starrte er in die Stuckrosette an der Decke und fragte sich gerade, wie viele Leute wohl schon vor ihm in ebendiese Rosette gestarrt hatten (das Haus war schließlich vor über hundert Jahren erbaut worden), als sich leise die Schlafzimmertür öffnete. Theodor schloss die Augen und stellte sich schlafend.

Er hatte keine Lust zu reden.

Eine Weile passierte nichts. Dann knarrte das Parkett. Jemand schien sich seinem Bett zu nähern. Das konnte ja bloß Frau Schilling sein, die ihm in ihrer fürsorglichen Art eine Tasse Tee bringen wollte. Wie nett, aber warum ging sie denn nicht wieder? Theodor hörte sie atmen.

Schließlich wurde es ihm zu dumm, und er öffnete die Augen. Und was er sah, verschlug ihm die Sprache. Splitterfasernackt stand Natalie Schilling mit weit aufgerissenen Augen an seinem Bettrand und trat sichtlich verlegen von einem Fuß auf den anderen.

Theodor gab einen quäkenden Laut von sich, zu dem er sich nicht fähig geglaubt hätte. Dann tauchte er eilig unter seine zerwühlten Laken, um dort einen Entsetzensschrei zu unterdrücken. *Hilfe*, dachte er panisch, *was mach ich denn jetzt?* Doch plötzlich wurde ihm die Absurdität seiner Situation bewusst. Ein gewaltiges Lachen begann in seinem Bauch zu brodeln, schob sich wie eine Naturgewalt in die Höhe, füllte seinen Hals aus, verzog seine Mundwinkel, ließ seinen Körper konvulsivisch zucken.

Ratlos sah Natalie auf den weißen Hügel. Nun, Herr Silberstadt machte offenbar keine Anstalten, jetzt gleich glutvoll über sie herzufallen. Irgendetwas war mal wieder schiefgegangen. Und peinlich war es außerdem. Natalie ging einen Schritt nach hinten. Sie könnte behaupten, dass sie auf dem Weg ins Badezimmer gewesen wäre und sich in der Tür geirrt hätte. Das klang doch äußerst plausibel.

Der Hügel zitterte.

Am besten wäre es wohl, den Rückzug anzutreten, solange Herr Silberstadt noch unter seinem Laken hockte. Dann könnte sie später behaupten, er hätte eine Fiebervision gehabt.

Aber Herr Silberstadt, haha, ich muss mich doch sehr wundern. Das ist ja … hahaha, und wovon träumen Sie nachts?

Jetzt aber nichts wie weg hier.

Natalie drehte sich um, flitzte auf Zehenspitzen davon, und als sie schon fast an der Tür war, hörte sie Theodor röcheln. Abrupt blieb sie stehen. Der Lakenhügel bäumte sich auf und sank wieder in die Tiefe. Erlitt Theodor gerade einen Herzinfarkt?

»Herr Silberstadt?«, rief Natalie leise, erhielt aber keine Antwort. Nur ein Japsen erklang. Er stirbt, dachte sie und sah sich hektisch im Raum nach etwas um, womit sie ihre Nacktheit bedecken könnte. Sie fand aber nichts. Deswegen riss sie kurzerhand ein Ölgemälde von der Wand, auf dem zwei rotwangige Äpfelchen auf einem Teller dargestellt waren, und hielt es sich vor die Brüste. Dergestalt gerüstet, näherte sie sich wieder dem Bett. Vorsichtig lüpfte sie das Laken. Da lag er, in embryonaler Kauerhaltung: der Mann ihrer Träume, ihr Extherapeut, und versuchte vergebens, sich die Fingerknöchel beider Hände in den Mund zu stopfen.

»Haben Sie Schmerzen?«, flüsterte Natalie.

Er wandte den Kopf ab, schüttelte ihn und schnaufte erstickt in die Matratze.

»Ich rufe den Notarzt«, entschied Natalie und eilte, das Apfelbild wie einen Schild vor sich hertragend, zur Tür.

»Nicht nö-höhö-tig«, rief Theodor glucksend, und Natalie fiel ein, dass ihr Hinterteil unbedeckt und sonnenbeschienen war. Schnell drehte sie sich um, und genau in diesem Moment richtete sich Theodor auf. Er sah Natalie mit nackten Hinterbacken herumwirbeln. Nun stand sie vor ihm und hielt ein Ölgemälde aus dem neunzehnten Jahrhundert vor sich. Die Farbe der Äpfelchen war dieselbe, die in ihrem Gesicht glühte.

Theodor wischte sich übers Gesicht. Reiß dich zusammen, dachte er bebend, reiß dich um Gottes willen zusammen. Er biss die Zähne aufeinander und konzentrierte sich darauf, wieder Herr über seinen zuckenden Körper zu werden, doch es fühlte sich an, als wäre irgendeine alberne Wesenheit in ihm gefangen, die wild an seinem Zwerchfell herumrüttelte und mit viel Gedöns wieder aus ihm herauswollte. Und zwar jetzt!

Theodor presste die Lippen zusammen, versuchte an etwas Trauriges zu denken, an Bambis Mutter, an die Beerdigung von Denys Finch Hatton, an … doch vergebens. Sein Mund öffnete sich, und brüllendes Gelächter quoll heraus.

»Lachen Sie etwa …«, rief Natalie empört hinter dem Gemälde hervor, »… über mich?«

Laut gackernd fiel Theodor in seine Kissen zurück, in denen er sich eine Weile herumwälzte. Als er endlich wieder aufblickte, war Natalie verschwunden. Grunzend wischte er sich die Lachtränen aus den Augen.

»Frau Schilling!«

Das Bild hing wieder an der Wand.

Theodor boxte sich auf den Oberarm. Der Schmerz brachte ihn zur Räson. »Frau Schilling?«

Wie hatte er sich dermaßen gehen lassen können? Die arme

Frau so auszulachen. Aber warum war sie bloß nackt gewesen? Sie wollte doch nicht … sie war doch nicht etwa …? Fast hätte er wieder losgelacht, aber eigentlich war es gar nicht lustig. Er hatte sich den Schlamassel seines Lebens eingebrockt. Da geisterte eine unbekleidete, sich selbst therapierende Exklientin verliebt durch seine Wohnung. So etwas kam doch eigentlich nur in amerikanischen Komödien vor. Was sollte er tun? Wenn er Natalie jetzt in seinen sieben Zimmern suchen ging, wäre das ausgesprochen verfänglich. Sie könnte es missverstehen, kichernd hinter einer Gardine stehen und … Theodor stöhnte. Oh mein Gott.

Er mochte Natalie wirklich sehr gern. Aber eben auf seine Weise. Und nun hatte er sie verletzt. Mehr sogar, er hatte sie bis auf die Knochen gedemütigt. Theodor schüttelte ungläubig den Kopf. Wieso hatte er mal wieder nichts mitbekommen? Er, der promovierte Schlauberger, hatte das Einfühlungsvermögen eines Nilpferds.

Leise fiel die Wohnungstür ins Schloss.

Theodor horchte auf.

»Frau Schilling?«

▸◂

Während David und Natalie jeweils recht zeitnah die Flucht ergriffen hatten, hockte Rudolf zerknirscht auf dem Badewannenrand, Rosie traurig auf dem Klodeckel und Theodor betroffen auf seiner Bettkante.

Hertha, die immer noch französische Vokabeln lernte, und der schlafende Feivel erfreuten sich hingegen bester Laune.

Auch Tim fand das Leben heiter. Er lag mit einigen Freunden im Atelier herum. Man vertrieb sich die Zeit mit dem Gleitenlassen von Papierfliegern. Und dem Trinken von Bier. Und dann versuchte man die Papierflieger mit den leer gewordenen Bierbüchsen in der Luft abzuschießen, was ein großer Spaß war.

»Ich habe ja nicht gelogen«, sagte Rudolf gerade zu seiner Tochter, denn er hatte den Eindruck, sich rechtfertigen zu müssen. »Ich habe lediglich einen Teil der Wahrheit ausgelassen.«

»Das ist dasselbe«, erwiderte Rosie.

»Meinst du?«

Rosie nickte. Dann deutete sie auf die Sprühflasche, die Rudolf noch immer in der Hand hielt. »Könnten wir jetzt bitte mit dem großen, grässlichen Massensterben beginnen?«

»Was? Ach so. Ja. Liebend gern.«

Wenig später war das Mittel einmassiert, und Rudolf fuhr mit dem Nissenkamm immer wieder durch Rosies langes Haar, kämmte geduldig Strähne um Strähne aus.

So verging der Rest des Nachmittags.

»Fertig«, sagte Rudolf schließlich und holte zwei kleine Flaschen Limonade aus dem Kühlschrank. »Prost, Rosie.«

Leider waren zwei Nissen haften geblieben, was dazu führte, dass die Prozedur nach drei Wochen wiederholt werden musste und es sowohl auf Rosies Kopf als auch auf den Köpfen ihrer Freundinnen Anne und Sophie ein erneutes Massensterben geben würde.

»Scheißglückskekse«, murmelte Natalie, die bei sich zu Hause angekommen war und seit einer Dreiviertelstunde unter der Dusche stand. »Scheißmänner, Scheißsex!« Inzwischen hatte sie bereits drei Mal ihr Haar shampooniert und traktierte sich fluchend mit einem Luffa-Peeling-Schwamm.

Doch das miese Gefühl ließ sich nicht abwaschen.

Wie erniedrigend war das bloß gewesen: Sie hatte ihre Kleidungsstücke, die überall in Theodor Silberstadts edler Wohnung verteilt gewesen waren, zusammengeklaubt und sich im hinabfahrenden Fahrstuhl angezogen. Dann war sie aus dem Haus gestürzt, um niemals wiederzukommen.

»Scheiß-Lietzensee-Ufer.«

Doch das Schlimmste an der ganzen Geschichte war die Tatsache, dass Theodor sie nicht nur verschmäht hatte, er hatte sich bei ihrem Anblick vor Lachen gewunden. Er hatte gelacht wie Cruella de Vil auf Speed. Gar nicht schön. Seufzend scheuerte Natalie mit dem Schwamm über ihre Schienbeine. Was war bloß schon wieder schiefgegangen? Ach, sie wollte es gar nicht wissen.

Ihre Therapie war beendet. Sie hatte keine Angst mehr im Dunkeln, und vor Zwergen auch nicht. Und sie würde Theodor nie wiedersehen. So einfach war das Ganze. »Aus die Maus«, murmelte Natalie gereizt und stieg aus der Dusche.

Jetzt blieb ihr nur noch ihre Karriere.

Sie würde sich endlich die fünf bescheuerten Bücher vornehmen und dazu mindestens eine Flasche Rotwein austrinken. Sonst wäre es nicht zu ertragen.

Und dann würde sie eine Handvoll Baldriantabletten schlucken und schlafen gehen.

Dieser Tag schrie danach, beendet zu werden.

▸◂

Alles war still.

Erleichtert schloss David die Tür zu seinem Atelier auf.

Er wollte jetzt an seinen Fast-Food-Flowers weitermalen, und sollte Tim-Luzifer auch nur versuchen, ihn daran zu hindern, würde er ihm eine knallen. Dass er neuerdings Lust verspürte, seine Mitmenschen zu schlagen, irritierte ihn. Da war diese Gereiztheit in ihm, diese nagende Ungeduld. Was wohl Theodor dazu sagen würde? David seufzte.

Vorsichtig öffnete er die Tür und steckte seinen Kopf durch

den Spalt. Das Licht der untergehenden Sonne blendete ihn, er blinzelte verzückt. Ebendieser Gelbton würde den schlaffen Gänseblümchen, die er vorhin auf einem Grünstreifen gepflückt hatte, genau die richtige Dosis Nostalgie verleihen. Und dazu könnte er einen angebissenen, mit rosa Zuckerguss verzierten Cupcake malen.

Ein feminines Sujet. Warum nicht?

Gänseblümchenzuckersüß würde er es nennen.

David trat ein und schnupperte. Es roch eigenartig. Ganz angenehm eigentlich, nach Kamin, nach Geräuchertem, nach Skihütte. Die Assoziationen wollten bloß partout nicht zu einem Berliner Sommer passen. Egal, entschied David, jetzt schnell ans Werk. Das beste Mittel gegen Kummer jeglicher Art ist Arbeit, Arbeit und noch mehr Arbeit.

Er warf sich einen Kittel über und wollte sich gerade vor seine Staffelei stellen, als er bemerkte, dass sie nicht mehr da war. Die Staffelei war verschwunden. Irritiert zwinkerte David mit den Augen. Das Gegenlicht machte ihn ja geradezu blind. Er trat zurück, und ein schepperndes Geräusch ließ ihn zusammenzucken. Was war das? Missbilligend schüttelte David den Kopf. Eine leere Bierbüchse. Und da drüben war ja noch eine. Und noch eine … und noch eine. Der ganze Fußboden war davon übersät.

Und was lag dazwischen herum und sah aus wie ein Schwarm toter Möwen? David hob einen der Papierflieger auf. Aus feinstem Aquarellpapier gefaltet, stellte er fest und knirschte mit den Zähnen.

Was war hier los?

In diesem Moment verschwand die Sonne hinter den Dächern, und David konnte das gesamte Ausmaß des Chaos in Augenschein nehmen. Sein Atelier war mal wieder total vermüllt, voller Zigarettenkippen und achtlos liegen gelassener

Kleidungsstücke. Die Staffelei lag zerbrochen in einer Ecke. David hielt die Luft an.

Ist das allegorisch, dachte er. Ich war geblendet von Tims Schönheit und sehe jetzt erst, wie sehr er eigentlich emotional verwahrlost ist.

Doch es kam noch schlimmer. Denn gerade entdeckte David auf dem Holzfußboden einen riesigen kohlrabenschwarz verfärbten Fleck, in dessen Mitte ein Häufchen Asche leicht schwelte. Ungläubig starrte er darauf, und es dauerte einen Moment, bis er begriff: Tim-Luzifer und seine höllischen Freunde hatten im Atelier ein Lagerfeuer entfacht! Vielleicht, um Marshmallows zu grillen, ein wenig auf der Gitarre zu spielen und alte amerikanische Volksweisen zu singen?

In Davids Kopf knackte etwas.

Es wurde höchste Zeit, dass er diesen Schmarotzer loswurde. Rosies Läuse fielen ihm ein. Er hatte sich einen Blutsauger an Land gezogen, ein zurückgebliebenes Riesen-Laus-Baby mit pyromanischen Neigungen, das man nicht allein zu Hause lassen konnte. »Genug«, hörte sich David mit fester Stimme sagen. »Genug!«

Und Sex hatten sie sowieso schon lange nicht mehr gehabt. Wer will schon Sex mit jemandem, der einen ganzen Nachmittag damit zubringt, Schokolinsen in die Luft zu werfen und mit dem Mund aufzufangen?

Plötzlich hörte David Regen. Erst klang es wie Nieseln, dann schwoll das Geräusch an, und ein mächtiger Platzregen ging nieder. Erstaunt blickte David aus dem Fenster, sah aber bloß die staubtrockenen Dächer Berlins und darüber einen wolkenlosen Abendhimmel voller Schlieren.

Wieder prasselte Regen, schwoll an, wurde leiser, verebbte.

David lauschte angestrengt. Da! Jetzt ging es schon wieder los. Es kam aus dem Schlafzimmer. Ein Rohrbruch?

Mit flatterndem Malerkittel stürmte David in den angrenzenden kleinen Raum, der nur durch einen Vorhang vom Atelier getrennt war, und was er erblickte, war viel schlimmer als ein Rohrbruch: Auf dem zerwühlten Futon lag Tim, nackt, grinsend und betrunken, ein merkwürdiges Instrument aus Bambus in die Höhe haltend, und neben ihm schlummerte, ebenso nackt (und wahrscheinlich ebenso betrunken), ein hübscher Asiat.

»Hi, Dave«, lallte Tim und drehte die Bambusstange herum, woraufhin wieder ein regenartiges Geräusch erklang. »Like my rain stick?«

Der asiatische Junge kicherte mit geschlossenen Augen.

»Out!«, schrie David, doch sein strenges Wort ging in weiterem Regenrauschen unter.

»Who's the old man?«, fragte der Asiat, der ein schmales Auge geöffnet hatte.

»Hey, Moment mal, ich bin überhaupt nicht …«, donnerte David. Der Rest des Satzes verhallte ungehört in Geprassel und Gekicher.

»Out! Out! Out!«, brüllte David und stampfte dazu dreimal mit dem Fuß auf, was (er merkte es selbst) wenig überzeugend wirkte.

Seufzend legte Tim seinen Regenstab beiseite, zündete sich eine Zigarette an und versuchte gleichzeitig, mit dem großen Zeh den CD-Player einzuschalten.

David eilte hinaus. Was konnte er tun? Die Polizei rufen? Er würde sich ja vollkommen lächerlich machen und womöglich strafbar, denn die Pflänzlein auf der Fensterbank, die Tim immer so liebevoll wässerte, sahen verdächtig nach Marihuana aus.

Heftig atmend lehnte David sich gegen die Wand.

Nebenan ging etwas zu Bruch, wahrscheinlich der CD-

Player. David war klar, dass er Tim-Luzifer und den schläfrigen Chinesen jetzt sofort und eigenhändig rausschmeißen musste, aber in Wahrheit lag ihm Gewalttätigkeit wohl doch nicht so sehr. Seine Hände waren die eines Künstlers. Er wollte Blumen und Pinsel darin halten, edle Füllfederhalter und Kaviarlöffel aus Perlmutt. Er war nicht geschaffen für die Niedrigkeiten dieser Welt.

Trotzdem musste er etwas unternehmen, sonst würde sein Atelier bald von Drogen konsumierenden, Brandflecken hinterlassenden, Cheeseburger essenden Typen völlig vereinnahmt sein. Und das nächste Lagerfeuer würde wahrscheinlich das gesamte Mietshaus mit abbrennen, womöglich den halben Koppenplatz.

David stöhnte. Er fühlte sich so hilflos. So ausgenutzt.

Er wollte wieder weinen. Doch dann hatte er eine Idee.

▶◀

»Ist ja unerhört«, sagte Hertha.

»Ja.«

»Und der geht einfach nicht?«

»Nein.«

»Dann setz ihn an die Luft.«

»Das …« David rieb seine Künstlerhände aneinander. »… schaff ich irgendwie nicht.«

Hertha schaute ihn streng über ihre Brillengläser hinweg an. »Hast du was mit dem?«

»Nein, nein!« *Nicht mehr*, dachte er. »Doch nicht mit dieser Amöbe.«

»Und was soll ich tun?«, fragte Hertha und sah sich suchend um. »Wo ist denn die Bedienung?«

David wand sich. »Könntest du ihn für mich rausschmeißen?«

»Aber David, ich kenne den Jungen doch gar nicht.«

»Umso besser.«

»Und wenn er Ärger macht?«

»Der ist viel zu dumm.«

»Ah, da ist sie ja!« Hertha winkte. »Hallo? Würden Sie bitte unsere Bestellung aufnehmen? Die tut so, als ob sie mich nicht hört!« Fragend sah Hertha wieder zu David. »Wieso soll ausgerechnet ich ihn rausschmeißen?«

»Du hast so eine gewisse Art, Herthalein.«

»Was für eine Art?«

»Die Herrschaften möchten bestellen?«, fragte die herbeigeeilte Kellnerin.

»Ja«, erwiderte Hertha trocken. »Die Herrschaften möchten seit geraumer Zeit bestellen. Zweimal Schwarzwälder Kirsch, ein Kännchen Kaffee und einen Milch-Matsch … Mm … Wie heißt das, David?«

»Latte macchiato.«

»Sag ich doch. Und ab jetzt bitte ein bisschen flotter, Frollein. Wir sind schließlich keine Touristen.« Hertha ließ die Kuchenkarte zuknallen und wandte sich übergangslos an David. »Was für eine Art?«

Sag jetzt nicht furchteinflößend, schoss es durch sein Gehirn. »So willensstark. Und unbeirrt. Und mutig. Und dabei stets so charmant. Ganz Frau von Welt eben.«

Hertha lächelte. »Schmeichler.«

»Ist aber so, Hertha. Da könnte ich mir eine Scheibe abschneiden.«

»Von der Frau von Welt?« Hertha kicherte.

»Warum nicht?«

»Aber du sagtest doch, er wäre Amerikaner«, bemerkte Hertha, die wieder ernst geworden war.

»Ja und?«

Sie reckte das Kinn. »Ich spreche nur Französisch.«

»Du brauchst mit dem gar nicht zu sprechen. Der versteht sowieso nichts.«

Hertha bedachte David mit einem festen Blick. »Ich mache es, aber nur …«

»Oh Herthalein!« David sprang auf, kam um den Tisch herumgelaufen und drückte Hertha an seine Brust, in der sein Herz vor lauter Erleichterung wild pochte.

»Du sollst mich nicht immer hochheben!«, erklang Herthas Stimme dumpf. »Schon gar nicht in der Öffentlichkeit.«

»Pardon.« Er küsste sie auf den Scheitel, dann setzte er sie sanft über ihrem Stuhl wieder ab.

»Also …« Hertha zupfte an ihrem Blusenkragen herum und richtete ihr Haar. »Ich schmeiß dir den Spinner raus. Unter einer Bedingung.«

»Alles, was du willst.«

»Du musst dich mit Theodor und mit Rudolf vertragen.«

David machte ein Geräusch, das sich wie »Hups« anhörte. Dann kam die Kellnerin mit Kaffee und Kuchen. »Den Matsch-Kaffee bekommt der junge Mann«, sagte Hertha und deutete auf David. »Ist die Torte auch ganz frisch?«

»Selbstverständlich.« Die Kellnerin verschwand wieder, und Hertha pikte mit der Kuchengabel in ihr Stück Schwarzwälder Kirschtorte. »Sieht gut aus.«

»Was weißt du von Rudolf?«, fragte David.

»Nichts. Ich weiß alles von Rosie. Ihr Vater hat es nur gut gemeint.«

Davids Gesichtsausdruck verhärtete sich. »Einstein hat es auch nur gut gemeint und die Atombombe erfunden.«

»Ach!« Hertha machte ihre berühmte wedelnde Handbewegung. »Nimm dich nicht immer so wichtig, David.«

»Aber ich bin wichtig!«, begehrte er auf.

»Vielleicht ist das der Trugschluss deines Lebens?«, fragte Hertha mit vollem Mund.

Stets so charmant, nehme ich zurück, dachte David. »Jeder Mensch ist wichtig«, beharrte er bockig. »Jeder Mensch hat seine Aufgabe im Leben. Jeder Mensch ist Teil eines riesigen Mosaiks, das …«

»Ja, ja. Du bist nichts weiter als ein selbstbezogener Schwätzer.« Hertha sah ihn freundlich an. »Und du drehst dir alles zurecht, wie du es gerade brauchst. Koste mal, die Torte ist köstlich.«

»Rudolf hat mich arglistig getäuscht.«

»Du willst sagen, du hast dich arglistig täuschen *lassen*, mein Lieber. Rudolf ist nämlich zu Arglistigkeiten gar nicht in der Lage. Dieser Mann ist ein Lamm. Und findest du nicht auch, dass er ein bisschen aussieht wie Vincent van Gogh?«

David verdrehte die Augen.

»Wie auch immer.« Hertha machte ein Pokerface. »Du kennst meine Konditionen.«

»Und wie soll ich an deinen heiligen Sohn herankommen? Der hat sich in seinen Schmollturm zurückgezogen.«

»Überleg dir einfach was.«

»Ach!«, rief David verärgert. »Du tust so, als wäre das Ganze eine Bagatelle.«

Hertha zuckte mit den Schultern. »Darf ich deine Beleg-Kirsche haben?«

▶◀

Natalie erwachte mit grässlichen Kopfschmerzen.

»Täglich grüßt das Murmeltier«, stöhnte sie leise.

Sei glücklich – wünsch es dir jetzt! hatte ihr hart zugesetzt, und sie hatte beim Überfliegen der Seite eine ganze Flasche Rotwein austrinken müssen. Auch *Na, klar bin ich eine erfolg-*

reiche Frau! war schwer zu ertragen gewesen. (Unterschätzen Sie die Wirkung eines Bleistiftrockes nicht. Lächeln Sie, wenn Sie am Telefon sprechen.)

Um es mit einem weiteren mittelalterlichen Frauenschicksal aufzunehmen, hatte Natalie eine weitere Flasche Wein geöffnet und dann (irgendwann mitten in der dunklen Nacht) entschieden, dass sie *Neunundneunzig Wege zu dir selbst* und *Mit Freude durch die Menopause* nicht auch noch ertragen könnte. Sie würde einfach irgendwelche Gemeinplätze formulieren, die mehr oder weniger beliebig auf alle diese Bücher anwendbar waren: »Großer Lesespaß«, »überraschende Wendungen«, »hochinformativ«, »brillant recherchiert«.

Natalie stieß auf, und etwas Saures geriet ihr in den Mund, das sie hastig wieder runterschluckte. Sie war zur Meisterin der Wortschablonen aufgestiegen, zur Spezialistin der peinlichen Auftritte. Sie war die Sonderbeauftragte für Holzwege, die Expertin für Irrungen und Wirrungen im Hier und Jetzt, die es sogar geschafft hatte, ihren eigenen Therapeuten ganz kirre zu machen. »Zum Kotzen«, flüsterte Natalie mit rauer Kehle. »Mein ganzes Leben ist zum Kotzen.«

Es klingelte.

Natalie runzelte die Stirn. Sie sah zum Fürchten aus und würde nicht öffnen. Bestimmt war es bloß wieder jemand, der die Briefkästen mit Werbung vollstopfen wollte. Obwohl sie einen kleinen Aufkleber mit der Bitte angebracht hatte, in ihren Kasten bitte *keine* Werbung einzuwerfen, schien sie immer besonders viel davon abzubekommen. Entweder waren die Zusteller allesamt niederträchtig, oder die Nachbarschaft wollte sie ärgern, oder … Jetzt klopfte es an ihrer Wohnungstür. Der Dackel von Frau Kasulke begann zu kläffen, und Natalie unterbrach ihre verdrossenen Gedankengänge. Ihr Herz schlug schneller, worüber sie sich wiederum ärgerte. Wo war ihr Problem? Jemand stand vor der Tür. Sie würde nicht öffnen. Fertig. So einfach war das.

Es klingelte wieder, lang und anhaltend, und das hysterische Gebell von gegenüber überschlug sich. Dackel Poldi geiferte durch den Briefschlitz.

»Hallo?«, rief eine Männerstimme. »Fleurop!«

Sofort riss Natalie die Tür auf und dachte sich im selben Augenblick, dass sie leichtgläubig, naiv und unvorsichtig war. Jeder dahergelaufene Axtmörder kannte doch den Trick mit den Blumen. Man brauchte einer Frau bloß zu sagen, dass man ihr Rosen oder eine Kleinigkeit von Cartier zu überbringen hätte, und schon öffneten sich Türen und Tore.

»Bitte sehr.« Der Mann drückte Natalie einen enormen Blumenstrauß in die Hand und ging ohne ein weiteres Wort. Verdutzt blinzelte sie in die Cellophanfolie. Sie hatte noch nie Blumen geschickt bekommen. Ein sonderbares Gefühl durchströmte sie. Sie fühlte sich ein wenig wie ... Marlene Dietrich.

»Halt die Klappe, Poldi!«, sagte sie dem tobenden Dackel und knallte ihre Wohnungstür zu. Dann riss sie das kleine Kuvert auf, das an der Folie klebte. Wer war der edle Spender? Ein Verdacht keimte in ihr ... und tatsächlich:

Sehr geehrte Frau Schilling,
es tut mir unsäglich leid, dass mein unhöfliches Verhalten Sie gestern dazu zwang, meine Wohnung so überstürzt zu verlassen. Ich bitte Sie in aller Form um Entschuldigung. Würden Sie mir eine Möglichkeit geben, mich zu erklären?

Es liegt ein grosses Missverständnis vor.

Hochachtungsvoll, Ihr Theodor Silberstadt

Die Lilien in Natalies Arm zitterten, die Köpfe der Callas nickten wie Dinosaurierköpfe, und der betörende Duft von weißem Blütenzauber stieg auf.

Ein großes Missverständnis? Wie meinte er das? Konnte man sich aus Versehen totlachen?

Natalie senkte ihr Gesicht über die Blumen und schloss kurz die Augen. Durch den intensiven Geruch der Lilien verschlimmerten sich ihre Kopfschmerzen schlagartig. Aber das berauschende Marlene-Dietrich-Gefühl hielt an und tröstete sie ein bisschen.

▸◂

»Guten Tag, verzeihen Sie, dass ich Sie auf dem Notfall-Telefon anrufe, aber mein Fall ist überaus dringend, und ihr guter Ruf als herausragender Therapeut ist bis weit über die Landesgrenzen gedrungen«, sagte jemand, der sich anhörte wie Rudi Carrell.

Geschmeichelt strich Theodor über die Glasplatte seines Schreibtisches. Er machte gerade Mittagspause und aß eine Banane. »Von wo rufen Sie denn an?«, fragte er, nachdem er hastig runtergeschluckt hatte.

»Aus Delft.«

Theodor legte die angebissene Banane auf den Teller zurück. »Wie kann ich Ihnen helfen?«

»Ich hätte gern einen Termin.«

»Moment.«

»So schnell wie möglich.«

Theodor blätterte im Kalender. »Übernächste Woche könnte ich Ihnen etwas anbieten …«

»Es ist ein Notfall.«

»Woher haben Sie überhaupt meine Notfallnummer?«

»Ein guter Freund gab sie mir.«

»Wer denn?«, fragte Theodor. Bitte nicht Schleyberger, betete er stumm.

»Sein Name soll geheim bleiben.«

»Und wie lautet Ihr Name?«

»... Jan Vermeer.«

»Also, wissen Sie ...« Irgendwas ist doch hier faul, dachte Theodor und bemerkte verärgert, dass die Banane einen matschigen braunen Fleck hatte.

»Ich flehe Sie an. Es geht um Leben und Tod!«, rief der aufgeregte Holländer. »Ich komme jetzt auf der Stelle!«

»Ich denke, Sie sind in Delft?«

»Äh. Nein, doch nicht.«

»Doch nicht? Was soll das heißen?«

»Ich stehe vor Ihrer Tür.«

»Hören Sie, Herr Vermeer«, sagte Theodor kühl, »mir liegen solche Scherze nicht.«

Es klopfte.

Verdutzt sah Theodor auf und schaltete das Notfall-Handy aus. Er lauschte. Ihm war unheimlich zumute. Doch dann erhob er sich, straffte den Rücken, ging mit langen Schritten zur Tür und riss sie auf.

Vor ihm stand David.

»Bist *du* der holländische Spinner?«, fragte Theodor mit kalter Stimme.

David grinste. »Hast du ein neues Aftershave?« Er schnupperte. »Nicht schlecht, es riecht ein bisschen nach Banane, aber gar nicht übel.«

»Lass die Sprücheklopferei. Was willst du?«

David räusperte sich und sprach wieder mit holländischem Akzent: »Mir ist etwas Unerhörtes widerfahren, Herr Doktor Silberstadt, und ich brauche psychologischen Rat. Darf ich bitte eintreten?«

»Ach, du willst Spielchen spielen?«

»Es tut mir leid festzustellen, dass Sie immer noch nicht in der Lage sind, Privates und Berufliches auseinanderzuhalten.«

»David, das ist wirklich der Gipfel an Unverschämtheit!«

»Sehr, sehr bedauerlich, Herr Doktor.« David verbeugte sich leicht. »Ich soll übrigens Grüße ausrichten, von Ihrer Frau Mutter.«

»Hach!«, machte Theodor genervt. »Hör schon auf mit dem geschwollenen Gerede und komm rein. Aber wir gehen es ganz professionell an, klar? Und bezahlen musst du auch.«

»Selbstverständlich, Herr Doktor.«

Theodor räusperte sich. »Und würden Sie netterweise den nervtötenden Akzent weglassen? Den fand ich schon bei Linda de Mol immer so unerträglich, dass es mir die ganze *Traumhochzeit* versaut hat.«

David lächelte. »Ich erinnere mich.« Er trat ein, steuerte auf das rote Sofa zu und ließ sich darauf nieder.

»Machen Sie es sich bequem«, sagte Theodor geschäftsmäßig und setzte sich hinter seinen Schreibtisch.

Gehorsam streckte sich David aus. Er faltete die Hände über der Brust und schloss die Augen. Seine großen Füße hingen schlaff über das Ende der Couch.

»Nun, Herr Vermeer.« Theodor vermied im letzten Moment, mit den Fingerspitzen auf der Glasplatte herumzutrommeln. »Schildern Sie bitte Ihr Problem.«

David schwieg.

»Fehlt Ihnen eine künstlerische Vision?«, fragte Theodor mit honigsüßer Stimme. »Malen Sie doch mal ein Mädchen mit Perlenohrring. So etwas sehen die Leute immer gern.«

David öffnete die Augen. »Zynismus halte ich für unangebracht«, erwiderte er und verdrehte sich das Kreuz, um Theodor besser ansehen zu können. »Und ich finde es übrigens total bescheuert, dass du dich ... Verzeihung, dass Sie sich hinter ihrem Dornröschen-Schreibtisch verbarrikadieren!«

»Ach, wirklich?« Theodor fuhr in die Höhe. »Aber Sie können mich doch sehen.«

»Schon«, antwortete David, »ich kann Sie sehen, aber ich *fühle* Sie nicht. Und das könnte am Glas liegen.«

»Könnte es vielleicht auch daran liegen, dass Sie sich einen Liebhaber zugelegt haben?«, gab Theodor zurück. »Und dass Sie Ihren getreuen Lebenspartner abserviert haben?«

»Nein«, sagte David mit fester Stimme. »Es liegt nur am gläsernen Schreibtisch. Und auf das, was Sie gerade so unsensibel einbringen wollen, komme ich später noch zu sprechen. *Ich* darf jetzt sagen, was *ich* zu sagen habe, und *Sie* hören einfach mal zu! Dafür werden Sie schließlich bezahlt!«

Theodor verdrehte die Augen, erwiderte aber nichts.

»Also ...« David holte tief Luft. »Es geht um einen Freund. Oder um jemanden, den ich für einen Freund gehalten habe. Bis herauskam, dass er mich angelogen hat.«

»Inwiefern?« Interessiert beugte sich Theodor vor.

Und dann erzählte David die ganze Geschichte von Rudolf Euter, dem tückischen Apotheker, der sich als Galerist ausgegeben und ihn, David, schändlich betrogen hatte, und ...

»Wo liegt der Betrug?«, unterbrach Theodor.

Aufgebracht setzte sich David auf. »Na, hören Sie mal!«, schrillte er. »Da kontaktiert mich einer, will sich mit mir treffen und sagt, dass er meine Bilder liebt und dass er eine Ausstellung machen will! Und dann kommt heraus, dass er bloß ein armseliger Pillendreher ist, der mir, wenn die Wellensittich-Aquarelle von Trutschi Müller abgehängt sind, die fantastische Chance gibt, meine Hummer in einer ... *Apotheke* zu präsentieren!«

Theodor unterdrückte ein Lachen und riss sich zusammen:

»In Ihrer Schilderung kann ich lediglich ein Missverständnis erkennen. Einen Betrug sehe ich nicht. Herr Euter hat offenbar niemals behauptet, eine Galerie zu besitzen, das haben Sie in seine Äußerungen hineininterpretiert. Es handelt sich also eher um eine Selbsttäuschung. Sie hätten doch normalerweise Nachforschungen betrieben, Herrn Euter zumindest einmal gegoogelt. Sie googeln doch sonst immer Gott und die Welt. Aber unterbewusst war Ihnen schon längst klar, dass etwas anders war, als es sich Ihnen dargestellt hatte. Sie wollten es bloß nicht genauer wissen, womöglich weil Sie die Freundschaft von Herrn Euter inzwischen höher schätzten als seine vermeintlichen Kontakte und Fähigkeiten als Galerist.«

Wie erschlagen lag David auf der roten Couch.

»Letztlich ärgern Sie sich gerade mehr über sich selbst als über Herrn Euter, ist es nicht so?«, fragte Theodor.

David starrte an die Decke. »Und was mache ich jetzt?«, flüsterte er.

»Vergeben Sie ihm.«

»Ha!« David lachte bitter auf. »Das sagt der Richtige!«

»Wie meinen Sie das, Herr Vermeer?«

»Na, du bist doch die Schmollbacke par excellence, du bist doch …«

»Es geht hier nicht um mich, sondern um Sie«, erwiderte Theodor und war froh, dass der Schreibtisch zwischen ihm und David stand. »Vergebung ist eine menschliche Tugend, die sehr heilsam sein kann«, fuhr er fort und machte ein ernstes Gesicht.

»Woher wissen Sie denn das, Herr Doktor? Haben Sie es in einem großen, staubigen Buch nachgelesen?«

Theodor seufzte. »David, hör doch endlich auf, dich als ewiges Opfer zu sehen.«

»Okay. Gut. Alles klar.« David setzte sich wieder auf. »Dann bitte ich dich hiermit um Verzeihung.«

»Mich? Was habe ich denn damit zu tun?«

»Kommst du bitte mal her?« David rutschte in die Mitte des Sofas und klopfte auf den roten Samt neben ihm. Theodor sah ein wenig Staub im Sonnenlicht aufwirbeln.

»Komm schon, ich beiße nicht«, sagte David.

»Ich weiß nicht, Herr Vermeer, ich muss auf ein ausgewogenes Nähe-Distanz-Verhältnis achten, und …«

»Hör doch auf mit dem Quatsch.«

Irritiert erhob sich Theodor und setzte sich mit einem halben Meter Abstand neben David auf die Couch.

So saßen sie eine Weile schweigend da, ohne sich zu rühren.

»Ich habe neulich bei dir angerufen, und da war so ein zugekiffter Amerikaner dran«, sagte Theodor mit vorwurfsvollem Ton.

»Der ist weg«, erwiderte David schnell.

»Hat er bei dir gewohnt?«

»Nur ganz kurz.«

»Also, mit diesem Typen bist du, ohne zu zögern, zusammengezogen, und mich lässt du jahrzehntelang schmoren?«

»Theodor, hör doch endlich auf, dich als ewiges Opfer zu sehen!«, rief David.

»Bist du jetzt ein Papagei, oder was?«

David stieß einen tiefen, grollenden Ton aus. »Es war ein Fehler. Okay? Ein Fehler, dich zu verlassen. Ein riesengroßer Fehler.«

»Du sagst es.«

»Machst du niemals Fehler?«

Theodor stöhnte. »Doch, den ganzen Tag lang.« Und dann berichtete er von Natalie.

»Ich habe sie wirklich irrsinnig gern«, schloss er, nachdem er die ganze Geschichte erzählt hatte. »Sie ist charmant, freundlich, witzig, klug und immer gut angezogen. Du würdest sie auch lieben, David. Aber dass sie sich in mich verliebt hat, das konnte ich doch nicht ahnen. Und nun habe ich mich in eine schreckliche Situation hineinmanövriert, als Therapeut habe ich total versagt, und als Freund auch. Ich habe ihr Blumen geschickt, aber ich weiß eigentlich gar nicht genau, was ich ihr sagen soll, und …«

»Natalie Schilling aus der Büchershow stand *nackt* an deinem Bett und hielt das Äpfelchenbild vor ihre Brüste?«, unterbrach David, dessen Mundwinkel zuckten.

»Lach nicht. Das ist nicht lustig.«

»Doch! Und wie.« David prustete heraus, lachte mit dröhnendem Bass, und es dauerte eine Weile, bis er sich beruhigt hatte. Schließlich wischte er sich die Tränen aus den Augen. »Verzeih mir.«

»Was soll ich dir verzeihen?«, fragte Theodor, der mit langem Gesicht darauf gewartet hatte, dass David sich wieder unter Kontrolle hatte. »Die Liste ist lang.«

»Alles!« David, plötzlich ganz ernst geworden, legte seine Hand auf die von Theodor. »Du sollst mir alles verzeihen.«

»Wenn man jemandem alles verziehen hat, ist man mit ihm fertig«, sagte Theodor.

»Wer behauptet denn das?«

»Freud.«

»Ach, der.«

»Ja, der.«

»Ach, Theodor.«

»Ach, David.«

Sie seufzten schwer.

Dann fielen sie sich in die Arme und besiegelten ihre Versöhnung mit einem Kuss.

▸◂

»Wie bist du ihn losgeworden?«

»Ich habe mir einen Besen geschnappt und ihn mehr oder weniger mit den ganzen Bierbüchsen, der Asche und der Dreckwäsche rausgefegt.«

»Rausgefegt?«

»Ja, und vorher habe ich ihm gesagt, dass du tot bist. *David dett*, habe ich gesagt und bin mir mit der Handkante über die Kehle gefahren. Dett heißt doch tot auf Englisch, oder?«

»Ja«, antwortete David schwach.

»Und zum Trost habe ich ihm Schokolade geschenkt.« Hertha sah zufrieden aus.

»Hat er geweint?«

»Er hat die Pflanzen von der Fensterbank mitgenommen und so einen merkwürdig rauschenden Stock. Das ist ja ein dolles Ding. Reinschtick hat er das genannt, da sind wohl Samenkörner drin, und wenn man den Stock herumdreht, dann rieseln die …«

»Ich weiß, was ein Rainstick ist«, unterbrach David sie. »Hat er nun geweint oder nicht?«

»Überhaupt nicht. Er hat sich sehr über die Schokolade gefreut, und dann ist er mit Ngo Hieu Trang gegangen.«

»Mit was?«

»Mit *wem*, meinst du. Mit seinem vietnamesischen Freund.« Hertha lächelte versonnen. »Sie lassen dich beide ganz herzlich grüßen.«

»Ich denke, die glauben, ich bin tot!«

»Das hatten sie wohl gleich wieder vergessen. Hübsche Jungs sind das. Und so nett und wohlerzogen, haben mir beide die Hand gegeben, und der Schwarze hat noch ein Bild mitgenommen, das du mal von ihm gemalt hast. Mit einer Glühbirne in der Hand.«

»Ach das.«

»Nicht dein bestes Werk, David.«

Er nickte wissend.

Sie schwiegen.

»Herthalein?«

»Ja?«

»Könnte das unser kleines Geheimnis bleiben?«

»Wie meinst du das?«

»Ich möchte nicht, dass Theodor erfährt, dass du … also, dass nicht ich …«

»Schon klar.«

»Danke, Hertha.«

»Bitte. Und so einen Reinschtick wünsch ich mir zu Weihnachten.«

»Sollst du bekommen, meine Liebste.«

»Fein. Du und Theodor, ihr vertragt euch also wieder?«

David nickte lächelnd. »Das war ein hartes Stück Arbeit.«

Hertha wedelte mit den Händen. »Und was ist jetzt mit Rudolf?«

»Ich erreiche ihn nicht.«

»Also, mir hat er heute Morgen eine Salbe empfohlen, die bei Nackenverspannung wahre Wunder wirken soll.«

»Ihr steht in Kontakt?«, rief David entgeistert.

»Selbstverständlich.«

»Vielleicht könntest du ja dann bei nächster Gelegenheit mal mit Rudolf reden und ihm sagen, dass …«

»Nein, mein Junge«, unterbrach ihn Hertha. »Ich kann nicht alles in deinem Leben regeln. Das musst du schon hübsch alleine machen. Und vergiss nicht, dass es Teil unserer Vereinbarung war, sonst erzähle ich Theodor, dass …«

»Schon gut, ich mache es ja.«

»Das will ich auch hoffen.«

»Wie geht es denn meiner Rosie?«, fragte David zärtlich.

»Sie vermisst dich.« Hertha stand auf. »Wenn du mich jetzt bitte entschuldigen würdest. Ich muss los, ich habe gleich eine Französischstunde. *Au revoir.* Und *merci pour* la Einladung.«

»Au revoir.«

Nachdenklich sah David der kleinen alten Dame hinterher, die strammen Schrittes das japanische Restaurant verließ, in das er sie gerade zum Mittagessen eingeladen hatte.

Sie winkte ihm von draußen noch mal durch die Scheibe zu, dann spannte sie ihren geblümten Schirm auf und wurde im nächsten Augenblick von einem Rudel Rucksacktouristen in Richtung Hackesche Höfe fortgeschwemmt. David ließ die Hand sinken, starrte aber weiterhin auf die Neue Schönhauser Straße hinaus und begann angestrengt über sein Leben nachzugrübeln. Begriffe wie *Vergebung, innerer Frieden* und *Barbies zauberhafte Pferdewelt* kreisten wie Comic-Sprechblasen über ihm, und ein merkwürdiges Sehnen zog sein Herz in die Länge.

Eigentlich ist doch alles gar nicht so schlimm, sagte er sich.

So wie ihm verziehen worden war, würde er einfach diesem Schlawiner Rudolf verzeihen, und wenn er schon mal dabei war, könnte er auch gleich seiner Mutter eine Postkarte aus Berlin schicken. Und dann würde er sich ernsthaft um seine Hummer kümmern, Galerien abklappern und weiter an den Fast-Food-Flowers malen. In einem sauberen, stillen Atelier.

David atmete auf.

Und am Ende solch eines Arbeitstages könnte er ja dann nach Charlottenburg fahren und ganz gemütlich mit Theodor zu Abend essen.

Keine Eskapaden mehr. Davon hatte er ein für alle Mal genug.

Entrückt lächelte David aus dem Fenster. Die Zeiten der

Mehrgleisigkeit waren vorüber. Er war erwachsen geworden, befand er, und das war gut so. Er musste jetzt für Theodor da sein. Ein treuer, liebender, beständiger Lebenspartner wollte er ihm sein, denn so einen wie Theodor – David schluckte – gab es nur einmal. Da war er todsicher.

Plötzlich fühlte sich David ganz eins mit sich und der Welt, und er glaubte, die Zusammenhänge in seinem Leben zu erkennen. Ganz kurz konnte er sogar die weitere Entwicklung vorausahnen, und ein großes Glücksgefühl überschwemmte ihn.

Nun hielt ihn nichts mehr auf seinem Stuhl, er sprang auf, legte einen Geldschein neben seinen Teller, rief »Sayonara« und rannte hinaus in einen sonnigen Nachmittag, der ganz metaphorisch für den Rest seines Lebens zu stehen schien.

▸◂

Theodor zerbrach sich den Kopf darüber, wo er sich mit Natalie treffen könnte. An einem öffentlichen Ort, so viel stand fest.

»Geh doch mit ihr in ein Konzert«, riet David.

»Wie soll ich denn da mit ihr reden?«

»So wenig wie möglich eben.«

»Aber sie neigt zu Gefühlsausbrüchen«, widersprach Theodor. »Stell dir vor, sie fängt in der Philharmonie an zu schreien, mitten in Vladimir Mogilevsky hinein.«

David nickte verstehend.

»Und wie soll ich mich überhaupt formulieren?«, fragte Theodor.

»Warum machst du es dir so schwer? Du sagst, dass du wieder mit mir zusammen bist, und fertig.«

»Wenn wir schon dabei sind …« Theodor legte den Kopf schief, »was ist mit uns?«

»Was soll sein?«

»Ziehst du nun zu mir oder nicht?«

David stöhnte auf. »Geht das schon wieder los? Das kann einfach nicht wahr sein, Theodor.«

»Du willst dir also nach wie vor eine Hintertür offen lassen?«

»Nimm doch nicht immer alles so persönlich!«, rief David. »Und bedräng mich nicht!« Er schlug sich auf den Kopf. »Huch? Merkst du was? Die Platte hat einen Sprung! Diese Sätze habe ich in meinem Leben schon so oft gesagt. Merkwürdig, dass sie nie verstanden worden sind.«

»Ja, ja!«, meckerte Theodor. »Du glaubst nach wie vor, dass deine Probleme verschwinden, wenn du sie nur lange genug ignoriert hast, aber ich sag dir was, David: Das hat noch nie geklappt!«

»Iiiich ignoriere Probleme? Ganz im Gegenteil, ich würde sogar behaupten, dass du derjenige bist, der ...«

»Schon gut.« Theodor hob die Hände. »Schon gut.«

David schnappte empört nach Luft. »Wir sollten zu einem Eheberater gehen.«

»Wozu?«

»Um uns beraten zu lassen?«

»Wir sind ja gar nicht verheiratet.«

»Darum geht es doch nicht, Theodor. Wir brauchen Rat von einem Psychologen, der uns in partnerschaftlichen Angelegenheiten weiterhilft. Was meinst du?«

Theodor schüttelte den Kopf. »Ich gehe doch nicht zu so einem ... Psychotypen und pack vor dem meine intimsten Probleme aus!«

»Ach nee. Und warum nicht?«

»Darum nicht.«

»Das ist die Antwort eines Fünfjährigen.«

»Gut, wunderbar. Was sag ich denn nun der Frau Schilling?«

»Dass du laut Freud aus deiner narzisstischen Phase eigentlich nie ganz herausgekommen bist.«

»Hey«, protestierte Theodor lachend. »Dein Halbwissen bricht dir eines Tages noch das Genick.«

David zuckte mit den Schultern. »Schreib ihr einfach eine Mail.«

»Nein, nein, etwas mehr bin ich ihr schon schuldig.«

»Dann geh mit ihr in den Zoo. Und auf der Krokodilbrücke sagst du ihr, dass du schwul bist.«

»Vielleicht springt sie dann runter?«

»Nimm dich nicht so wichtig, Theodor.«

»Stimmt.«

»Also los, ruf sie an.« David reichte ihm das Telefon.

»Ich glaube, ich gehe lieber in den Botanischen Garten mit ihr«, erwiderte Theodor.

David verdrehte die Augen. »Mach, was du willst. Aber bring es endlich hinter dich.«

▸◂

Theodor hinterließ zwei Nachrichten auf Natalies Anrufbeantworter und wartete vergeblich auf einen Rückruf.

Natalie war nicht zu Hause.

Sie hatte zuerst einige Stunden in einem türkischen Hamam verbracht und sich bei der traditionellen Ganzkörper-Seifenmassage gefragt, ob sie vielleicht gerade dabei war, einen neuen Fimmel zu entwickeln (einen Reinlichkeitstick oder so etwas in der Art). Aber nein, beruhigte sie sich, ich will nur für den Live-Auftritt porentief rein sein.

Dann war sie zum Friseur gegangen, um sich ihr Haar abschneiden zu lassen, anschließend hatte sie sich ein neues Outfit gekauft, Notfalltropfen auf ihre Zunge geträufelt und eine Überdosis Baldrian geschluckt.

Heute Nacht sollte Fernsehgeschichte geschrieben werden. Und Natalie hatte sich die Hauptrolle zugedacht …

Annegret Rüttgers reckte beide Daumen in die Höhe und nickte Natalie zu. »Wir haben ja alles besprochen, Frau Schilling. Um Mitternacht sind wir auf Sendung.«

Natalie fand sich wunderschön. Sie trug ein Etuikleid aus hellgrün schimmernder Seide und hochhackige, silberne Sandalen. Ihr Haar war nun kinnlang und in der Mitte gescheitelt. An ihren Ohren baumelten die Jade-Ohrringe aus dem Asia-Laden.

Suchend sah sie sich um: »Wo ist denn Stephen King?«

»Der ist beim ZDF auf dem Pariser Platz.« Annegret Rüttgers schüttelte bedauernd den Kopf. »Die sind doch alle dermaßen käuflich. Aber ich interviewe nachher die Autorin von *Flammendes Schwert des Verlangens*.« Sie deutete auf eine Frau, die auf einem Klappstuhl saß und strickte.

»Super«, sagte Natalie. »Und hier im Wedding ist es ja auch nett.«

»Wir sind gleich dran. Sind Sie bereit?«

»Selbstverständlich.« Natalie zuckte gelassen mit den massierten Schultern. »Vorhin habe ich übrigens Ken Follett getroffen.«

»Was?«

»Netter Typ. Sprach viel über den *Sturz der Titanen*. Ich hatte den Eindruck, dass er gern interviewt worden wäre.«

»Echt? Wo ist er denn jetzt?«, fragte die Rüttgers.

»Der ist in das Café da drüben gegangen.«

»Es geht los!«, rief jemand.

»Schnell, schnell …« Die Rüttgers schob Natalie vor sich her, Lichter gingen an.

»Uuuuund Äktschn!«

»Herzlich willkommen bei *Wir lesen durch bis morgen früh*«, sagte Natalie ins Mikrofon und lächelte breit. »Freuen Sie sich auf eine ganz besondere Nacht! Eine Nacht, die in ganz Berlin nur den Büchern gewidmet ist. Alle Buchhandlungen der Stadt sind geöffnet. Überall wird gelauscht und gelesen. Auch die Büchershow ist für Sie mit dabei. Wir berichten live vom Bettelneckplatz. Hinter mir sehen sie übrigens einen faszinierenden Brunnen. ›Tanz auf dem Vulkan‹ heißt er. Am besten gefällt mir der klavierspielende Satyr im Wasserfall. Ist er nicht wundervoll?«

Die Kamera schwenkte kurz zur Seite.

»Nettelbeck«, zischte die Rüttgers und schüttelte missbilligend den Kopf.

»So!«, rief Natalie betont munter, als sie wieder ins Bild kam. »Jetzt geht es auch schon los mit der ersten Buchvorstellung. Äh, wie bereits erwähnt, berichten wir live vom B… Nettelbeckplatz!«

Die Rüttgers verdrehte die Augen. Dann schenkte sie der Autorin von *Flammendes Schwert des Verlangens* ein reptilhaftes Lächeln und machte sich auf die Suche nach Ken Follett.

»*Sei glücklich – wünsch es dir jetzt!*«, rief Natalie. Aus den Augenwinkeln sah sie die Rüttgers im Eilschritt verschwinden.

»Wenn es nicht wie ein Befehl klingen würde«, fuhr Natalie fort und hielt das Buch in die Höhe, »könnte man ja schon fast darüber lachen. Wurden wir in den letzten Jahren nicht bereits mit unzähligen vermeintlichen *Sachbüchern* gequält, die uns weismachen wollten, dass das Universum ein großer Supermarkt sei und wir unsere Wünsche einfach in einen Wagen zu schmeißen hätten wie Dosenobst bei Aldi, und schon würde eine himmlische Wunscherfüllungs-Maschinerie in Aktion treten? Hat das eigentlich bei irgendwem geklappt? Bei mir übrigens nicht, sonst würde ich auch nicht hier rumstehen und geistlose Bücher empfehlen. Doch dies nur am Rande.« Natalie registrierte den irritierten Gesichtsausdruck des Kameramannes. »Also, verehrte Leserschaft!«, rief sie und warf *Sei glücklich – wünsch es dir jetzt!* hinter sich. »Hinfort mit Lebenserfahrung, Selbsterkenntnis und Eigenverantwortung, stattdessen lieber losgewünscht! Wollten Sie schon immer reich und schlau sein? Ja, worauf warten Sie denn noch? Wünschwünsch, hex-hex, und wenn Sie genügend Schwachsinn dieser Art konsumiert haben, sind Sie reif für einen der vielen verstiegenen Mittelalter- und Schmachtromane, in denen man sich auf die Bösen verlassen kann, denn sie sind immer so richtig schön böse, während die Guten alle mit einem Heiligenschein zur Welt kommen.« Natalie hielt ein Buch in die Kamera, auf dessen Cover eine Frau mit Häubchen und tückischem Lächeln vor schwelenden Burgtrümmern stand.

»Und damit Sie sich nicht allzu sehr daran stören, wie anspruchslos das literarische Niveau eigentlich ist, werden Sie mit zahlreichen Folter-, Vergewaltigungs- und Gemetzelszenen bei Laune gehalten. Abgehackte Hände, aufgeschlitzte Leiber, für jeden Geschmack ist etwas dabei. Aber keine Sorge: denn schon bald schmelzen die Herzen wieder wie Butter in der Sonne, und …«

»Na, hören Sie mal!«, rief die Autorin von *Flammendes Schwert des Verlangens* und drohte mit einer Stricknadel. Doch Natalie blieb unbeeindruckt. Sie war die Königin der Büchernacht, zumindest die vom Nettelbeckplatz, und jetzt wollte sie gefälligst ihre Rachearie zu Ende singen. Gerade kam die Rüttgers wieder angerannt (ohne Ken Follett). Natalie sprach hastig weiter: »Leute, denen man sogar verbieten sollte, Tagebuch zu schreiben, und Verlage, die …«

»Dreht ihr doch endlich den Saft ab!«, rief jemand gellend.

Die Rüttgers stellte sich vor Natalie ins Bild. »Meine Damen und Herren, leider …« – »Hey, ihr mündigen Bürger da draußen!«, schrie Natalie über ihre Schulter hinweg. »Lasst euch nicht für dumm verkaufen und lest, was es verdient, gelesen zu werden, und nicht nur das, was am meisten Werbung bekommen hat, lest zum Beispiel …«

»Hups, jetzt haben sie sie abgewürgt«, sagte David, der mit Theodor vor dem Fernseher saß. »Schade, sie ist gerade so richtig in Fahrt gekommen. Was hat sie denn mit ihren Haaren gemacht? Sie sieht ja aus wie Marcia Cross.«

»Meinst du, ich bin dafür verantwortlich zu machen?« Theodor knabberte an seinem Daumennagel. »Das Letzte, was ich jetzt gebrauchen könnte, wäre ein Prozess.«

»Ach Quatsch. Deutschland ist ein freies Land. Da darf jeder seine Haare so tragen, wie er mag.«

»Kannst du ein Mal ernst sein, David?« Theodor erhob sich und begann, auf und ab zu gehen.

»Warum siehst du es so negativ?«, antwortete David. »Ich fand ihren Auftritt ganz fabulös. So authentisch. Eine Frau voller Drama und Leidenschaft. Mit einem Willen. Mit einer Meinung. Mit einer Mission. Mit einer klasse Frisur. Vielleicht hast du ja was bewirkt?«

»Du lieber Himmel«, stöhnte Theodor. »Hat sie wirklich gesagt: *Leute, denen man verbieten sollte, Tagebuch zu schreiben*?«

»Ja, hat sie.« David kicherte. »Ich muss sie kennenlernen.«

▸◂

Natalie stand neben einer monströsen Agave.

»Frau Schilling, wie schön, dass Sie gekommen sind!«, rief Theodor und eilte mit ausgestreckten Armen auf sie zu. Natalie bemühte sich um einen gleichgültigen Gesichtsausdruck, aber es gelang ihr nicht, ein Lächeln zu unterdrücken.

Sie freute sich einfach zu sehr, Theodor wiederzusehen. Kurz bevor er sie erreichte, bremste er seine Schritte ab und kam dicht vor ihr zum Stehen. *Pour Monsieur* streifte sie.

»Guten Tag«, sagte er sanft und sonor.

»Hallo, Herr Silberstadt.«

Verlegen reichten sie sich die Hände.

»Ist ja ein Mordsding.« Theodor deutete auf die Agave.

»Ich mag Agaven nicht besonders«, sagte Natalie.

»Ich auch nicht.«

»Also?«, fragte sie geschäftsmäßig. »Sie möchten sich erklären?«

»Wollen wir dabei ein bisschen spazieren gehen?« Er reichte ihr seinen Arm, was sie an eine Filmszene aus *Die Buddenbrooks* erinnerte. Natalie hakte sich ein.

Schweigend gingen sie am gläsernen Mittelmeerhaus vorüber.

»Ich …«, begann Theodor.

»Was ist so rasend komisch gewesen?«

»Es …«

»Nur damit Sie es wissen …«, unterbrach ihn Natalie wieder, »ich hatte mich in der Tür geirrt. Ich wollte lediglich eine Dusche nehmen. Es war so ein heißer Tag.«

»Natürlich, das weiß ich doch«, beeilte sich Theodor zu versichern.

»Gut.«

»Ja.«

»Warum haben Sie gelacht?«

»Sie dürfen das auf keinen Fall auf sich beziehen«, sagte Theodor.

»Sondern?«

»Die Situation war so … so …«

»So *was*?«

»Frau Schilling, bitte lassen Sie mich doch aussprechen.«

Sie presste die Lippen aufeinander.

»Wenn man dieses *Missverständnis* psychologisch beleuchtet«, hub Theodor an, »wird klar, dass Sie nach wie vor Probleme mit Ihrer Sexualität haben.«

»Ich muss doch sehr bitten.«

Sie hatten den italienischen Garten erreicht.

»Und was ist an meiner Sexualität so außerordentlich witzig?«, wollte Natalie wissen.

Theodor war neben einer Palme stehen geblieben. »Gar nichts. Nur ihr Anblick kam etwas überraschend. Und als Sie dann noch das Äpfelchenbild vor Ihre Brrr-üste hielten …« Er schluckte, konzentrierte sich darauf, ernst zu bleiben. »… das sah einfach irrsinnig lustig aus.«

Natalie starrte ihn an. Ihr linkes Augenlid zuckte.

»Bitte nehmen Sie es auf keinen Fall persönlich«, beeilte sich Theodor zu sagen. »Die Szene wirkte skurril und unwirklich, geradezu surreal. David hätte das gefallen, er sollte Sie so malen. Ja wirklich, das wäre ein großartiges Motiv. David hat Talent, David würde die Absurdität der Situation hervorragend rüberbringen …«

»Andere Frauen wirken nackt eher sexy als absurd«, warf Natalie ein. »Und wer ist überhaupt dieser David?«

Theodor seufzte. »Um es kurz zu machen: Keine Frau der Welt hätte in dieser Situation überzeugend auf mich gewirkt. Egal, ob vor oder hinter dem Äpfelchenbild.«

»Scarlett Johansson auch nicht?«

»Ganz sicher nicht.«

»Aber Audrey Hepburn 1953. Oder …« Natalie dachte nach.

»Frau Schilling – ich bin schwul.«

Natalie öffnete den Mund, schloss ihn und machte ihn wieder auf. »Sie sind …« Wieder starrte sie ihn an, das Zucken ihres linken Auges hatte sich verstärkt. Sie schnappte nach Luft, ihr Gesicht verzerrte sich, dann begann sie laut zu lachen. Ziemlich schrill, fand Theodor. Geradezu hyänenhaft.

»So komisch ist das ja nun auch wieder nicht«, murmelte er.

»Da ist mein Auserwählter also nicht nur mein Therapeut!«, rief Natalie und schlug sich beide Hände auf den Kopf. »Was ja schon tabubelastet genug gewesen wäre!« Sie lachte schnaufend. »Nein, er ist auch noch mein schwuler Therapeut!«

»Sag ich doch«, erwiderte Theodor, »Sie haben Probleme mit Ihrer Sexualität. Ihre Abwehrmechanismen laufen auf Hochtouren.«

Mit nassen Augen und verlaufener Wimperntusche sah Natalie ihn an. »Scheint so.«

»Na ja.« Theodor lächelte schief. »Es gibt Schlimmeres.«

Sie standen einen Moment lang schweigend unter der Palme. Dann bot Theodor Natalie wieder seinen Arm. »Gehen wir weiter?«

»Haben wir denn noch einen gemeinsamen Weg?«

»Von mir aus liebend gern.«

»Das ist mir so peinlich«, flüsterte Natalie, Theodors Arm nehmend. »Solche Dinge passieren nur mir. Ich bin unverbesserlich.«

»Ihnen muss gar nichts peinlich sein. Wenn ich nur halb so viel Temperament und Entschlusskraft hätte wie Sie, wäre ich glücklich.«

»Sie machen sich über mich lustig.«

»Ganz im Gegenteil. Was Sie tun, tun Sie voller Leidenschaft. Sie machen keine halben Sachen. Auch David, also mein Lebensgefährte, war begeistert von Ihnen. Er will Sie unbedingt kennenlernen. Wir haben uns neulich Ihren Live-Auftritt im Fernsehen angeschaut.«

»Oh.«

»Das war sehr … beeindruckend.«

»Danke.« Natalie lächelte geschmeichelt. Sie ließ ihren Blick über ein Rosenbeet schweifen. »Nachdem die Büchershow ins Studio zurückgeschaltet hatte, wurde es eigentlich erst so richtig spannend auf dem Nettelbeckplatz«, erzählte sie. »Zuerst wollte die Rüttgers mich erwürgen. Sie sprang mich an wie eine geistesgestörte Katze und ließ erst von mir ab, nachdem ich ihr *Mit Freude durch die Menopause* auf die Hochsteckfrisur geknallt hatte. Dann fiel die Autorin von *Flammendes Schwert des Verlangens* mit ihren Stricknadeln über mich her. Wenn der Kameramann sie nicht festgehalten hätte …« Natalie kicherte. »›Sie sind gefeuert!‹, hat die Rüttgers gebrüllt, und ich habe zurückgebrüllt: ›Hu, jetzt bin ich aber wirklich erstaunt!‹ Kindisch, ich weiß. Aber es war so außerordentlich befreiend, und ich konnte einfach nicht aufhören zu lachen. Wie damals im Keller, als ich den Zwerg ermordet habe.« Natalie sah fragend zu Theodor auf. »Sie müssen trotzdem zugeben, dass meine Handlungen ein klein wenig an Reife gewonnen haben, oder?«

»Absolut.« Theodor tätschelte ihre Hand. »Und wie geht es Ihnen jetzt damit?«

»Wunderbar, es geht mir wunderbar. Und das habe ich Ihnen zu verdanken.«

»Inwiefern?«, fragte Theodor skeptisch.

»Na ja, Ihr offenes Ohr, Ihre Geduld, Ihre Bereitschaft, sich immer wieder auf mich einzulassen. Außerdem gaben Sie mir zwei wirklich außerordentlich wichtige Ratschläge: Der eine lautete, dass man sich seinen Ängsten stellen muss.«

Theodor unterdrückte ein gequältes Seufzen. »Und der andere?«

»Am Notfalltelefon sagten Sie mal zu mir, dass ich einen

eigenen Roman schreiben sollte, anstatt den Bockmist der anderen vorzustellen.«

»Das habe ich niemals gesagt.«

»So nicht, aber sinngemäß.«

»Sie reißen das Ganze aus dem Kontext. Ich erwähnte vermutlich nur, dass Sie mal darüber nachdenken sollten, etwas Eigenes zu verfassen, eher therapeutisch, in Tagebuchmanier und …«

»Herr Silberstadt, ich will Ihnen doch nur sagen, wie wichtig es für mich gewesen ist, mich Ihnen anzuvertrauen. Nehmen Sie meine Dankbarkeit einfach an. Unsere Gespräche haben mir so viel gegeben. Auch wenn Ihr ausdauerndes Wühlen …« Sie lachte kurz auf. »… manchmal sehr schwer auszuhalten war.« Natalie stellte sich vor Theodor hin. »Sie sind der beste Therapeut der Welt«, sagte sie feierlich. »Sie haben mein Leben gerettet.«

Theodor räusperte sich. Er wusste nicht, was er erwidern sollte, und ihm war schwindelig geworden. Wortlos gingen sie weiter.

»Und?«, rief Natalie nach einigen Schritten. »Wollen Sie mich denn gar nichts fragen?«

»Möchten Sie lieber ins Botanische Museum oder in den Sumpfgarten?«

»Sumpfgarten. Aber das meinte ich nicht.« Sie holte Luft, dann platzte sie heraus: »Ich habe bereits zweiundsechzig Seiten geschrieben, und einen Titel!«

»Nämlich?«

»Himbeermond über Berlin.«

»Hm«, machte er.

»Sie mögen es nicht?« Enttäuscht verzog sie den Mund.

»Um was geht es denn in Ihrem Roman?«

»Um Leute. In Berlin. Im Sommer.«

»Vielleicht fällt Ihnen noch ein passenderer Titel ein.«

»Ich werde darüber nachdenken.«

Sie blieben auf einer kleinen Brücke stehen und sahen ins Wasser. Aus dem Röhricht quakten Frösche.

»Wie finden Sie *Déjà-vu in Berlin*?«, fragte Theodor nach einer Weile.

»Wie kommen Sie denn darauf?«

»Es klingt gut.«

»Aber es gibt kein einziges Déjà-vu in meinem Roman.«

»Dann schreiben Sie eben eins.«

Natalie zuckte mit den Schultern. »Ich weiß nicht.«

»Oder wie wäre es mit *Berliner Über-Ich*?«, rief Theodor. »Das ist gut.«

»Neeee.« Natalie schüttelte den Kopf und beobachtete einen Frosch, der mit kräftigen Zügen durchs Wasser schwamm.

Froschschenkel isst ja zum Glück kein Mensch mehr, dachte sie. Völlig aus der Mode. Genau wie Weinbergschnecken. Könnte ich mal eine Kolumne drüber schreiben.

»Wie wäre es mit *Berliner Sommer*?«, fragte Theodor.

Natalie horchte auf. »Gar nicht übel«, sagte sie. »Schlicht, aber schlüssig.«

»Finde ich auch.« Zufrieden betrachtete Theodor seine Fingernägel.

Sie schwiegen einen Moment. Dann fingen sie gleichzeitig an zu sprechen.

»Herr Silberstadt ...«

»Frau Schilling ...«

»Ja, bitte?«

»Sie zuerst.«

»Nein, Sie, bitte ...«

»Wollen wir uns nicht duzen?«

»Wissen Sie was?«

»Was denn, Frau Schilling?«

»Das wollte ich Sie auch gerade fragen.«

»So ein Zufall! Also dann … Natalie.« Er lächelte und breitete die Arme aus.

Sie fiel ihm um den Hals. »Theodor.«

Im Leben geht es doch hauptsächlich um das richtige Timing, resümierte Natalie. Timing, Bauchgefühl und ein bisschen Glück.

Meine Güte, dachte Theodor, ich hätte ihr viel früher sagen sollen, dass ich schwul bin, dann wäre sie niemals nackt durch mein Schlafzimmer gehopst. Aber wer weiß, wozu es gut war. Das Leben geht manchmal merkwürdige Wege. Das Wenigste hat man unter Kontrolle. Erschreckend, eigentlich.

Arm in Arm gingen sie weiter. Sie ließen den Sumpfgarten hinter sich und näherten sich allmählich dem Ausgang.

»Das war ein schöner Nachmittag«, sagte Theodor.

»Finde ich auch.«

»Ich gebe am Freitag ein großes Abendessen bei mir zu Hause«, sagte er, »und würde mich sehr freuen, wenn du auch kämst. Dann kannst du David kennenlernen und … meine Mutter.«

»Sehr gern.«

Bevor sie das Backsteintor passierten, blieb Natalie stehen. »Theodor?«

»Was denn, meine Liebe?«

»Wenn ich irgendwann damit fertig werden sollte, dann möchte ich dir gern den *Berliner Sommer* widmen.«

»Oh«, machte Theodor ergriffen. »Wirklich? Das … mir fehlen die Worte.«

»Nur so, in Freundschaft«, beeilte sie sich zu sagen. »Und um mich bei dir zu bedanken.« Sie sah ihn fragend an. »Meinst du, David hätte damit ein Problem?«

»Der?« Theodor winkte ab. »Der wird sich höchstens vor Neid am Boden wälzen.«

»Gut.«

»Ich fühle mich sehr geehrt«, sagte Theodor. »Mir ist noch niemals ein Roman gewidmet worden.«

»Dann wird es ja Zeit. Und jetzt komm. Ich habe Hunger. Lass uns was essen gehen.«

»Ich lade dich ein.«

»Nein, ich lade dich ein.«

»So weit kommt es noch.«

»Keine Diskussion!«

»Genau, weil *ich* dich einlade.«

»Aber es war meine Idee.«

»Na und? Da drüben ist ein Italiener. Wir sollten auch noch mal über deinen Vater reden.«

»Theodor!«

»War ein Witz.«

»Glaub ich dir nicht.«

»Hahaha.«

»Haha.«

▶◀

»Und dann bezog ich Stellung hinter einem ganz gewissen Teeständer.« David schnaufte durch die Nase. »An der Wand hinter mir hingen zwölf winzig kleine Ölgemälde mit Toskana-Motiven. Die Farben, Herthalein, ich sag's dir.« Er machte eine schlaffe, wegwerfende Handbewegung. »Und auf jedem Bild mindestens eine Scheißzypresse. Auf der Stelle bekam ich Bauchschmerzen.«

Hertha guckte strafend. Sie mochte keine Kraftausdrücke.

»Über den Bio-Fencheltee hinweg beobachtete ich, wie Rudolf ein Regal mit Tablettenschachteln befüllte. Ich schlich mich an ihn heran und rief ganz laut: Haben Sie etwas gegen das schmerzvolle Gefühl, einem Freund Unrecht getan zu haben?«

»Schön gesagt«, lobte Hertha.

»Nicht wahr? Das war mir ganz spontan eingefallen. Also: Rudolf wirbelt herum. ›Ich leide auch darunter‹, flüstert er und läuft dunkelrot an. Und dann sagt er noch: ›Bei mir ist es aber noch schlimmer, denn Schuldgefühle kneifen mich und lassen mich nachts nicht mehr schlafen.‹«

»Och, der Ärmste, kommt er denn gleich? Hast du ihn eingeladen? Und Rosie?«

»Warte«, rief David. »Ich bin noch nicht fertig. ›Aber eine schöne Teeauswahl habt ihr‹, habe ich noch gesagt. ›Und die Toskana-Motive sind auch klasse. So originell. Hehe, das musste ich einfach noch loswerden.‹ Na ja. Und dann hat er sich vielmals entschuldigt und erklärt, dass ihm Realität und Wunschdenken total durcheinandergekommen seien. Er hätte gerade einen amerikanischen Ratgeber gelesen, in dem behauptet wird, man müsse nur lange genug so tun, als wäre etwas schon eingetreten, dann würde es irgendwann auch wahr werden. Also hat er die ganze Zeit über so getan, als wäre er Galerist, und auf ein Wunder gewartet.«

»Was ist denn das für ein Unsinn?«

»Ich weiß ja auch nicht«, antwortete David und lächelte. »Rudolf ist eben ein Träumer.«

Es klingelte an der Tür.

»Ich geh schon!«, rief Theodor aus der Küche. Wenig später hörte man ihn rufen: »Frau Schilling! Äh, Natalie, meine Liebe, komm herein. Oooh, was für wunderschöne Blumen bringst du mir! Das brauchst du doch nicht. Und was ist das? Szechuan-Pfeffer? Der passt ja zu allem. Vielen lieben Dank!«

»Die Frau mit dem Hallux valgus«, flüsterte Hertha David zu.

»Ich bin sehr gespannt.« David erhob sich, strich sein T-Shirt glatt und ging zur Wohnungstür, um Natalie zu begrüßen. »Klasse Haarschnitt«, sagte er. »Macht Sie zehn Jahre jünger.«

»Danke.«

»Ist das eine Tönung oder Ihre natürliche Haarfarbe?«

»David, lass sie doch erst mal reinkommen, bevor du über sie herfällst.«

»Ich frag ja bloß.«

Natalie lachte. »Ziemlich viel natürlich und ein kleines bisschen Chemie.«

»Siehste«, rief David Theodor zu und reichte Natalie die Hand. »Ich bin David.«

»Ich hatte bereits einen Verdacht«, erwiderte sie.

Es klingelte wieder.

»Theodor!«, rief Hertha aus dem angrenzenden Wohnzimmer. Sie thronte immer noch auf dem Sofa und fühlte sich vernachlässigt. »Es klingelt.«

»Das höre ich doch.«

»Dann mach auf.«

Theodor drückte auf den Türöffner.

Wenig später wetzte Feivel in die Wohnung, gefolgt von Rosie, die, ohne nach rechts und links zu schauen, auf David zulief und ihm in die Arme sprang. »Meine Lullu-Fee!«, schrie er außer sich vor Freude. »Meine kleine Lullu-Fee! Ich habe dich so vermisst!«

Jetzt trat auch Rudolf ein.

»Darf ich vorstellen, Theodor? Das ist mein Freund Rudolf Euter.« David, immer noch Rosie auf dem Arm haltend, deutete auf Rudolf. »Rudolf, das ist mein Lebenspartner Theodor Silberstadt.« Er klopfte Theodor auf die Brust. »Ein ausgezeichneter Therapeut, falls du mal das Bedürfnis haben solltest, dich ein wenig freizusprechen …«

»Gute Idee«, murmelte Rudolf und reichte Theodor die Hand, bevor er ihm eine Papptüte mit drei Flaschen Wein überreichte.

»Vielen herzlichen Dank, Herr … *Euter*«, murmelte Theodor und ermahnte sich, ernst zu bleiben. Mit so einem Nachnamen kann man jederzeit ein paar Therapiestunden gebrauchen, dachte er. Dann rief er gut gelaunt: »Geht doch alle schon mal zu Tisch. David hat Platzkärtchen geschrieben. Ist das nicht reizend? Er hat darauf bestanden. Wer möchte einen Rotwein?«

Wenig später nahm Natalie zwischen Hertha und Rudolf Platz.

»Was machen die Füße?«, fragte Hertha.

»Schon viel besser.« Natalie trank einen Schluck Wein aus dem Glas, das ihr Theodor gerade gereicht hatte, und ließ ihren Blick durchs Zimmer schweifen. Als sie das letzte Mal hier gewesen war, hatte sie nichts angehabt. Sie schauderte. Nicht mehr daran denken.

»Ich kann Ihnen einen hervorragenden Orthopäden empfehlen«, sagte Hertha. »Schieben Sie das nicht auf die lange Bank. Ich habe Sie übrigens neulich im Fernsehen gesehen.«

»Was haben Sie denn gesehen?«, fragte Natalie verunsichert.

»Na, Ihren großen Abgang! Wie Sie dieses alberne Buch in den Brunnen geschmissen haben, das war schon toll.«

»Ja?«

»Absolut.« Hertha trank ihr Glas halb leer. »Hat mir gut gefallen. Wir sind ja leider anders erzogen worden. Bei uns hieß es ›Durchhalten und Klappe halten‹. Die Jugend von heute ist viel freier.«

»Jugend?« Natalie lächelte.

»Sie sind doch eine junge Frau! Rosie, nimm die Finger vom Grammophon!«

»Lass sie ruhig, Maman«, sagte Theodor. »Komm, Rosie, ich zeig dir, wie das geht, und die nächste Platte darfst du auflegen. Mit Samtpfötchen.«

Rosie nickte andächtig. »Mit Samtpfötchen«, wiederholte sie leise.

»Schau, du drehst an dieser Kurbel, und dann …«

»Brennt da was, Theodor?«, fragte David.

Verdutzt sah Theodor auf, dann rannte er schreiend in die Küche, wo seine Vorspeise – im Ofen gegrillte Zucchini – eine schwarze Färbung angenommen hatte. »Mist!«, brüllte er und schlug auf den Rauchmelder ein, der gerade anging. »Aber ich habe noch Grissini, die werde ich einfach mit Schinken umwickeln …«

»Keine Grissini!«, rief David in Richtung Küche.

»Warum?«

»Frag Frau Schilling.«

»Natalie?« Theodor kam leicht zerzaust ins Wohnzimmer zurück. »Warum keine Grissini?«

David grinste tückisch.

»Ich mag Grissini persönlich ganz gern …«, hob sie an.

»Du lügst!«, rief Theodor.

»Lass sie aussprechen!«, sagte David. »Sie wird dir sagen, dass Grissini total abgedroschen sind und dass …«

»Ich habe schon verstanden«, unterbrach Theodor. »Keine Grissini.«

»Kinder!« Hertha fasste sich an den Kopf. »Redet doch nicht alle durcheinander. Und ich hätte gern noch ein Glas von diesem Rioja.«

»Maman, das spricht man mit kehligem ch. Wie Rache.«

»Ach, quassel nicht rum, Theodor, und gieß ein.«

Rosie kicherte. »Quassel nicht rum, Thedodo.«

»Hehehe«, lachte Hertha mit geröteten Wangen.

»Auf dein Wohl, Thedodo!« David hob sein Glas.

»Ich bin zu alt für einen Spitznamen. Bitte!«

»Nun legt doch endlich eine Platte auf!«, beschwerte sich Hertha. »›Ein Freund, ein guter Freund‹, als Motto des Abends.«

Theodor nahm Rosie sanft an der Hand. »Komm, Rosie, Onkel Thedodo zeigt dir jetzt, wie man eine gute alte Schellackplatte auflegt.«

»Brennt auch nichts in der Küche?«, fragte David und schenkte allen Wein nach.

»Du kannst ja selbst mal schauen gehen.«

»Ich halte mich raus aus deiner Küche.« David ließ sich neben Hertha auf einen Stuhl fallen und sah Rudolf an. »Was ist mit dir? Du hast ja noch keinen Ton gesagt.«

»Das ist auch nicht so einfach hier.« Rudolf nippte am Glas.

»Erzähl doch mal der Frau Schilling, was für ein Buch du neulich gelesen hast«, sagte David und ließ seinen Blick zwischen Natalie und Rudolf hin- und herwandern.

Im Hintergrund erklang Musik. »Sonniger Tag, wonniger Tag«, sang Hertha leise und ließ ihre Zeigefinger tanzen.

Rudolf räusperte sich. »Es ging darum, sich das herbeizudenken, was man gerne haben möchte.«

»Oh«, machte Natalie und verzog schmerzvoll das Gesicht.

Wenn die sich kein Botox spritzen lässt, fresse ich einen Besen, dachte David.

»Jeder Gedanke erzeugt Schwingungen«, fuhr Rudolf fort, »die wiederum Schwingungen derselben Art anziehen, die dann auf einen zurückfallen. Die Grundidee hinter diesem Konzept lautet: Manifestiere, was du wirklich willst. Durch die Macht deiner Gedanken und …«

»Die Grundidee hinter diesem Konzept«, unterbrach Natalie ungeduldig, »lautet wohl eher: Kauft meine Bücher, die euch das eigenverantwortliche Denken abgewöhnen und euch zu dummen, gierigen Wunschmonstern machen, damit sich *meine* bescheidenen Wünsche erfüllen. Ich hätte nämlich so gern eine Villa mit Pool und Personal.«

Rudolf seufzte. »Ja, inzwischen sehe ich das auch so.«

»Rechnen Sie doch mal die Auflagenzahlen all dieser Wünsch-dir-was- und Denk-dich-schlank/schön/reich-Bücher zusammen«, rief Natalie, »da müsste doch halb Berlin vollkommen glücklich und beseelt durch die Gegend tanzen. Dann fahren Sie fünf Stationen mit der U-Bahn, und was sehen Sie? Lange Gesichter.«

Rudolf nickte lachend.

»Ich könnte auch eine schöne, große Platte mit Mozzarella, Tomaten und Basilikum machen …«, überlegte Theodor laut.

David verdrehte die Augen. »Das ist so Achtziger«, zischte er.

»Aber wenn es Büffelmozzarella ist und wenn die Tomaten *nicht* aus Holland kommen und wenn das Basilikum frisch ist, dann ist es trotzdem sehr lecker«, bemerkte Natalie. »Das Olivenöl muss natürlich auch …«

»Hey, Thedodo!«, rief David mit holländischem Akzent. »Sind die Tomaten aus Holland?«

»Natürlich nicht.«

»Dann gibt Frau Schilling ihr Okay!«

»Wunderbar.« Theodor verschwand in der Küche.

»Sie fühlen sich also von der Malerei angezogen?«, wandte sich Natalie wieder an Rudolf.

»Nein.« Er schüttelte den Kopf.

»Nein?«, rief David erstaunt.

Rudolf legte sich eine Hand aufs Herz. »Ich fühle mich von der Malerei nicht *angezogen*. Ich *liebe* sie mit jeder Faser meines Körpers. Ich bin ihr verfallen.«

»Ach, so ist das.« David lachte in sein Glas.

»Aber warum *leben* Sie Ihren Traum dann nicht, anstatt Zeit mit vermurksten Büchern zu verschwenden?«, rief Natalie leidenschaftlich. »Schmeißen Sie hinter sich, was Sie nicht mehr mögen, und fangen Sie neu an!«

»Hör auf sie«, riet Hertha. »Sie weiß, wovon sie spricht.«

»Eine respektable Geschäftsidee, ein ausgearbeiteter Businessplan, ein seriöses Gespräch mit der Bank …«, setzte Natalie ihre brennende Rede fort, »und dann kompromisslos an sich glauben, alles geben, was man anzubieten hat! Risiken eingehen! Das ist das wahre Leben. So kommt man voran. Und wenn Sie scheitern, dann haben Sie es wenigstens versucht, anstatt im stillen Kämmerlein herumzuwünschen wie ein verklemmter Zauberlehrling!« Vor lauter Aufruhr stieß Natalie ihr Weinglas um. Zum Glück war es ohnehin fast leer.

Ich wusste, dass sie großartig ist, dachte David und applaudierte. »Bravo!«

»Aber ich bin Apotheker!«, rief Rudolf.

»Hören Sie …« Natalie beugte sich vor und berührte Rudolf sanft am Arm. »Mein Lieblingsautor war auch Apotheker, aber dann hatte er keine Lust mehr auf das Salbengerühre und hat sich ganz der Schreiberei hingegeben, obwohl sein Vater das bestimmt gar nicht lustig fand.«

»So?« Rudolf zuckte mit den Schultern. »Wer soll denn das sein?«

Natalies Augen leuchteten. »Theodor Fontane.«

»Ist nicht wahr!«, rief David begeistert.

»In Neuruppin«, fuhr Natalie fort, »steht noch die Löwen-Apotheke, und …«

»In Neuruppin? Da waren wir doch neulich, Rudolf, um die Hummer abzuholen. Also, nee, das gibt's ja nicht! Thedodo, hör mal!« David sprang auf und rannte in die Küche. »Ist das nicht Synchronizität, wenn …«

»Es ist auf jeden Fall ein Zeichen«, murmelte Rudolf. »Glauben Sie an Zeichen, Frau Schilling?«

»Unbedingt.«

Wenig später saßen alle an Theodors großem Esstisch und ließen sich ihre Achtzigerjahre-Vorspeise schmecken. Es folgten frittierte Sardinen mit Salat, Lammkoteletts an Kartoffel-Rauken-Walnuss-Püree, eine Käseplatte mit Trauben und als Dessert Himbeer-Trifle.

Alle aßen, tranken, lachten und redeten mit vollem Mund durcheinander.

Es war ein wundervoller Abend. Die Fenster standen offen, ließen den milden Sommerabend ein, und als es dunkel geworden war, entzündete Theodor Kerzen.

Für einen Moment schwiegen alle andächtig, dann erzählte David von seinen Fast-Food-Flowers. Theodor hörte lächelnd zu, Hertha fütterte Feivel mit den übrig gebliebenen Lammkoteletts, und Rosie stand am Grammophon und betrachtete ihr verzerrtes Gesicht im Messingtrichter.

»Ach, Kinder, wie isses schön heute Abend«, rief Hertha und sah sich mit feuchten Augen um. »Schaut mal, da habe ich auf einmal eine richtig große Familie.«

»Mit Mops«, sagte Rudolf lachend.

Hertha nickte andächtig. »So ist es.«

»Ich mach uns mal Kaffee.« Theodor stand auf.

»Für mich den koffeinfreien!«, rief Hertha ihm hinterher. »Und bring mal dein Selbstauslöse-Dingsda mit und knips ein Foto von uns allen! Der Moment muss festgehalten werden! Ich spüre, dass das eine Sternstunde ist.«

»Ja«, sagte David, »das spüre ich auch.«

»Ich auch«, sagte Rosie, die auf seinem Schoß Platz genommen hatte und ihrer neuen Barbie das Haar bürstete.

»So, alle mal Cheese sagen!« Theodor stellte seinen Fotoapparat auf dem Kaminsims ab und eilte an den Esstisch zurück.

»Der Mops!«, rief Natalie. »Der muss auch aufs Bild.«

Es blitzte.

»Ach Natalie, jetzt hast du unter dem Tisch gehockt. Gleich noch mal.« Theodor ging zu seinem Fotoapparat zurück.

»Ich glaube, Feivel hat sich erbrochen«, sagte Natalie, die wieder aufgetaucht war.

»Och nee«, rief Theodor, »das ist ein antiker Isfahan-Teppich.«

Es blitzte wieder, aber keiner achtete darauf.

»Wer hat den Hund mit Lammknochen gefüttert?«, fragte David streng in die Runde.

»Also wirklich!«, rief Hertha. »Wer war das?«

Rosie deutete mit der Barbie auf sie. »Na, du.«

»Ich hab es ja nur gut gemeint«, murmelte Hertha, »der Hund sah so hungrig aus.«

»Der sieht immer so aus«, erwiderte Rudolf.

»Meinst du, das zahlt die Versicherung?«, fragte Hertha zerknirscht.

»Klar«, meckerte Theodor seine Mutter an, »die wartet schon die ganze Zeit darauf.«

David stand auf. »Ist doch bloß ein bisschen Hundekotze. Ich bringe das schon in Ordnung. Hast du Gummihandschuhe, Thedodo?«

»Nenn mich nicht Thedodo!«

»Jetzt würgt er wieder!«, rief Natalie.

Rudolf erhob sich eilig. »Ich gehe mal mit ihm einen kleinen Verdauungsspaziergang im Park machen.« Er sah Natalie an. »Kommen Sie mit?«

»Ich? Oh. Äh. Ja.«

»Ha!«, murmelte Hertha in ihre Serviette.

Wenig später klappte die Wohnungstür zu, und Rudolf und Natalie fuhren mit dem Fahrstuhl nach unten. Beide blickten zu Boden und schwiegen. Ich wünsch mir … dachte Rudolf in alter Gewohnheit, dass … dass … Aber er bekam keinen klaren Gedanken zu fassen. Und dann hielt der Fahrstuhl mit einem gequälten Laut im Erdgeschoss. Oder war es Feivel, der stöhnte? Es blieb jedenfalls wenig Zeit für Wunschdenken, denn der leidende Hund musste im Eilschritt an den nächtlichen Lietzensee geführt werden, wo er mit viel Getöse den Inhalt seines sensiblen Hundemagens von sich gab.

»Armer Kerl«, murmelte Natalie.

»Jetzt geht es wieder.« Rudolf kratzte sich seinen roten Bart.

Ich mag ja Männer mit Bärten eigentlich gar nicht, dachte Natalie, aber Rudolf steht es irgendwie. An wen erinnert er mich bloß? Diese markanten Wangenknochen …

»Wollen wir noch ein paar Schritte gehen?«, fragte Rudolf.

»Gern.«

Ohne zu sprechen, liefen sie eine Weile am dunkel schimmernden Lietzensee entlang. Grillenzirpen war zu hören und Feivels Schnaufen. Von weit her rauschte der Straßenverkehr vom Kaiserdamm. Es klang ein bisschen wie Meeresbrandung.

»Wie haben Sie das vorhin gemeint: *Kompromisslos an sich glauben, alles geben, was man anzubieten hat! Risiken eingehen*?«, fragte Rudolf.

»Na, genau so.« Natalie blieb stehen und schaute den glitzernden Funkturm an. »Wenn Sie etwas wollen, dann machen Sie sich auf die Reise und sehen Sie zu, dass Sie es bekommen.«

Rudolf dachte nach, dann räusperte er sich.

»Würdest du wohl mal mit mir nach Neuruppin fahren?«, fragte er.

»Gern«, antwortete Natalie und tat so, als wäre sie überhaupt nicht irritiert.

In einem Anflug von Wagemut hatte Rudolf beschlossen, nicht länger ein verklemmter Zauberlehrling zu sein. »Ich möchte mir diese Löwen-Apotheke mal ansehen«, fuhr er fort. »Und hinterher gehen wir griechisch essen.«

»Gern«, sagte Natalie wieder, und dann bemerkte sie, dass der Funkturm durch Rudolfs Bart hindurchfunkelte, und so etwas Nettes hatte sie schon lange nicht mehr gesehen. Davon musste sie dringend Theodor berichten. Wie Glühwürmchen in abendlichem Weizenfeld, wie Sternennacht in rotem Stroh, wie … »Hat dir schon mal jemand gesagt, dass du aussiehst wie Vincent van Gogh?«, fragte sie.

»Oh«, machte Rudolf ergriffen, »oh.«

»Habe ich etwas Falsches gesagt?«, fragte Natalie besorgt.

»Im Gegenteil«, beeilte er sich zu sagen. »Ich … also … Es ist ein Zeichen!«

»Was du nicht sagst!« Natalie starrte Rudolf an. »Ich habe auch gerade ein Zeichen erhalten.«

»Vielleicht sollten wir uns etwas wünschen?«, flüsterte Rudolf.

»Fang nicht schon wieder damit an!«

»Das ist anderes Wünschen«, erklärte Rudolf.

In diesem Augenblick setzte sich Feivel schwer atmend auf Natalies Füße. »Ich glaube, er hat genug vom Spazierengehen!«, rief sie lachend.

Die drei machten sich langsam auf den Rückweg.

Risiken eingehen, dachte Rudolf und legte seine Hand auf Natalies Schulter. Sie schreckte zusammen, dann registrierte sie, dass es sich erstaunlich gut anfühlte: das Gewicht einer männlichen Hand auf ihrer Schulter.

Als sie wieder in Theodors Wohnung ankamen, schlug

ihnen munteres Stimmengewirr entgegen. Es duftete nach Kaffee.

»Da seid ihr ja wieder!«, rief David. »Wenn ihr euch nicht beeilt, futtert Hertha das ganze Teekonfekt von *Wald* weg.«

»So was Gutes habe ich ja noch nie gegessen«, schwärmte Hertha mit vollem Mund. »Reines Königsberger Marzipan!«

»Jetzt wird das Foto gemacht«, beschied Theodor, und alle mussten sich aufstellen.

»Achtung!«

»Jetzt!«

»Wo ist Feivel?«

»Wage ja nicht, ihm etwas von dem Marzipan zu geben, Maman!«

»Cheeeeeeeese!«

Es blitzte, und obwohl Natalies Augen rot glühten, Davids Gesicht halb von einer Glitzerbarbie verdeckt war und Feivel wie ein irre gewordener Wasserspeier aussah, wurde es ein schönes Foto, das das Glück des Augenblicks gut festhielt.

Und dann war alles schon wieder in Auflösung begriffen: Hertha setzte sich mit Natalie vor das Marzipan, Rudolf stellte sich ans Fenster und versuchte Herr über seine Emotionen zu werden.

Rosie rannte zum Grammophon. »Mit Samtpfötchen«, flüsterte sie konzentriert und senkte den Tonarm ganz langsam auf die sich drehende Schellackplatte. Es knisterte, dann erklang Musik.

Rosie atmete auf. »Thedodo!«, rief sie stolz. »Ich kann's!«

»Sehr gut, Rosie. Du bist ein kluges kleines Mädchen.«

»Ist sie nicht reizend?«, flüsterte David. Theodor nickte und küsste ihn auf die Wange.

»Das gibt's nur einmal«, sang es aus dem Grammophontrichter. *»Das kommt nie wieder.«*

»Darf ich bitten?« Theodor verbeugte sich vor Rosie, die mit Grandezza seine angebotene Hand ergriff und sich im Takt zu wiegen begann.

»Herthalein«, sagte David, »tanzt du mit mir?«

»Natürlich, mein Junge.«

Nervös blickte Natalie in die leere *Wald*-Schachtel, und dann stand plötzlich Rudolf neben ihr, wusste nicht, was er sagen sollte, und scharrte mit den Füßen. Natalie sah ihn an. »Ja, gern«, flüsterte sie und erhob sich, so elegant sie konnte.

Drei tanzende Paare und ein fideler Mops: Es wäre ein weiteres gelungenes Foto gewesen.

»*Heut werden alle Märchen wahr, heut wird mir alles klar*«, sang Lilian Harvey. »*Das gibt's nur einmal, das kommt nicht wieder, das ist zu schön, um wahr zu sein. So wie ein Wunder fällt auf uns nieder vom Paradies ein gold'ner Schein …*«

Epilog

Hertha hatte nicht Unrecht mit ihrer Vermutung.

Das Zusammentreffen dieser sechs Menschen, das stimmungsvoll auf einem Erinnerungsfoto festgehalten worden war, stand am Anfang von allerlei Veränderungen:

Die Büchershow stellte eine neue, blutjunge Moderatorin ein, die nach eigenem Bekunden nichts lieber tat, als Vampir- und Mittelalterromane zu verschlingen, und sich außerdem als Spezialistin für positive Wunsch-Schwingungen entpuppte.

»Ich habe mir so sehr gewünscht, eines Tages die Büchershow zu moderieren!«, rief sie mit gebleckten weißen Zähnen in die Kamera. »Und? Was sehen Sie?« Sie lachte ein wenig schwachsinnig. »Mich! Wie ich die Büchershow moderiere! Ist das nicht irre?«

Theodor erfuhr, dass sich *sein* Herzenswunsch erst im Loslassen desselben erfüllen konnte. Und als das geschehen war, merkte er, dass das Ganze eigentlich gar nicht seinen Vorstellungen entsprach.

»Hast ja Recht«, hatte er beim Entenfüttern im Park zu David gesagt. »Ich habe darüber nachgedacht. So wie es ist, ist es eigentlich am besten: Du bleibst in deinem Atelier in Mitte, ich habe meine große Wohnung für mich allein, und ab und zu besuchst du mich. Das ist doch eigentlich perfekt. Guck mal, da ist ja Dicki.«

»Was?«, hatte David gerufen und damit Dicki und einige

andere Enten verscheucht. »Moment mal, also …« Eine Woche später war David bei Theodor eingezogen.

Drei Wochen später war er wieder ausgezogen.

Seither verstanden sie sich so gut wie nie zuvor, und Theodor hatte wieder viel mehr Geduld mit seinen Klienten.

Der Live-Auftritt vom Nettelbeckplatz verhalf Natalie zu unerwarteter Berühmtheit, denn einige Tage später tauchte bei youTube ein privater Mitschnitt auf und wurde in kurzer Zeit mehr als hundertzwanzigtausend Mal angeklickt. In Zeitlupe konnte man sehen, wie Natalie ein schweres Buch auf Annegret Rüttgers' Kopf fallen ließ.

VERSUCHTER MORD LIVE IM FERNSEHEN, lautete die Schlagzeile der Bildzeitung.

BÜCHERFRAU HANDELT AUS NOTWEHR, hieß es am nächsten Tag.

Natalie gab Interviews, wurde in Talkshows eingeladen und bekam Angebote von seriösen Literaturzeitschriften, Fernseh- und Radiosendern.

Außerdem verfasste sie für *La Cuisine* einen langen Bericht über Davids Hummerbilder, der mit dem Satz begann: *Wenn Sie genug haben von »Hummer klassisch lauwarm auf Salat«, dann hängen Sie sich doch mal ein richtig heißes Prachtexemplar an die Wand.*

Und über die Fast-Food-Flowers schrieb sie:

Nie hätte ich gedacht, dass ein alter Laib Brot so traurig aussehen kann, umso mehr noch, wenn er auf verblühte Rosen gebettet ist. Oh, schmerzvoll vergänglich, glanzvoll endlich. Gewesen. Verflossen. Wundervoll.

Als Dankeschön schenkte David ihr sein Gemälde *Gänseblümchenzuckersüß*.

»Das muss ein Ende haben mit deiner Verschenkerei«, sagte sie zu ihm.

Und das hatte es auch bald. Denn kurz nach Erscheinen von Natalies Texten fragten die ersten Fischrestaurants aus Hamburg und Düsseldorf bei David an. Alle wollten seine Hummer, und ein großes Berliner Versicherungshaus erteilte ihm einen Fast-Food-Flowers-Großauftrag für das Foyer.

Rudolf fuhr mit Natalie nach Neuruppin und schritt dort sinnend vor der Löwen-Apotheke auf und ab. Mit dieser symbolträchtigen Handlung nahm er Abschied von seinem bisherigen Apothekerdasein.

Dann lud er Natalie zum Griechen ein, und noch bevor die erste Olive gegessen war, gestand er ihr seine Liebe. Zu ihrem eigenen Erstaunen dachte Natalie in diesem Moment weder an ihren Vater noch an die Mondlandung, sie fühlte lediglich ein wildes Flattern in der Herzgegend. Während sie sich über Auberginen-Dip und Pittabrot hinweg küssten, stellte Natalie fest, dass sie sich wohl verliebt haben musste. Zum ersten Mal in ihrem Leben in den richtigen Mann. Sollten wir eines Tages heiraten, dachte sie noch, dann will ich aber meinen Nachnamen behalten.

Und dann dachte sie gar nichts mehr, denn Rudolf war ein feuriger Küsser.

Mit ihrer Unterstützung stürzte er sich schon bald in das große Abenteuer *Reuters Gemäldegalerie*. Die erste Vernissage wurde ein rauschendes Fest.

Neben zahlreichen Bildern anderer Künstler stellte Rudolf auch Davids fast vergessene, aus dem Keller geholte Eiffeltürme aus, die sich wie warme Semmeln verkauften.

Rosie bekam nicht nur einen kleinen libanesischen Halbbruder in Bielefeld, sie bekam mit Natalie auch eine Ersatzmutter, mit der sie sich bestens verstand und die in der Grundschule eine Arbeitsgemeinschaft namens *Kleine Leseratten* gründete.

Sie hatte nun auch zwei Onkel, die sie beide nach Strich und Faden verwöhnten: David und Thedodo.

Und eine Oma, die weiterhin Französisch lernte.

Natalies Roman *Berliner Sommer* war nach wenigen Wochen abgeschlossen.

Sie schreibt bereits an einem zweiten Teil, den sie *Berliner Herbst* nennen will.

Doch das und vieles mehr ist die Zukunft.

Ähnlichkeiten mit lebenden oder gestorbenen Personen sind rein zufällig und nicht beabsichtigt. Einige Örtlichkeiten, die in diesem Roman Erwähnung finden, sind allerdings real und einen Besuch wert:

LIETZENSEEPARK

Romantische Parkanlage mit natürlichem See und einem malerisch gelegenen Café (*Bootshaus Stella*), von dessen Deck aus man einen herrlichen Blick übers Wasser und auf den Funkturm hat. Die Charlottenburger lassen nichts kommen auf ihren Lietzensee.

FUNKTURM

Neben dem Zentralen Busbahnhof, inmitten der Messehallen, steht der Funkturm, der aus der Berliner Skyline einfach nicht wegzudenken ist. Man kann hoch hinaus: Die Aussichtsplattform befindet sich in einer Höhe von 125 Metern. (Zum Glück gibt es einen Fahrstuhl.) Im Originalstil der Zwanzigerjahre präsentiert sich das Restaurant in fünfzig Metern Höhe. Hier sitzt man sehr behaglich beim Essen, hat die Stadt im Blick und kann erleben, wie ringsherum das große Leuchten und Funkeln beginnt.

Café Dollinger

Stuttgarter Platz 21. Eine urige Mischung aus Café und Kneipe. Am besten im Sommer draußen.

Paul Wald, Königsberger Marzipan

Pestalozzistraße 54a. Ein in den Vierzigerjahren gegründetes Familienunternehmen. Noch heute gibt es den kleinen, wunderhübschen Marzipanladen, der köstlichste Kreationen ausliegen hat.

Café und Restaurant ruz

Auguststraße 63. Hier ist es immer schön: morgens, mittags, abends. Und die Tapas sind ein Muss.

Fresh Eatery

Auguststraße 58. Vegetarisch, vegan oder auch nicht. Asiatische Küche, originelle Säfte. Alles frisch.

Amano-Bar

im Hotel Amano, Auguststraße 43. Hier wird noch von Hand aufgelegt, und wer mag, kann ein bisschen tanzen. Gute Cocktails. Die Dachterrasse ermöglicht einen traumhaften Blick über Berlin by night oder im Sonnenuntergang.

Aux Délices Normands

Neue Kantstraße 26. Croissants, tartes au citron. Vive la France.

Reinhard's

Kurfürstendamm 27. Wenn Ku'damm, dann auch Reinhard's …

KaDeWe
Tauentzienstraße 21–24. Erklärt sich wohl von allein.

Das Strandbad Wannsee
»Pack die Badehose ein« ... Seit über hundert Jahren ist das Strandbad Wannsee ein Stückchen heile Berliner Sommerwelt.

Café zur weissen Kastanie
Schloßstraße 22, Charlottenburg. Gibt es schon seit vielen Jahren, ist trotzdem ein Geheimtipp. Gemütliches kleines Café mit zauberhaftem Biergarten unter mächtigen Kastanienbäumen.

Gasthaus Lentz
Stuttgarter Platz 20. Einer der großen Vorzüge: Keine Musikberieselung, man hört nur Geschirr klappern, Zeitungen rascheln, Leute murmeln. Und alles andere ist dort auch sehr gut. Auf der gegenüberliegenden Seite liegt die

Salumeria da Pino
Windscheidstraße 20. Italienisches Schlaraffenland: Weine, Käse, Wurst und Schinken, Olivenöl und frische Brote. Einfach »hmmm«, zum Dortessen oder Mitnehmen. Oder beides.

Café BilderBuch
Akazienstraße 28, Schöneberg. Urgemütliches Interieur, wie bei Oma, gleichzeitig Bibliothek, Galerie und Veranstaltungsraum.

Habibi

Akazienstraße 9, Schöneberg. Libanesischer Imbiss. Unbedingt den Habibi-Teller bestellen. Tee gibt es gratis dazu.

Rogacki

Wilmersdorfer Straße 145/146. »Ro-gatz-ki« gesprochen. Berliner Traditionsladen, wenn es um Fisch geht.

Flohmarkt am Ostbahnhof

Erich-Steinfurth-Straße 1. Hier kann man noch richtige Schätze heben: Modeschmuck aus den Zwanzigerjahren, Schellackplatten, Möbel, alte Sammlungen, aber auch originelles DDR-Design.

Berliner Zoo

Hardenbergplatz 8. Bei der Eisbärenfütterung zuschauen oder sich auf der Brücke im Krokodilhaus freuen, dass man nicht runterfallen wird – im Zoo von Berlin (übrigens der artenreichste der Welt) kann man sich tagelang tummeln. Und wem das nicht reicht, der geht gleich noch nach nebenan ins Aquarium und besucht Howard.

Suarezstrasse

U-Bahnhof Sophie-Charlotte-Platz. Eine sehr stimmungsvolle Straße, in der sich zahlreiche Antiquitäten-/Trödel-Geschäfte und Secondhand-Läden befinden. Wer es möglich machen kann, sollte unbedingt alljährlich am 1. September zum Suarezstraßenfest kommen.

Kantstrasse

Straße mit vielen Gesichtern. Sie teilt den stimmungsvollen Savignyplatz und führt direkt in das Zentrum des »alten Westens«, wo u. a. das Theater des Westens zu finden ist und der wunderschöne Delphi-Filmpalast. Auf dem Weg dorthin gibt es zahlreiche Möbeldesign-Geschäfte, Asia-Shops und Import/Export-Läden verschiedener Nationen. Das *Schwarze Café* (Nummer 148) ist eine feste Institution, rund um die Uhr geöffnet und etwas ganz Besonderes. Bei all diesen Eindrücken darf man die »Stolpersteine« nicht übersehen. Ein trauriges Beispiel: In der Kantstraße 154a befinden sich vier Stolpersteine, um Lea, Alegrina, Jeanne und Nissim Behars zu gedenken, die im Jahr 1942 deportiert und in Riga ermordet wurden.

Japanisches Restaurant Goko

Neue Schönhauser Straße 12. Sehr authentische Speisen.

Das *Operncafé* und das *Café Richter* gibt es leider nicht mehr, was sehr schade ist.

Nettelbeckplatz

Wem nach tiefstem Wedding ist, der muss hierherkommen. Die dort befindliche Brunnenanlage namens »Tanz auf dem Vulkan« hat einen Durchmesser von neun Metern. Ein ca. zwei Meter hoher Vulkan erhebt sich daraus, auf dessen Rand vier Bronzefiguren balancieren. Von Wasserkaskaden umspult, sitzt ein Satyr am Klavier. Hat was! Dieses originelle Kunstwerk stammt von Ludmilla Seefried-Matejkova.

Botanischer Garten

Königin-Luise-Straße 6–8. Wer in Innenstadtnähe durch wundervolle Gartenanlagen spazieren möchte, ist hier genau richtig. Neben Gewächshäusern und Sommerpfaden gibt es sogar einen Duft- und Tastgarten. Und im Sommer Open-Air-Konzerte.

Löwen-Apotheke, Neuruppin
Karl-Marx-Straße 84. Theodor Fontanes Geburtshaus steht noch immer.

In Neuruppin gibt es tatsächlich ein griechisches Restaurant. Aber – um ehrlich zu sein – ich war nie dort.

Reuters Gemäldegalerie ist leider frei erfunden.

Dieses Buch ist allen Vätern dieser Welt gewidmet, insbesondere meinem Vater Hans-Jürgen Tietz (1933–2006) und meinem Schwiegervater Dieter Wekwerth.

Ich bedanke mich bei meiner wundervollen Familie und bei meinen Freunden. Wie glücklich ich bin, dass es euch alle gibt! Ich danke meiner Goldmann-Lektorin Leonora Tomaschoff, dass sie diesem Roman auf die Welt verholfen hat und eine ungemein sympathische Ansprechpartnerin ist.

Ein herzliches Dankeschön auch meiner Lektorin Frau Eva Wagner, von der ich viel über Hummer gelernt habe und die diesem Roman den letzten Schliff gegeben hat.

Last but not least möchte ich meinem unerschütterlichen Literaturagenten, Herrn Dr. Harry Olechnowitz, meinen Dank dafür aussprechen, dass er immer ein offenes Ohr für mich hat, und das bereits seit über zehn Jahren!